EL AMERICAN
DREAM

EL AMERICAN DREAM

ENRIQUE BERRUGA FILLOY

 Planeta

Diseño de portada: Estudio la fe ciega / Domingo Martínez

© 2017, Enrique Berruga Filloy

Derechos reservados

© 2017, Editorial Planeta Mexicana, S.A. de C.V.
Bajo el sello editorial PLANETA M.R.
Avenida Presidente Masarik núm. 111, Piso 2
Colonia Polanco V Sección
Deleg. Miguel Hidalgo
C.P. 11560, Ciudad de México
www.planetadelibros.com.mx

Primera edición: junio de 2017
ISBN: 978-607-07-4090-9

Impreso en los talleres de Litográfica Ingramex, S.A. de C.V.
Centeno núm. 162, colonia Granjas Esmeralda, Ciudad de México
Impreso y hecho en México - *Printed and made in Mexico*

I
UN CONSEJO MÁGICO

A raíz de una terrible decepción amorosa decidí convertirme en judío. Esto quizá les sorprenda. Pero desde la ruptura final con S., por primera vez contemplé con seriedad la posibilidad de dejarme crecer una barba larga, caireles ensortijados hasta los hombros y, sobre todo, cumplir puntualmente con el rito de suspender todo contacto social y cualquier tipo de actividades frívolas hasta que lograra curarme. Haría casi todo lo necesario, aunque inevitablemente comería carne de cerdo y mariscos; en todo lo demás estaba dispuesto a someterme a la disciplina que dicta el duelo judío. Al cruzar la barrera psicológica de los cincuenta se me metió en la cabeza que ya no me quedaba kilometraje suficiente para volver a enamorarme de una manera tan intensa y fragorosa. Y sin amor, pensé, el tramo restante de mi existencia carecería de gracia y, en realidad, de cualquier sentido. Nunca imaginé las repercusiones que tendría esta decisión sobre mi vida, sobre el país entero.

Seguiré yendo al trabajo, como un presidiario que todos los días cumple con la misma rutina, sabiendo que todas las jornadas serán iguales. Cubriré las funciones elementales de pagar la cuentas de agua y luz, de hacer al menos una hora de ejercicio diario, pasear a los perros y comer de cuando en cuando una patita de cangrejo de Alaska y beberme una copita de Ribera del Duero, que entiendo que no está totalmente prohibido. Estoy exagerando, pero solo un poco. La verdad es que al separarme de mi güera preciosa se me terminaron las ganas de vivir y, lo peor de todo, empezó a pesarme la visión de que seguiría deambulando en este mundo, sin ánimo y sin sentido por unos quince o veinte años más.

Debo aclarar desde un primer momento que S. no es la inicial verdadera de mi amada. No es que sea yo un celoso de la privacidad de los datos personales. Después de treinta años en el servicio diplomático, sé mejor que nadie que si quieren espiar a alguien, sean los rusos, la NSA de los Estados Unidos o el mismo Julian Assange, terminarán saliéndose con la suya. Le he puesto este nombre ficticio porque sería un poco ingrato estar todo el tiempo invocándola en este relato con su inicial real.

Debido a mis negocios y mi código postal, en los últimos años he tenido oportunidad de convivir frecuentemente con miembros de la comunidad judía. Algunos sábados juego al golf con ellos; se saltan los ayunos y la reclusión obligatoria del sabbat sin el menor cargo de conciencia. Hace años, pasando por el hoyo 15, uno de esos ricos ignorantes que hoy abundan en México les preguntó si eran sionistas, con el único afán de hacerse más cuate de ellos y que le aceptaran jugar en su *foursome*. Los tres judíos se le quedaron mirando con cara de «¿en verdad sabrá de lo que está hablando este miserable?» Entonces, para romper la tensión del momento, uno de ellos respondió: «No, mi amigo. Somos judíos guadalupanos». Siguieron unas carcajadas bastante nutridas, anuncié que era mi turno de pegarle a la pelota y asunto arreglado.

A diferencia del imprudente del hoyo 15, a mí me han aceptado como amigo de verdad. Me invitan a sus casas y me mandan felicitaciones el día de mi cumpleaños. En sus festividades me dejo poner la kipá que se calzan en la coronilla y bailo abrazado lo mismo de gordos inmensos que de pelirrojas espigadas. Prefiero a las segundas, pero le entro a lo que sea. Aceptan que les ponga sus límites a la hora de comer comida *kosher* y ni hablar de hacerme la circuncisión: si el instrumento ha funcionado sin problema alguno durante cinco décadas, por nada del mundo permitiría que ahora vengan a meterle cuchillo. Mejor me dejo crecer los caireles aunque se burlen mis amigos católicos, que son mayoría.

El deseo de convertirme al judaísmo es totalmente práctico. Platicando de manera espontánea con Elías y Moisés he podido descubrir que los judíos son los más diestros para curar el duelo, la pérdida de los seres queridos. S. no ha muerto, pero su ausencia me duele tanto o más que si hubiera partido de este mundo. Hoy que es domingo debe estar en sus clases de baile flamenco. Saldrá a comer seguramente con algún remedo de gitano o con el guitarrista de pelos llenos de grasa que ameniza en el tablao. No quiero pensar qué harán después de la comida, cuando caiga la tarde, se hayan tomado tres tequilas y empiece a parecerle que, además de zapatear o tocar muy bonito, el tipo resulta simpático, tiene una sonrisa bien blanca y buen tacto; no precisamente por sus modales, sino porque ha empezado a tocarla, el desgraciado.

Si yo fuera judío no estaría imaginándome esas cosas horribles, no tendría curiosidad por saber qué está haciendo ahora ni tendría celos absurdos. Si yo fuera judío mi alma estaría en paz, me encontraría de pie en la sala de mi departamento, rozando la pared con los dedos, balanceándome de un lado a otro en una especie de trance hipnótico, susurrando oraciones que no entiendo por estar en hebreo y dejando que mi sistema o mi espíritu, o los dos, vayan sacando, desprendiéndose del absorbente recuerdo de S. Vería cómo se mecen mis largas trenzas a ambos lados de mi cabeza ayudándome a encontrar la serenidad que he perdido. No debo decir la palabra «perdido» —me ha recomendado Elías— porque volvería a evocar la ausencia de mi amada. Así lo haré. El hecho es que quiero recobrar la paz interna que tenía.

Lleno de dudas fui a ver al rabino: un hombre pequeño de mirada penetrante, ojos azul claro con la orilla de la pupila blanca que me recuerdan a un programa de televisión que veía de chico llamado *El Túnel del Tiempo*. En esa serie, los personajes caían en una espiral que los transportaba a otras etapas de la historia. Lo conocí una ocasión que me invitaron a celebrar el Yom Kippur y yo, sin saber que era el rabino, me puse a platicar con él de futbol, a criticar al gobierno y, lo peor, a pasar revista a las doncellas que bailaban como poseídas frente a nosotros. Le decía: «Oiga, don Isaac —así de usted porque a leguas se notaba que tenía más años que todos los demás en el salón—, si hubiera manera de regresar en el tiempo, ¿a cuál de estas muchachas escogería? Sarita es muy simpática —le decía al oído, entre sus caireles— aunque le falta un poco de nalga ¿no?, está medio planita». Y él nada más me veía con sus ojos de Túnel del Tiempo con una mezcla de risa y enfado. Después le hice mirar con atención a Raquel. Un poquito narizona, con un salero para bailar y unas formas que ni siquiera podía ocultar el caftán holgado que vestía. Cuando se ponía a dar vueltas bailando el *Hava Nagila* se notaba que tenía unas piernas fuertes y torneadas, pero, ante todo, unos senos de tamaño perfecto (es decir, mi mano abierta). Don Isaac escuchaba mis comentarios en silencio con una mirada de fascinante incredulidad; a pesar de que traía puesta mi kipá, sabía por supuesto que yo no soy judío y quizá por ello toleraba mis comentarios mordaces. Aunque ha pasado algún tiempo, sigo creyendo que el veterano disfrutaba de mi conversación, de que me burlara del presidente y de la primera dama, de que le hablara de pechos y traseros. Lo sé porque cuando me he cruzado con él caminando por la calle, siempre se detiene a platicar y me recomienda que me acerque a Dios; siempre con una sonrisita discreta y muy amable, como si se acordara de mis opiniones sobre Raquel.

Con esa confianza me atreví a pedirle una cita en el templo. Me recibió en las puertas de la sinagoga; yo traía un gorrito negro de terciopelo, de esos que son más abombados que los que acostumbraban a prestarme en las fiestas. Sin decir palabra, extendió la mano y yo me lo puse sin chistar, haciendo una pequeña reverencia que me pareció apropiada. Ese mismo día quería hacerme judío. Con tal de sacudirme la pena amorosa que me agobiaba, estaba dispuesto a caminar todos los sábados vestido de negro hasta el templo, ponerme sombrero de fieltro y dejarme crecer la barba hasta donde decidieran mis mermadas hormonas. Todo me valía madre, con tal de sacarme el demonio de la pérdida amorosa que me carcomía el corazón. En este caso, aunque Elías me regañe, está bien aplicado el término «pérdida». Eso es lo que fue mi ruptura con S. ¿Qué más?

Cerró tras de nosotros unas puertas enormes de metal dorado con incrustaciones de ónix y mármol y de inmediato me golpeó una sensación de tranquilidad que no esperaba. El ruido de los carros había desaparecido y nos quedamos ahí, parados en silencio, absorbiendo la sencilla magnificencia de la sinagoga. Echó a andar por el pasillo central y se sentó en una de las bancas. Con la mano y sin cruzar palabra, me indicó que tomara asiento al otro lado del pasillo.

Llegó mi primera prueba: no sabía cómo debía dirigirme a don Isaac. «¿Qué le digo? —pensé— ¿Padre, Maestro, Su Excelencia, Su Eminencia; cómo carajos le llamo?» Lamenté no haber investigado cómo se dirigen los judíos a su pastor. Tomaba un minuto averiguarlo en internet, la verdad. Pero mi prisa por verlo, por hacerme judío *express* y sacarme el dolor de la mujer que me tenía enloquecido hizo que olvidara hasta los protocolos más esenciales. Opté por dedicarle una sonrisa de agradecida felicidad y apostar a que la suerte me acompañara.

—Muchas gracias por recibirme en el templo —inicié la charla, mirando con los ojos entornados hacia los muros y los listones grabados con palabras en hebreo. Si fuera todavía menos versado en el judaísmo, le habría dicho que me sentía como si me hablara la Virgen; rectifiqué a tiempo, sacudí la cabeza levemente para despejar ese pensamiento y le conté de sopetón el predicamento que vivía desde que me dejó mi mujer.

—Necesito su ayuda para hacerme judío —dije sin más. Lo observé clavado en sus pupilas enroscadas de nautilo marino. Se tomó la barba con la mano derecha, buscando en mi mirada las razones que tendría para tomar una decisión tan trascendente. Duró largos minutos escrutándome, intentando adivinar si aquella decisión obedecía a un intento barato por hacer mejores negocios con los empresarios de la comunidad, por decepción hacia el cristianismo o como una burda treta para ligarme a Raquelita, la pelirroja del cuerpo escultural que todavía estaba soltera.

Me miró de forma inquisitiva, sin dejar de hacerse pequeñas trenzas con las puntas de la barba. Como me sentía tan tenso y expectante, creí ver en sus ojos una suerte de espiral que giraba como objeto de arte psicodélico. Empecé a sentir un poco de mareo, como el ratoncito que se queda observando fijamente los ojos de una serpiente hasta que se lo come.

—¿Y por qué quieres convertirte al judaísmo, mi amigo? —preguntó, también de manera directa. Ahora sus manos pequeñas estaban entrelazadas sobre el regazo, transmitiendo una grata sensación de paz. Levantó ligeramente la cabeza para apresurar mi respuesta. Había llegado la hora de entrarle al toro.

—Admiro la forma como ustedes manejan y canalizan el duelo, la pérdida de sus seres más queridos. Esa es mi razón principal —le respondí, sin andarme por las ramas. En verdad admiraba la forma en que procesan la pérdida y el sufrimiento. Amigos del club de golf, a quienes se le había muerto algún familiar cercano, entraban en el proceso de duelo que les aconsejaba el Talmud y en un plazo razonablemente corto lograban sobreponerse y encontrar nuevo sentido a la vida. En mi condición de muerto andante, me daban envidia.

Al escuchar mi solicitud, la cara del rabino dibujó un gesto de sorpresiva conmiseración, percatándose de la tristeza profunda que me invadía. Por momentos creí que iba a acariciarme la cabeza, pero se mantuvo a distancia en su banca. Para proceder a una conversión religiosa como la que debía sostenerse, exigió que le diera más elementos, razones de más peso para tomar la trascendente decisión de convertirme al judaísmo. Le mostré a señas, con una pequeña sonrisa de vergüenza, que llevaba tres días dejándome crecer la barba, así partida en dos como los mejores judíos. Puse los dedos en punta debajo del mentón, haciéndole notar hasta dónde estaba dispuesto a dejármela crecer. Respecto de los caireles, simplemente me hice el despistado y en ningún momento apunté con el dedo hacia la sien. «Qué tal que no me aceptan en su comunidad y me quedo con ellos», me dije.

—Quiero aprender de ustedes. Tengo el mayor respeto por la tradición judía —seguí diciéndole, con toda la vehemencia posible, pasándome nuevamente la mano por mi barba incipiente en señal de compromiso—. Quiero volverme un judío ejemplar y sacarme de encima esta sensación insoportable de querer morirme. El cuerpo me funciona bien y podría durarme muchos años con buen rendimiento, lo cual no hará más que prolongar mi agonía. Acabo de hacerme un *check-up* en la clínica que está aquí a dos cuadras, usted la conoce, y todo permite suponer que tengo vitalidad para rato. No es para presumir, solo para informar, pero tengo todos los niveles perfectos de glucosa, de triglicéridos, de bilirrubina; en fin, de todo lo que puede preocupar a un hombre de mi edad —le confesé. A pesar de su trato amable, el rabino me intimidaba un poco. Sumado a la desesperación que sentía, me di cuenta de que estaba hablando de más y decidí ir directamente al punto. Su cara, a veces inescrutable, parecía dar visos de que comenzaba a divertirse conmigo.

—Don Isaac —le dije ya sin temor, aunque pusiera en evidencia mi supina ignorancia de los salmos del Talmud y de las más elementales costumbres de urbanidad judías—, tengo un mal de amores que me está matando —dejé la frase flotando en el aire inmóvil de la sinagoga—. En mi larga vida solamente me he enamorado una vez. Bueno, para ser precisos, una vez y media porque el otro era un amor imposible; se nos ensanchaba tanto el Atlántico que acabamos olvidándonos el uno del otro. Pero este otro amor se me acaba de derrumbar por mi culpa y ahora me siento en el vacío —el veterano sonrió levemente en señal de solidaridad.

—Te escucho, Bernardo —me azuzó a que continuara con la explicación que decidiría mi integración al pueblo elegido.

Me detengo solo un segundo en este punto para aclarar que mi verdadero nombre no es Bernardo. Ese es el nombre con el que me conocen mis amigos judíos y hasta ahora ha funcionado bien. De cariño me dicen *Berny*, sin saber que ese no es mi nombre real. Si para curarme el mal de amores es necesario que me bauticen o lo que acostumbren hacer ellos como ritual para ponerme otro nombre más adecuado, sea Abraham o Benjamín, no tengo la menor objeción.

—Don Isaac —repetí, tomando vuelo y ya sin pena—, para mí fue muy lamentable saber que mis análisis de sangre, de orina y de resistencia pulmonar salieran tan perfectos. En realidad acudí al laboratorio para detectar qué males tengo, cuáles son los más perniciosos, para provocarme la enfermedad más letal posible. Necesito curarme en vida de esta enfermedad amorosa, no hay de otra —hice una pausa para que me pusiera toda la atención e insistí—. He descartado el suicidio, quiero que lo sepa. Por eso me urge someterme al método que ustedes practican. —Dejé pasar unos segundos y fije la mirada en sus ojos—. Ayúdeme por favor —le pedí.

El rabino se levantó lentamente del asiento y me dio la espalda. Parecía buscar inspiración y respuesta a mi súplica en algún rincón perdido del templo. Se acercó lentamente hasta los rollos de las escrituras sagradas, los tocó levemente con los dedos de la mano izquierda y comenzó a balancearse rítmicamente de lado a lado.

—Ya no tengo edad para volver a enamorarme de esta forma —susurré desde mi butaca. Interrumpió el bamboleo al escuchar que quería decirle algo más. Mantuvo la mirada fija sobre los rollos sagrados—. Si me tomó una vida entera encontrar el amor verdadero, con el poco tiempo que me queda y la vejez que se aproxima, ya veo francamente imposible que vuelva a ocurrir ese milagro. Nada me entusiasma. Soy como un libro que quiere decir muchas cosas, pero no tiene letras. Estoy acabado, esperando que me llegue la hora de morir. Compréndalo —eleve un poco la voz para persuadirlo de que me aceptara en su congregación—. Necesito convertirme en judío y encontrar la resignación.

—Estoy dispuesto a ayudarte, mi amigo —sonrió por primera vez, como si encontrara alivio al decirlo—. Entiendo el suplicio que estás viviendo. Tu desesperación se transmite a larga distancia. Es claro que se te ha mezclado la pérdida amorosa con la inminencia de la vejez que ya se encuentra a la vuelta de la esquina. Eres un hombre consciente de tu circunstancia y por ello te das cuenta perfectamente de que sin amor vas a hacerte viejo más pronto, el carácter se te hará más agrio y empezarás a odiarte a ti mismo —asintió varias veces con la cabeza, confirmando el sentido de sus palabras. Sobó los rollos sagrados con la mano izquierda levantada y continuó con su reflexión—. La disciplina del duelo judío y muchas más de las enseñanzas del Talmud podrían ayudarte en esta hora difícil. Adéntrate en estos conocimientos ancestrales —me invitó— para ser una mejor persona y entender tu lugar en el mundo, aunque no estoy seguro de que debas convertirte al judaísmo, ni que sea necesario ni lo más pertinente. Has venido a este templo a buscar una solución específica y no necesariamente a convertirte en miembro del pueblo hebreo.

—Mire, rabino —lo interrumpí—. Jamás en mi vida he sido una persona de medias tintas; no he venido a solicitar un entrenamiento o terapia de duelo, sino a tomar el paquete completo; de otra manera, me temo que no va a funcionar mi sanación. Sería un tanto hipócrita que no me tome en serio una religión tan profunda. Cuando veo orar a la gente en el Muro de las Lamentaciones tengo la sensación de que logran que el mundo desaparezca a su alrededor, compenetrados como parecen estar en sus propios pensamientos, estableciendo una conexión directa con el más allá, en paz consigo mismos.

—Los monjes budistas dejan la misma impresión, ¿no es así? —me interrumpió—. ¿Por qué mejor no te haces budista? —pensé en las togas moradas, las cabezas rapadas de los lamas, el frío del Tíbet y las comidas a base de agua y semillas en un cuenco de madera y me armé de nuevos bríos para convencerlo.

—Los judíos son amantes de la música clásica, tienen genios como Einstein y Freud para presumir, mientras que los tibetanos están invadidos irremediablemente por el ejército chino, se la pasan a salto de mata entre los montes más altos del mundo y, fuera del Dalai Lama, no tienen figuras de esa talla. —Además, para ser prácticos, desconocía si los budistas tenían rituales y métodos para desterrar el mal de amores y, más importante que eso, no conocía a ningún monje al que le tuviera la confianza que le tenía al rabino Isaac. Así que le dije—: Amigo rabino, estoy seguro de lo que estoy pidiendo. No tengo la intención ni el deseo de estar probando distintos ritos y religiones a ver cuál me cuadra más o quién me presenta mejores ofertas.

Lo que le decía era cierto; lo más importante para mí era dejar de sentir que el alma se me había escapado del cuerpo. Necesitaba urgentemente un bálsamo para el espíritu y se me había metido en la cabeza que hacerme judío era la única solución viable.

El rabino, don Isaac, ahora daba la impresión de ser un animal enjaulado. Daba vueltas frente al tabernáculo donde tienen los rollos de las escrituras y los podios con la manita de metal para leer los rezos. Era evidente que lo había puesto en un predicamento.

—Mira, Bernardo —me advirtió—. Esto de hacerse judío no es cosa fácil. Por lo que me has contado, me parece que más bien necesitas el apoyo de un terapeuta profesional que te guíe en esta etapa difícil de tu vida. —Lo paré en seco.

—Querido rabino, me da la impresión de que no he sido capaz de transmitirle mi dilema existencial —miré las paredes del templo buscando sin éxito algún reloj para medir el tiempo que me tomaría explicarle mi angustia—. Para mi fortuna, a muy temprana edad logré cumplir las metas principales que me había trazado en la vida: profesionalmente hice y deshice a placer, ocupando los puestos que más me interesaban en la diplomacia nacional y en lo económico nunca he estado holgado de dinero, pero tampoco ha faltado para cubrir las necesidades importantes. Escribí libros, planté árboles y tuve hijos, cumpliendo con el mandato vital de los chinos. El hecho de haber logrado lo que quería ya me estaba dejando bastante vacío, sin proyectos que me apasionaran. Desde que me retiré del servicio exterior comencé a ganar más dinero sin echarle tantas ganas. Y lo que es peor, mis nuevos trabajos me aburrían más que el entierro de una monja —me llevé la mano a la boca, consciente de que había dicho algo inapropiado en una sucursal de la competencia—. El hecho, rabino, es que siempre me aburrió mucho pensar que el único objetivo de la vida fuese hacer dinero. ¿Se imagina el desperdicio de tiempo que significa dedicarse en cuerpo y alma a acumular riqueza? En fin, no entraré en eso porque muchos judíos, lo sabemos usted y yo, piensan que hacer fortuna es el objetivo central de la existencia. Mejor sigo con lo que quiero decirle —el rabino curiosamente asintió ante mi comentario anticapitalista—. Cuando me enfrenté al vacío de sentir que ya había cumplido con lo que me interesaba lograr en la vida, supongo que mi corazón se preparó para aventurarse en otros asuntos, en otros misterios —tenía la garganta seca por la presión y sentía que la frente y las sienes se me llenaban de sudor bajo el pequeño gorro de terciopelo—. ¿No tendrá de casualidad un vasito de agua, don Isaac?

El veterano, con pies ligeros, se metió por una de las puertas laterales de la sinagoga y regresó con una charola plateada de lo más charra, con una jarrita y dos vasos. Con el primer trago logré aclarar la voz, dándole a entender que continuaría mi argumentación.

—Mientras se daban los preparativos para mi divorcio, no tenía otro deseo más que empezar a vivir a plenitud, gozando de una libertad largamente perdida y libre de la losa de aburrimiento infinito que me aplastaba en el matrimonio. Entonces, me abrí a lo inesperado; mientras más exótico o sorpresivo, mejor. Y una tarde de verano conocí a S. —bebí un poco más de agua en ese momento. Me entraron unas ganas enormes de fumarme un cigarro, pero me pareció inapropiado solicitar la autorización del rabino. Una debilidad tan inocua podría poner en peligro mi aspiración de convertirme en judío esa tarde de martes. Don Isaac aprovechó mi pausa.

—¿Cómo es esta S.? —preguntó sin miramientos—. Dime algo más de ella.

—Estaba tratando de contarle cómo la conocí —lo atajé. Su rostro no cambió de expresión pero a cambio miró su reloj, dándome a notar que me estaba perdiendo en los detalles. Comprendí su lenguaje corporal y entré en materia.

—Hasta el día de hoy, después de tantas separaciones, tantos descalabros, tantos reclamos y discusiones, la sigo considerando una de las personas más completas que haya conocido, rabino. Lo mismo se puede hablar con ella de filosofía que de composiciones de Vivaldi, escalar una montaña un domingo por la mañana, cocinar platos *gourmet*, dar consejos como profesional sobre decoración de interiores o analizar la política mundial. Es cariñosa con los perros y respetuosa con la gente trabajadora, sean meseros o electricistas. Como antropóloga ha convivido lo mismo con chavos banda que con millonarios de Las Lomas. Pasa bien la prueba en cualquier entorno social, ya sea tratando de comprender la mentalidad de los policías, aprender métodos esotéricos de curación o encajando en cosa de minutos en una cena de embajadores. Don Isaac —le dije con la mano extendida con el vaso—, es como un pequeño universo que anda sola, caminando por las calles de México.

—Y entonces te enamoraste —también los rabinos pueden caer en obviedades.

—Así es, maestro —quién sabe qué me dio por llamarle de esa manera, cuando aún no me había dado ninguna clase—. Me enamoré sin darme cuenta y desde entonces no puedo sacármela de la cabeza. Es algo enfermizo lo mío. Pero hay algo más, don Isaac —dudé en decírselo, porque desconozco las costumbres sexuales de los pastores judíos. Sentí que ya no era momento para preocuparnos por esas pequeñeces—: S. me enseñó la diferencia entre tener sexo y hacer verdaderamente el amor. —En ese momento descubrí que Isaac es zurdo, pues empezó a emplear la mano izquierda para tejerse trenzas en las barbas con una destreza que no le conocía—. Ella me fue guiando por un mundo hasta entonces desconocido para mí. Fue un periodo apasionante de mi vida.

—Ya me doy cuenta —me atajó, esta vez con severidad. Reculé, percatándome de que estaba usando a este religioso como simple pared de frontón, sin propiciar el diálogo, con la única intención de escucharme a mí mismo, de revivir aquellos momentos inolvidables.

—Por cierto, rabino, su inicial verdadera no es S. —le confesé.

—Ya lo suponía, lo mismo que tú no eres Bernardo, pero en tu caso ya te fastidiaste porque la comunidad te ha adoptado como si lo fueras.

—Quiero que sepa que no tengo la menor reserva en ponerme un nombre judío si soy aceptado por la comunidad.

—No nos detengamos en ese tema por el momento —sacudió la mano en el aire. Se distrajo unos momentos quitando pequeñas bolitas de lana que se habían adherido a su traje negro—. Puedo ver con claridad que se trata de una de esas mujeres fuera de lo común, raramente repetibles; eso es lo que te tiene enloquecido. Ahora lo comprendo mejor. No es una de esas guapas que es pura carrocería y nada de motor, ¿verdad? Por cierto, ¿es guapa?

—Si quiere le muestro una foto que traigo en el celular. —Empecé a sacarlo del bolsillo de mi pantalón. Volvió a agitar la mano en el aire para que no cortáramos el hilo de la conversación. Ese detalle me reveló que estaba en presencia de un individuo de calidad espiritual superior; a diferencia de mis amigos que lo primero que me pedían era ver su foto, Isaac dejaba la apariencia física de mi amada en un segundo plano.

—Me refiero —prosiguió el rabino— a que no estamos en presencia de una de esas mujeres cuya única finalidad en la vida es aprovecharse de sus encantos para que les paguen los tragos, las lleven de viaje y embarazarse cuando mejor les conviene para atrapar al hombre que va a servirles de proveedor por el resto de sus días.

—No, rabino, «S.» —entrecomillé en el aire—, de hecho, es una mujer muy desprendida en lo material. Ahora lamento —le reconocí con honestidad— no haber sido más generoso y atento con ella. Tampoco es que pidiera mucho. Mientras algunas lobas de esas que frecuentan los restaurantes de moda piden a las primeras de cambio que les paguen la tarjeta de crédito o las lleven a un crucero por el Mediterráneo, S. se contentaba con ir a Valle de Bravo o comerse unos tacos en el Rincón Tarasco —entonces sentí que me quebraba—. ¡Imagínese, Maestro, lo que me ha representado perderla! Debí casarme con ella cuando estábamos más enamorados. Ahora mis alternativas se reducen a convertirme en ermitaño, hacerme gay, ponerme a ver series de televisión rumanas o meterme a tomar clases de esperanto —le dije con las manos crispadas sobre el vaso, deseando transmitirle la imperiosa necesidad que sentía de convertirme al judaísmo.

El rabino Isaac me miró de pies a cabeza y me invitó a salir a la banqueta.

—Creo que deberíamos salir a echar un poco de humo, ¿te parece? —en un acto reflejo metí la mano al bolsillo de la americana (como le dicen los hispanos) y tuve el impulso de abrazarlo.

—No sabía que usted fumara —le dije con alegría, ofreciéndole de inmediato uno de mis Marlboro.

—Lo hago muy de vez en cuando, pero esta ocasión lo amerita. —Caminamos hacia la salida, yo un poco más rápido que él, ante la expectativa de estar lo antes posible en la acera. Prendí primero su cigarro, exhalamos al mismo tiempo y, entonces, fue Isaac quien se apropió de la palabra. Miraba fijamente hacia el suelo, como si de pronto hubiera descubierto que mis zapatos eran un objeto de interés científico.

—Vamos poniendo las cosas en su lugar, mi querido Bernardo —me dijo con autoridad, dando la impresión de que ya había escuchado lo suficiente para contar con un diagnóstico preciso—. Está claro que sufres de un mal de amores en grado patológico. Eso mismo, esa pérdida, te ha llevado a perder interés por la vida. A esto hay que sumarle que nunca antes habías conocido el amor verdadero y que encima sientes que lo que venías a hacer al mundo ya lo lograste. ¿Estoy en lo correcto? —asentí como si estuviera escuchando las verdades más profundas de la Torá; más bien, como un perrito listo a recibir sus instrucciones: *sit, get up, roll over*. Prosiguió. Saqué otro tabaco, mientras él paseaba el suyo por el aire sin darle el golpe.

—Quieres hacerte judío para liberarte de las penas que te están matando, ¿verdad? —asentí sin la menor intención de cortar su parlamento—. Vamos a intentar algo diferente, a ver qué te parece —yo era todo oídos—. Voy a compartirte algunos secretos de la sabiduría milenaria del pueblo hebreo y, sobre todo, algunas recomendaciones prácticas. ¿Te parece? —yo seguía en actitud de pastor alemán (u otra raza que sea más del gusto judío; no importa mucho, es la primera que me vino a la mente).

—Mira, mi Berny —me dijo con afecto—, vamos a partir de la base de que ya estás muerto. Habías descubierto una nueva razón para vivir en este tramo crepuscular de tu vida y la has perdido. Por cierto —se detuvo de sopetón—, ¿no hay posibilidad alguna de que recuperes ese amor? —Negué con la cabeza, desechando cualquier posibilidad—. Siendo así, vamos a probar con algunas soluciones especiales para ti, ¿de acuerdo? —Volví a asentir como cordero israelí comprometido—. Estoy convencido de que todavía te resta una vida muy intensa y digna de vivirse; sin embargo, comprendo la situación por la que estás atravesando y tus pocas ganas de vivir. Siendo así —ahora sí le dio un jalón a su cigarro—, digamos que no tienes nada que perder, lo cual te coloca en una posición muy ventajosa —levanté las cejas—. No creo que necesites, ni en el fondo quieras, convertirte al judaísmo —volví a levantarlas con cierto pánico—, pero ofrezco darte las claves del duelo judío para que vayas retomando el camino y también te ofrezco y, de hecho, te pido que recurras a mí cuantas veces lo estimes necesario. —Se aseguró de contar completamente con mi atención y fue entonces que me dio su consejo mágico—: en los próximos meses, y espero que muchos años más, vas a concentrarte en tomar riesgos que nunca antes consideraste, que te dieron miedo o que pensaste que no estabas a la altura suficiente —interesante recomendación y dentro de mi filosofía de vida, pensé—. Y segundo, vas a recobrar, a desempolvar las fantasías más alucinantes que hayas tenido y vas a procurar llevarlas a la realidad sin pensar en los costos o las consecuencias. Sé que eres un hombre de bien —me dijo— y por eso descarto que vas a salir a matar gente o a envenenar las aguas de la Ciudad de México. Estoy convencido de que tus fantasías más profundas estarán centradas en aventuras apasionantes, en poner a prueba tu inteligencia y en vivir experiencias inolvidables —le ofrecí otro cigarro, pero ya no quiso—. Haz tu propia interpretación de lo que significa arriesgar, déjate llevar por las tentaciones, cumple con tus anhelos más profundos y empieza a vivir de nuevo. Yo estaré a tu lado en todo momento —hizo un gesto para que le devolviera la kipá de terciopelo, me dio un abrazo corto y se metió a la sinagoga, mientras yo me quedaba solo en la banqueta, asimilando sus palabras, viendo sin ver los coches que pasaban por la calle y sintiendo que recuperaba un pedazo de vida.

2
LA FANTASÍA DE DURANGO

La conversación con el rabino me dio nuevos bríos para hacer algo de provecho con el basurero en que se había convertido mi vida. Me habría gustado dedicar el resto de mis días a cultivar aquellas cosas que el trabajo, las responsabilidades y las tareas cotidianas no me habían permitido hacer hasta entonces; leer las grandes obras de la literatura, pintar y reunirme metódicamente con los amigos y las personas que me han dejado una huella. Conseguir un nuevo y gran amor, también eso, principalmente eso. La realidad, la irrefrenable necesidad de buscar el sustento y cumplir con los deberes propios de cualquier mortal acostumbrado a comer tres veces al día, me orilló a viajar a Durango por motivos de trabajo.

Tenía menos ganas de hacerlo que de costumbre después de la conversación con mi nuevo guía espiritual. Habían pasado dos días desde mi visita a la sinagoga y sentía unas necesidades inmensas de mandar todo a volar y concentrarme en la estrategia que me sugería don Isaac: experimentar, arriesgar a fondo, ceder de inmediato ante las tentaciones; en cambio, ahí me encontraba ahora, en la sala 65 del aeropuerto de la capital azteca, a unas horas indecentes de la madrugada, mirando el rostro ajado de las azafatas, cubiertos por capas geológicas de maquillaje, y el de cientos de paisanos tratando de averiguar cuál de las filas era la correcta para llegar a Los

Mochis, a Villahermosa o a Zacatecas. Nunca entendí para qué nos formaban como soldaditos si después nos apiñaban en los bajos del aeropuerto para tomar el autobús que debía llevarnos al avión. En México parece que priva la máxima hindú que reza: *para qué hacer las cosas fáciles si pueden ser difíciles*.

Mi vuelo llegó a tiempo a Durango y Gerardo, mi socio de negocios en el norte del país, me estaba esperando con puntualidad inglesa. Aquí debo aclarar que ni por asomo se llama Gerardo, acaba de ocurrírseme este nombre para encubrir a un aristócrata como él, por las razones y los sucesos indescriptibles que ocurrieron a partir de esa tarde. Su nombre real es otro, tiene apellidos de abolengo, de familias fundadoras de Durango, pero en vez de darle más publicidad es conveniente y considerado de mi parte reservar su identidad en esta narración. Muy pronto el lector sabrá por qué tengo esa manía de cambiarle de nombre a la gente, incluyéndome a mí mismo. Cuando conozcan las razones hasta es posible que adopten esta práctica.

Salí del aeropuerto con mi maleta de rueditas y ahí estaba él, apuesto, con un cabello que parecía que el viento siempre mecía sobre sus hombros. Dos cosas distinguían a Gerardo: era el único hombre con corbata y *blazer* de botones dorados en todo el aeropuerto y, quizá lo más importante, había pasado por mí en su Lamborghini Diavolo color amarillo, detectable en el estado de Durango desde el telescopio espacial de la NASA. Después de dos años de conocerlo no estaba dispuesto a caer en sus trampas, en sus sutiles mecanismos de intimidación; de manera que, aunque me torturaran llegando a su rancho, tenía como consigna abstenerme de mencionar cualquier cosa sobre el coche en que me recogía. Si le hubiera dicho con cara de inocente: «Oye, qué Lamborghini tan bonito y veloz tienes», mi capacidad de negociación frente a él se habría derrumbado en el acto. Así que siempre iniciaba mis diálogos preguntándole por el clima, qué más. Mientras atravesábamos la cordillera en lo que yo sentía como una velocidad aproximada de 387 kilómetros por hora, tuve la primera sorpresa de la jornada. Supuse que era una treta del rabino, una especie de milagro judío. En vez de hablarme de asuntos tediosos y aburridos de nuestro negocio, como era su costumbre, Gerardo disminuyó notoriamente la velocidad y decidió abrirse de capa conmigo.

—Rafael —me dijo, prendiendo un puro dentro del coche, cosa que jamás le había visto hacer—, Lucía lleva un par de meses comportándose conmigo más fría que un cadáver.

Quizá les confunda un poco que me haya llamado Rafael; ese es el nombre con el que se me conoce en el mundo de los negocios en esa región del país. No creo en realidad que case muy bien con mi personalidad pero, como comprenderán por las confesiones que estoy a punto de hacer, es imposible revelar mi nombre verdadero.

—Ya no sé qué hacer, mi Rafa —me dijo de modo afectuoso—. Sabes cuánto la quiero y cómo la consiento, pero simple y sencillamente se le está apagando el alma a esta mujer. Le llevo el desayuno a la cama, le doy sus buenos arrimones antes de acostarnos, me meto a la regadera cuando se está bañando, le propongo viajes de *shopping* que tanto la entusiasmaban, pero no logro animarla. No reacciona ante ninguna sorpresa, a ningún regalo, a ningún trío (musical) ni a algún platillo que le prepare —se le veía desconsolado, en un callejón sin salida—. Haría lo que fuera, de verdad lo que fuera por que sea feliz —me confesó—, por que recobre un poco de la alegría que solía tener.

Tomé nota precisa de lo que me estaba diciendo, de lo que me pedía, pero no me sentía en las mejores condiciones para ofrecerle apoyo. Yo mismo estaba en una etapa terapéutica, pensando en hacerme judío para salvar lo poco de vida que me quedaba. Me caló muy hondo que este colega estuviese dispuesto a hacer lo que fuera para recobrar su relación de pareja, mientras que yo había descuidado de forma tan miserable mi amor. Me sentí un poco mareado, entre tantas curvas, en ese Lamborghini que tanto entusiasma a los ricos, pero que a mí me parecía que colocaba tus nalgas demasiado cerca del pavimento, de manera que le dije lacónico:

—Tranquilo, Gerardo, mi Jerry, voy a tratar de componer las cosas entre tú y Lucía. Haré lo posible... —dejé inconclusa la frase para darle un aura mayor de misterio. La verdad de las cosas es que no tenía la más remota idea de cómo podría ayudar a que esa pareja reencontrara el rumbo, pero mis propios padecimientos emocionales me inclinaban a tratar de ser de alguna utilidad. Ante el naufragio en que se había convertido mi vida, quizá no era mala idea dedicar los años que me restaran a apoyar causas nobles y, en especial, a amigos. Además, el rabino me había dicho con toda claridad: «Fantasea y arriésgate».

Lucía es una mujer atractiva, de bellas facciones, pantorrillas musculosas y, sobre todo, un trasero levantadito que dan ganas de acariciarlo. Siempre la había mirado con recato, sin atreverme a hacer un análisis anatómico más profundo por respeto a mi Jerry. Omitiendo el hecho de que se trata de la esposa de mi socio principal de negocios en el norte de la República, debo reconocer que Lucía es una auténtica belleza y que si algo le pasara a mi colega, no tendría el menor inconveniente en convertirme en su paño de lágrimas. ¡Qué complicado es eso de que a uno le fascine la novia o la esposa de un verdadero amigo! Es una auténtica lata porque no deja ninguna opción buena: si se mete uno con la mujer, lastima al amigo y hasta puede terminar a golpes. Si, por el contrario, nos abstenemos de cortejarlas e intentar seducirlas, siempre queda ese mal sabor de boca de una oportunidad perdida; peor aún, si ellas están más interesadas que uno en ponerle los cuernos a su pareja y uno no reacciona, puede ganarse una reputación injustificada de homosexual encubierto.

A medida que bajábamos por la cordillera que conduce al rancho, la petición de Gerardo fue llenándome la cabeza de estas reflexiones, de temores y deseos escondidos. A lo lejos, a mitad de la pradera, podía verse la casa señorial de la hacienda, con sus techos cubiertos de tejas y ventanales coloniales. La chimenea exhalaba un humo que anticipaba la atmósfera acogedora que nos aguardaba y el sol de la mañana marcaba unas huellas profundas con las sombras de los árboles y las cúpulas del caserío.

Mirando por la ventana del coche, con Gerardo a mi lado manejando en silencio, recordé que cuando vivía en Londres empecé a frecuentar un restaurante francés de mariscos. Al principio iba por los ostiones frescos de Normandía, sin pensar en nada más. Al paso del tiempo me di cuenta de que, en realidad, lo que me atraía era su estupendo vino blanco; lo mismo, presentí, me estaba pasando con Jerry: al principio viajaba a Durango por negocios, pero poco a poco me fui dando cuenta de que mi atracción principal era ver a Lucía. Para qué seguir engañándonos. No tengo la menor idea de qué tipo de ropa se ponía un día cualquiera en el rancho; lo cierto es que cada vez que llegaba yo usaba vestidos como de ala de mosca, cortitos y transparentes, con unos zapatos de tacón alto que hacían lucir a plenitud sus piernas de ceiba madura. Quería suponer que en los días tediosos en que ella y Gerardo estaban solos en la terraza, mirando al bosque, ella estaría enfundada en unos *pants* calientitos, frazada de lana y taza de café entre las manos. Naturalmente nunca la vi en esas condiciones. Mis visitas al rancho me hacían pensar en un desfile de modas: Lucía en vestido de coctel, Lucía en *hot pants* frente al asador de carne, Lucía en una especie de traje de noche para traernos ella misma la cena o servirnos un martini. Tampoco sé si aprovechaba mis breves estancias para encelar a Gerardo, para provocarlo a que le hiciera el amor o para hacerle notar lo mucho de lo que se estaba perdiendo. Yo qué sé.

Bajamos lentamente por el camino de acceso al rancho. El coche raspaba con el empedrado en cada curva y a veces parecía que no iba a pasar los vados por los que escurría el agua de las laderas del monte. Gerardo cerraba los ojos y lanzaba injurias cada vez que su Lamborghini sacaba chispas con el chasís. Era su culpa; debió comprarse una camioneta 4x4 en vez de un auto deportivo, pero le gustaba canalizar la libido con un coche de colección. Finalmente bajó el volumen de la música y se estacionó en una especie de glorieta coronada en el centro por un sauce frondoso. Lucía nos esperaba en el porche con dos vasos de agua de jamaica.

Se veía mejor que nunca: vestido estampado con flores naranjas y amarillas que contrastaban con el verde de sus ojos. Más que vestido, parecía que alguien le hubiese pintado las flores sobre la piel; ni una pequeña arruga podía observarse en su atuendo. Al mirarla no pude encontrar a esa mujer deprimida que me había retratado Gerardo. La observé, ahora sí, con la debida atención, mientras la puerta del Lamborghini se abría en automático hacia arriba. Sentí por primera vez una punzada en la parte baja del vientre

Ni ella ni yo dijimos palabra alguna. Gerardo tomó uno de los vasos de agua fresca, le dio un beso en la mejilla y de inmediato bebió el líquido de un solo golpe. Se aflojó la corbata. «Ya estamos de vuelta, mi cielo». Era obvio que ya estábamos de vuelta, pero solemos decir ese tipo de cosas para salir del paso. Se pasó un pañuelo por la frente para quitarse el sudor, como si viniéramos de realizar un enorme esfuerzo. Para un aristócrata mimado como él, ir y regresar del aeropuerto era un sacrificio indecible. Lucía extendió el brazo para ofrecerme el otro vaso y bajó la vista, en una mezcla de rubor y deseos por compartir alguna tristeza. La dejé con el brazo estirado, intercambié una breve mirada con Gerardo y fue entonces que la abracé ligeramente, sin sonrisa de por medio, dándole a entender que su marido ya me había informado de las penas que la embargaban.

—¿Cómo está mi Lucy? —le dije al oído, con un dejo de solidaridad evidente—. Parece que has estado un poquito apachurrada, ¿verdad? —Ella gimió de forma casi inaudible y asintió, reposando su cabeza sobre mi pecho, buscando un poco de comprensión y ternura. Noté que quería decirme algo; tenía un nudo en la garganta. Me abrazó por la cintura y esta vez emitió un gemido más fuerte.

—Ay, Lucy, Lucy —me salió del alma, mientras le acariciaba el cabello–. Haremos todo lo que sea necesario para que seas una nena feliz, ya verás —le cerré un ojo a Gerardo, indicándole que muy pronto todo estaría bien.

Noté que no traía sostén. Jerry permanecía de pie junto a las ramas del sauce, con las manos a los lados del cuerpo, como si buscara la sombra. Miraba la escena apresado por una combinación de sentimientos que iban desde la esperanza de que mi llegada al rancho fuese el bálsamo para sacar a su mujer de la depresión, hasta un enojo intenso consigo mismo por no lograr infundirle el calor y el afecto que en segundos yo había logrado.

Lucía seguía estática, con la cabeza apoyada en mi pecho. Poco a poco se me fue acurrucando, como gato que encuentra un sitio acolchonado en el sillón. Conforme pasaron los segundos sentí que su cuerpo se acomodaba a mis formas de manera más que amigable. Noté que el ritmo de su respiración se alteraba, ¿o sería el tono mismo de sus lamentos y susurros iniciales? Cambió la cabeza de lado sin soltarme. Al cambiar de flanco, los picos de sus senos rozaron mi camisa. Creí escuchar un pequeño gemido, poco común, al menos para mí, en los saludos entre la esposa de un socio de negocios en el norte de la República y su colega de la capital. De pronto sentí que el brazo con el que sostenía el vaso de agua de jamaica pasaba por encima de mi hombro, derramando el líquido sobre mi suéter. En ese momento ambos miramos en dirección a Gerardo, como si estuviéramos coordinados. Me separé de ella de inmediato y fingí limpiarme la ropa con un paliacate. El viento de la mañana mecía las ramas de los árboles, sin que nadie se atreviera a hablar.

Mi socio levantó las maletas y caminó hacia la entrada de la casa. Gerardo y yo nos miramos, tratando de adivinar lo que cada uno estaba pensando. «Cualquier cosa por hacerla feliz», cruzamos el pensamiento. Se volteó con bastante gracia, prosiguió hacia el vestíbulo y fue entonces que Lucía y yo volvimos a aproximarnos. Dejó el vaso con precaución sobre el barandal del porche y me lanzó una mirada de abajo hacia arriba, con sus grandes ojos verdes, que me recordaba a los toros antes de embestir. En realidad no sé por qué pensé eso, pues en mi vida he toreado. Me arranqué el suéter porque me sentí acalorado, tenía el pretexto de que me había salpicado con el vaso de agua. Volvimos a abrazarnos delicadamente, ella fue rozándome la mejilla con el cabello, hasta que nos conectamos en un beso inesperado. Me tomó con fuerza de la nuca y yo, en estricta reciprocidad, le levanté ligeramente la falda. Al tocarla por primera vez, como tantas veces había imaginado, pensé que no me lavaría las manos en muchos días para mantener su esencia en la piel.

En una brizna de tiempo pasé del mareo de las curvas de la carretera a ese devaneo delicioso que me provocaba Lucía. Estuvimos besándonos durante un tiempo incapaz de medir. Noté que ella estaba húmeda como las hojas de las palmeras en la selva. En escasos segundos yo me había transformado en un auténtico tótem apache a mitad de la llanura. Era evidente que los dos llevábamos largo tiempo esperando ese momento, pero no nos habíamos atrevido a dar el paso. Gerardo nos miraba absorto desde la ventana de la cocina, detrás de unos cristales esmerilados que le distorsionaban el rostro. Suspendimos de pronto las caricias y, de nuevo, como si nos hubiéramos puesto de acuerdo, levantamos el dedo pulgar en dirección hacia Jerry. Ella le sonrió cariñosamente, dándole a entender que le había traído el remedio que necesitaba para salir de su desconsolada depresión. Mi socio, primero de forma incierta y luego de manera más convencida, levantó también su dedo pulgar y después fue a ocultarse en el interior de la hacienda.

Lucía me tomó por la cintura y a paso alegre me condujo dentro. Entramos en la cocina y con una sola mirada indicó a la sirvienta que se retirara. Las cazuelas de barro exhalaban olores de frijoles con epazote, tinga de pollo en salsa roja y tortillas recién echadas. Recargada sobre el borde de la estufa, movió la cabeza hacia atrás y estiró los brazos hacia el techo, como si liberara una tensión largamente acumulada. Pude admirar su cuerpo en toda su extensión. Me echó los brazos al cuello. Lo que siguió fue un concierto de ollas rotas, cucharones de madera saltando por el aire y gemidos capaces de atraer a los animales silvestres del rancho.

—Creo que me quemé una nalguita con el hierro de la estufa —me dijo con la respiración entrecortada, sin dejar de sonreír.

—Déjame ver —le dije de manera doctoral. Dio la vuelta, levantó con una mano su faldita de ala de libélula y pude admirar a mis anchas su lindo trasero respingado. La quemadura era insignificante, pero me brindaba la oportunidad de darle pequeños mordiscos curativos. Hizo un esfuerzo por mantener las manos sobre el borde de la mesa de la cocina hasta que cedió a mi tratamiento terapéutico. Me tomó por detrás la cabeza y vuelta a empezar: el tótem apache reapareció en la llanura, las hojas de la selva volvieron a llenarse de rocío y más cazuelas rodaron por el suelo. La tomé por la cintura, dispuesto a montarla, cuando a lo lejos escuchamos el relincho de un caballo. Qué cosa más anticlimática. Volteamos instintivamente. Lucía se agachó, con cara de susto, como si se avecinara una balacera. Ante la duda, yo también me puse en cuclillas. Desde ese punto podíamos mirar hacia el comedor y más allá, al ventanal que dominaba el frente del rancho. Como si fuera la estampa de una película de John Wayne, Gerardo montaba un alazán blanco, azotándolo para que levantara las patas delanteras una y otra vez. Lucía se acomodó el vestido y caminó con paso firme hacia el ventanal. Lo retó con la mirada, los nudillos contra la cintura y la cabeza en alto. El caballo, el jinete o los dos no pudieron resistir el desafío que se les presentaba y salieron a todo galope por el prado.

Lucía se enfiló apresurada hacia la cocina, todavía colocándose la falda. En una mezcla de confusión y fiebre mágica, la encontré a mitad de camino. Yo estaba apuntando con un dedo hacia la ventana: no entiendo por qué actué de esa manera. ¿Qué quería decirle? ¿Que ahí afuera había un jinete y un caballo? ¿Que nos había descubierto haciendo el amor? ¿Que ese era el *show* ecuestre más fabuloso que había visto en su vida? Sentí que estaba actuando como un imbécil, todavía con mi dedito apuntando hacia el campo. Todo había sucedido muy de prisa: mi intimidad con Lucy, la reacción hípica de Jerry, mis erecciones en serie. Bajé la mano lentamente y me di cuenta de que aún no había desayunado.

—Tardará varias horas en recorrer todo el rancho —dijo Lucy de manera solemne, mientras calentaba café de olla.

Volvió a recargarse contra la estufa y sonrió: mi camisa estaba mal abotonada por la prisa. Me atrajo con un ademán y volví a abrazarla, esta vez sin el fuego de la urgencia. Lloró un poco, me dijo que de felicidad.

El rancho debía ser muy grande porque pardeaba la tarde y Jerry no regresaba. Lucía y yo habíamos hecho el amor junto a la chimenea y encima del oso disecado del vestíbulo; nunca en la veranda, que es donde más se me antojaba, por temor a que apareciera Gerardo en su corcel.

El sexo, el desfogue, fue magnífico, de alto voltaje. Lucy es un encanto en la cama, fogosa y tierna. Entre cada acto amoroso pudimos conversar, empezar a conocernos de verdad. Por primera vez me interné en los pensamientos y en la manera de ser de la pareja de mi socio. Después de charlar con ella varias horas, de escuchar sus lamentos por la vida aislada, de jaula de oro que llevaba en el rancho, llegué a la conclusión de que Lucía era una mujer llena de anhelos escondidos que había cancelado la posibilidad de soñar a cambio de la seguridad que le ofrecía su matrimonio.

—Voy a hablar seriamente con Jerry —me dijo todavía desnuda. «Lo va a dejar», pensé de inmediato. «Querrá escaparse del rancho, mudarse a la ciudad. La noto con ganas de avecindarse conmigo». Afortunadamente me equivoqué.

—Le pediré que nos deje el rancho para nosotros solos cada vez que me apetezca y que, por supuesto, tú puedas venir cuando quieras —me sugirió con una mirada llena de timidez.

Eso sonaba mejor. Sentí un repentino descanso en el alma. Se tiró en la cama, boca arriba. Supuse que deseaba otra dosis de oxitocina. Yo no estaba seguro de tener la gasolina suficiente para el kilometraje que se me exigía. Por fortuna solamente se trataba de la postura que utilizaba para ponerse unos jeans tan entallados que únicamente acostada podía entrar en ellos. Después de varios intentos y dos pequeños brinquitos, logró subirse el cierre. Entre jadeos por el esfuerzo me dijo:

—Alternativamente podría ir a visitarte a México, siempre con el consentimiento de mi marido —buscó mi aceptación en el momento en que logró abotonarse los jeans. Dándolo como un hecho me propuso que programáramos encuentros esporádicos en terreno neutral, en alguna playa virgen, en algún sitio exótico que ninguno de los dos conociéramos. Con paso ágil se metió en el vestidor y emergió con una camisa de franela a cuadros y cinturón con hebilla. Tomó una chamarra de piel con borrega. Era evidente que, con mi visita, se le abrieron los ojos ante una posibilidad, lejana, pero que estaba dispuesta a intentar: mantenerse al lado de Jerry por seguridad y tenerme a mí, de vez en cuando, para soñar.

—Me gustas peligrosamente —le dije a secas, mientras me vestía, en una mezcla de cortesía y de suficiente ambigüedad como para que no llegara a discernir si estaba aceptando su ofrecimiento. Ella sonrió.

—Vamos a la veranda a esperar la llegada de Gerardo.

Preparó dos tazas de café humeante y salimos a la terraza a mirar la puesta del sol. A esa hora de la tarde la luz salía detrás de los montes, como si fuese a amanecer nuevamente. Nos sentamos en sillones separados y estuvimos mirándonos largamente, cada uno sumido en sus meditaciones.

—Estoy atravesando por un duelo amoroso muy intenso, mi Lucy —rompí el silencio. La revelación le sorprendió, pues en ningún momento de ese largo día de pasión le di muestras de flaqueza.

—¡Pues no se nota! —respondió llena de coquetería, con una carcajada que alertó a la servidumbre. Bajé la cabeza, en señal de nobleza obligada.

—Me atrae la idea de que nos veamos de vez en cuando y sigamos cultivando nuestra evidente atracción. Me parece, de hecho, una magnífica propuesta, pero —le advertí— no tengo corazón para enamorarme. Mi amor sigue prendado a la mujer que perdí.

—Entonces eres el hombre perfecto —me interrumpió, presa de una gran alegría—. Yo te ayudaré a que no te oxides y tú me harás sentir, como hoy, que hay una vida más intensa y excitante. Contigo y con Gerardo podré unir a las dos mujeres que llevo dentro; dos mujeres que se la pasan combatiendo, despedazándose. —Se levantó del sillón como si trajera un resorte y me besó con un sentido nuevo y diferente a todas las caricias que me había regalado en el día. Estaba llena de una inexplicable alegría. Regresó a su asiento y noté cómo tomaba la taza con un sentimiento de liberación, con la expresión que tienen los que han resuelto un grave dilema vital.

Al llegar Jerry, la atmósfera ya estaba contagiada por su felicidad. Después de largas horas de montar y sumergirse en sus pensamientos, cualquiera habría pensado que mi socio llegaría furioso y afligido por la traición que estaba ocurriendo frente a sus ojos, en su rancho, en su misma cama. Al verlo descender de su montura, bajé la vista y puse atención en las macetas, a fin de no cruzar miradas con él; sin embargo, el alma inflamada y feliz de Lucía hizo magia. Sin el menor viso de vergüenza o timidez corrió solícita hacia su marido, lo tomó del brazo y le dio unas palmadas cariñosas en la espalda. Jerry percibió de inmediato que no había visto esa jovialidad en su esposa desde que le regaló un caballo, hace tantos años. Verla tan llena de vida le transmitió una tranquilidad y una satisfacción que no recordaba. Sus llegadas del campo, según las recordaba de siempre, eran para encontrarse con una cara larga, una mujer despeinada, sollozando con la cabeza entre las manos o cortando pétalos de flores para quedarse nada más con los tallos pelones. Las cenas transcurrían en silencio, con algún comentario siempre insulso sobre la cocción de la carne o la frescura de los betabeles. Todavía con las riendas en la mano, ella lo besó con cariño. Ambos sonrieron.

—¿Te acuerdas del tequila aquel de la botella sin marca? —preguntó Jerry, mirándola a los ojos. Ella asintió con una sonrisa que iluminaba el atardecer—. Tráelo, con unos limoncitos y sal de gusano. —Miró hacia el campo, después a mí y luego a su mujer—. Si no es un día como este, ¿cuándo? —le dio una ligera palmada en el trasero, que ahora ya era de los tres, y vino a sentarse en la veranda.

Lucía entró veloz en la casa y, a pesar de que mi socio

mostraba un rostro sereno, tuve los peores presagios. Pensé lo obvio, que me reclamaría de manera airada por haberme acostado con su mujer. Esperando el regaño, me quedé mirando tan fijamente al caballo que pensé que Jerry me preguntaría si nunca había visto uno en mi vida. Todavía con la piel caliente y el aroma impregnado por Lucy, escudriñé con cuidado a mi anfitrión. Traía las botas llenas de lodo y el pantalón sudado por el roce con la silla de montar. Había tirado el sombrero de cualquier forma en el sillón y se estiraba cuan largo era, como si emergiera de un letargo.

—Creo que hoy sí nos hemos pasado, mi Rafa —comentó con actitud ausente, todavía sin mirarme.

—¿Tardará mucho el tequila? —se me ocurrió preguntar. Más bien me estaba hablando a mí mismo porque sentía la garganta cerrada y muchas ganas de beber algo que me tranquilizara. La única y pequeña ventaja que tenía sobre él es que Lucy parecía muy feliz y que yo, a diferencia de él, sabía cuántas veces y en qué rincones de la casa había hecho el amor con su esposa.

—Puedo percibir que la han pasado bien ustedes dos, ¿verdad? —preguntó de manera enigmática. Prendí un cigarro y fingí que me quemaba un dedo con el encendedor. «Pobre Jerry», pensé para mis adentros. «Si esto me hubiera pasado a mí, estaría buscando una buena reata de charro para colgarme del cuello». Entonces ocurrió lo impensable. Con manos nerviosas y con el alma revuelta me confesó:

—Mi Rafa, aunque no me resulta fácil decirlo ni reconocerlo, no sabes cómo te agradezco la alegría, la vida que le has inyectado a mi Lucy —los ojos se le hacían agua y yo, ante los peores presagios de un regaño monumental, también le mostré unos ojos enrojecidos por la emoción.

—Nada que agradecer, mi Jerry —alcancé a decirle—, para eso están los amigos —levantando las manos en señal de que la solidaridad con los amigos no tiene que reconocerse. Desde ese momento, mi socio sabía que podía confiar en mí cada vez que fuese necesario para venir a su rancho a inyectarle vida a su mujer.

Esa noche Lucía desapareció de la escena para ir a vestirse de noche, encargar la cena y sentirse libre y contenta como la mujer de dos hombres. Prendió velas y nos sirvió el agave de colección, transpirando, transmitiéndonos la alegría indecible que la embargaba. Jerry y yo brindábamos con nuestros caballitos de tequila mientras que Lucy, vestida impecablemente con unas mallas negras que realzaban sus piernas, se acurrucaba en el hombro de mi socio y a mí me tomaba la mano, mostrándonos que ahora se sentía feliz y completa.

Lucía era una de esas mujeres, me lo había confesado abiertamente, a las que la ilusión y la fantasía la llenaban más que la realidad. Ahora se notaba que sus sueños más febriles eran poco ante lo que estaba viviendo. Cuando midió que el destilado jalisciense había hecho el efecto esperado en sus dos amores, tomó la palabra.

—Pueden sentirse orgullosos, los dos, de saber que este día han hecho muy feliz a una mujer, a una pequeña mujer, insignificante, que vive apartada del mundo, entre montañas, donde no llegan noticias y de cualquier manera no me importan ni me afectan —tomó aire y nosotros tomamos otro sorbo—. Son como un equipo perfectamente coordinado para devolverle el sentido de la vida a una mujer. Los quiero tremendamente.

El aire, de por sí magnífico en el rancho, se volvió perfume puro. Jerry se sentía satisfecho con su plan. Todas las dudas y malos presentimientos que había abrigado durante su paseo a caballo, ahora se disipaban. Traerme al rancho con el pretexto de una discusión de negocios para devolverle las ganas de vivir a su mujer había funcionado a la perfección. Bastaba ver a Lucy llena de energía, sirviéndonos tequilas y pasando la botana. Tuvimos una velada feliz.

Cuando llegó la hora de acostarnos se produjo un comprensible momento de incertidumbre. ¿Con quién dormiría Lucy esa noche? Con una enorme vitalidad y renovados deseos de vivir, la propia Lucía resolvió el dilema: fue alternándose entre la habitación de Jerry y la mía, según detectaba sus preferencias y nuestra disposición a ofrecerle cariño. Fue así como, nada más ella, vio varias veces el amanecer.

Me duché lo más temprano posible y salí a admirar el paisaje de la mañana. A lo lejos escuchaba a los caballerangos arreando a los animales a pastar. Las colinas parecían cortadas en mitades por la luz matinal, mientras el aire limpio se confundía con el olor a café de olla recién hecho. Me senté en una banca de madera y entonces me sobresaltó el pensamiento de la convivencia que vendría en el desayuno. La escena no podía ser más aterradora: ya sobrios los tres, pasada la magia de un día excepcional, me costaba trabajo pensar en que estaríamos ahí, compartiendo unos frijoles charros, huevos con salsa de chile morita y tortillas hechas a mano, como si nada hubiera pasado. En la mesa no podríamos siquiera preguntarnos uno al otro cómo habíamos pasado la noche, si habíamos dormido bien; en fin, lo más trivial de las conversaciones. Ni modo de ponernos a intercambiar experiencias con preguntas directas como: «¿Qué postura escogieron anoche?» y «¿Cuál te gustó más, Lucy?» Imposible. Miré nervioso el interior de la casa. Aún no se percibía ruido alguno en las habitaciones. Respiré en silencio, pensando en la mejor estrategia de salida. Caminé hacia la entrada principal, a la rotonda del sauce y encontré al capataz principal lavando el Lamborghini Diavolo. La cocinera salió a mi encuentro con una jarrita humeante de café de olla y mi pequeña maleta en la otra mano. Sin decir palabra, el mozo la colocó en el maletero del bólido italiano y me ofreció las llaves.

—El patrón se sentirá muy honrado de que maneje su coche hasta el aeropuerto —me dijo, con un tono que mezclaba un ofrecimiento y una instrucción. De entrada, el mensaje me sacudió un poco. En pocos segundos cobré conciencia de que esa solución despejaba todas las dudas que abrigaba sobre la escena del desayuno tripartito.

Entregué mi taza a la sirvienta sin siquiera tocarla, esperé a que se levantara la puerta automática del auto y lo encendí con todo el esplendor de sus doce cilindros. El capataz ocupó el asiento del copiloto y se encajó el sombrero hasta las sienes. Era hombre de pocas palabras. Suavemente metí primera y comencé a bordear la rotonda cubierta de piedras de río. Miré por última vez aquella casa en la que había tenido una experiencia tan improbable como seductora.

La ventana de la cocina se abrió de par en par, con sus vidrios soplados en color ocre. Se asomó Lucy, como una princesa medieval que pide auxilio a su caballero andante. Con una mano sacudió un pañuelo levemente en el aire y con la otra se dio un beso en la palma y sopló hacia mí, mirándome fijamente a los ojos. Correspondí tomando el beso en el aire, me lo llevé hasta los labios y metí el acelerador sacando chispas por el camino de piedra.

3

OLVIDAR Y RECORDAR

De regreso en casa me siento confundido. Dejo mi equipaje en cualquier lado, mientras los perros corren a darme la bienvenida. Aunque me he ausentado tan solo dos días, ellos lo hacen parecer como si fuera una eternidad con sus brincos, lamidas en la cara, las vueltas que dan sobre sí mismos. Siempre les da gusto recibirme, así me vaya por unas cuantas horas. Odian la soledad, seguramente, al igual que yo. Los perros son una gran compañía, pero no alcanzan a llenar el vacío que deja el amor por una mujer. S. tuvo una conexión especial con este par de perros; cuando estaban con ella parecían dos adolescentes en el camerino de su estrella favorita del rock, con la lengua de fuera, las orejas gachas y constantemente buscando rozarla con alguna de sus patas. Ella se ponía en cuclillas entre ambos, dejando que la olieran y la admiraran. Esas escenas me llenaban de felicidad y me hacían sentir como alguien ajeno a ese triángulo perfecto.

Escucho los recados en el buzón de voz y miro sin mucho afán los mensajes en el correo electrónico: para no variar todos los asuntos eran muy urgentes e importantes. Reportarme con la fundación, gestionar un trámite para la compañía de energía renovable, conseguir cita con un gobernador que no responde ni con una manifestación de travestis enfrente de su casa. Cosas de esas que estoy consciente de que me dan de comer, me dan un ingreso, pero que en nada llenan las necesidades esenciales. Esta mañana siento una gran urgencia por ordenar mis pensamientos. Todo había pasado muy de prisa, desde la ruptura infame con S. a mi decisión indeclinable de convertirme al judaísmo, hasta la terapia emocional que le había recetado a Jerry y sobre todo a Lucía. Ahora pienso en ella, en la textura de su piel y el rubor de su cara mientras hacíamos el amor. Siento una punzada de excitación en la zona media del cuerpo. Sin mucho éxito sacudo la cabeza para remover el pensamiento.

Aunque es temprano y apenas he desayunado, decido tomarme una cerveza fría, prendo el televisor y dejo que los perros se trepen al sillón. Después de dos tragos comienzo a relajarme y decido que los asuntos pendientes pueden esperar. No estoy de humor para concentrarme en asuntos cotidianos. Afortunadamente tengo muchas cervezas en el refrigerador. Voy cambiando de canal sin poner atención a los programas. Es una especie de ejercicio de meditación donde las imágenes se van acumulando de manera desordenada, llevando la mente de un lado a otro hasta dejarla en blanco. Es como hacer yoga, pero sin hacer la flor de loto o la pose del felino.

¿Qué me está pasando? Siento que la sangre detiene su recorrido por las venas. Llegó el momento de rascar más hondo en el espíritu para encontrar la manera de salir de este marasmo.

Hace muchos años decidí no engañarme a mí mismo. En la diplomacia aprendí a conciencia el arte de la simulación, para detectar perfectamente cuándo me estoy escabullendo de algún pensamiento perturbador. Eso significa que tomo papel y lápiz y sin rodeos me pongo a indagar qué carajos me pasa, a enfrentar la situación. A veces veo cosas horribles y llego a odiarme, pero en general me sirve para enfrentar las cosas como son.

No he logrado desprenderme emocionalmente de S. Este es el fondo del asunto. Aunque salgo de vez en cuando con alguna doncella diferente, inconscientemente me pongo a compararla con mi güera, examinando sus reacciones a mis preguntas, imaginando si podría pasar dos semanas seguidas a su lado. Me doy cuenta de que se trata de una especie de obsesión. Mis amigos insisten en que si algo abunda en el mundo son las mujeres interesadas en conseguir pareja, pero yo no encuentro a nadie. A veces pienso que el jabón que uso al bañarme debe contener algún tipo de repelente que aleja a las mujeres. Todas me dicen que tengo una conversación muy interesante y eso me sorprende, pues rara vez platico con ellas de temas importantes. A menudo me rindo en el intento por encontrar a esa nueva mujer de mi vida. Me inquieta ver pasar las hojas del calendario y saber que, si bien me va, terminaré escribiendo novelas en las que mis personajes vivan la vida que a mí se me escurre. Mis amigos deben estar equivocados, porque esa abundancia de mujeres en busca de un compañero, al menos en mis circuitos de búsqueda, no existe.

Quienes me dan consejos para conseguir nueva pareja no saben lo que sucede en realidad: mi conclusión es que, por más que me lave la cara y me ponga ropa nueva, debo tener grabado el signo de S. en el rostro. Las mujeres son muy perceptivas y, nada más con intercambiar dos palabras, de alguna manera saben que la carrocería está con ellas, pero el motor tiene fija a otra mujer en la mente. Buscan la exclusividad en todo momento. Las que tienen cascos más ligeros no se inmutan para aceptar la aventura, así sea con hombres casados o clérigos fogosos, siempre y cuando no sientan que el caballero en cuestión está con el corazón sangrando por otra mujer. Cada día estoy más seguro de que esa es la sensación que transmito a mis prospectos.

Es hora de visitar nuevamente al rabino. Para volver a tener una vida necesito desterrar lo antes posible el fantasma de S. Pongo unas latas de cerveza en la hielera portátil y me lanzo a la sinagoga. Sigo convencido de que el método judío podrá librarme de mis males.

La puerta del templo está cerrada y nadie responde a mis llamados. Es viernes y don Isaac debe estar concentrado con la mano en un muro, rezando. Dejo pasar largos minutos; no escucho señales de vida dentro de la sinagoga. Con uno de los botes de cerveza golpeo ligeramente los portones. El rabino tiene todos los viernes para rezar, pero yo estoy desesperado por eliminar de inmediato mis sufrimientos. Una puerta lateral se abre y alcanzo a ver los ojos psicodélicos de mi pasaporte al judaísmo. Cierra de manera apresurada, aunque sabe que es demasiado tarde.

—¿Qué se te ofrece, mi Berny? —es cariñoso y distante a la vez. Soy inoportuno. Apenas ha abierto la puerta, caigo en cuenta de que no soy bienvenido en esos momentos—. ¿Acaso no sabes que es nuestro día de guardar?

—Lo lamento de verdad —alcanzo a responder—, pero tengo una gran urgencia de hablar. —Le muestro ligeramente el contenido de la hielera y le hago un guiño. Su cara muestra cuatro expresiones distintas en cosa de segundos y al final suelta una sonora carcajada. Menea la cabeza de un lado a otro y me permite el paso, sin dejar de reírse—. Pensé que le vendría bien una de estas para un día caluroso de abstinencia —traté de hacerme el simpático.

—¿Cuál es el motivo de tanta urgencia? —su tono de voz sonaba impaciente. Más me valía tener alguna razón de peso para interrumpirlo así en un día sagrado—. ¿Has seguido mis instrucciones de arriesgar y probar cosas que nunca antes te atreviste a hacer? —su voz cobraba firmeza.

Entramos a una pequeña sala, blanca de piso a techo, con una alfombra que reproducía hileras azules con la estrella de David. Coloqué las cervezas, con cierta vergüenza, detrás del sillón y nos sentamos echados hacia adelante con las caras una muy cerca de la otra.

—Creo que sí he seguido sus consejos de la manera más fiel posible —comencé a decirle, para empezar por la parte más fácil de la conversación—. Arriesgué como me ha instruido y además realicé una buena obra —permaneció callado, tocándose la barba y mirándome con aquellos ojos de cobra encantadora.

Midiendo el grado de detalle que podía interesarle, fui narrándole lo ocurrido en Durango. Con la mano me iba indicando si debía ser más o menos explícito. Cuando le narré el fogoso episodio que viví con Lucy en la cocina del rancho, me interrumpió con un ademán.

—¿Y el marido no intentó matarte ahí mismo? —era lo que más le inquietaba.

—Ambos están de lo más agradecidos conmigo, don Isaac —respondí con la mayor contundencia posible. Se pasó una mano por el pelo, sin poder ocultar su incredulidad—. Y yo igualmente agradecido con usted por su recomendación —añadí.

—Pero alguna consecuencia grave debe haber tenido, ¿verdad? De ahí la urgencia de verme, ¿o no? —me miró fijamente, escudriñando mis pensamientos.

—No, rabino. Le repito que están muy agradecidos; mi amigo no encontraba la manera de devolverle a su mujer el deseo de vivir y ella, al parecer, lo ha recuperado. —Me pidió entonces que completara la narración de mis vivencias en el rancho. Miraba impávido a la pared, pero noté un leve temblor en sus manos. Cuando concluí mi narración, su rostro estaba completamente transformado. Miró a un costado y me dijo:

—Pásame una de esas cervezas que trajiste —su voz se tornó imperativa. Escogí la más fría que encontré. Chocamos las latas, dio un par de tragos largos y añadió, como si hablara con él mismo—. ¡Ay Dios, a ver si no hemos creado a un monstruo! —Insistí en que no había razón para preocuparse.

—Por el contrario —le dije—, se trató de una especie de cogida altruista.

—De acuerdo, de acuerdo —repitió—. No tengo por qué dudar de tu sinceridad. Lo que pasa es que jamás había escuchado algo semejante.

—No me desanime, don Isaac —le puse la mano en el hombro—. Su consejo de arriesgar es lo mejor que me ha sucedido en mucho tiempo. Después de la experiencia de Durango estoy más convencido que nunca de que este es el camino a seguir. La vida está llena de sorpresas, pero no les damos oportunidad de revelarse. El riesgo es la única motivación de la vida. Estoy más dispuesto que nunca a ser un auténtico coleccionista de experiencias —dejé que la frase respirara—. En verdad no acabo de entender por qué la mayoría de la gente se esfuerza tanto por tener vidas predecibles, perfectamente planeadas, cuando lo inesperado es lo único que verdaderamente nos hace vibrar. ¿Quién se acuerda de un día que transcurre perfectamente en la oficina o de un fin de semana mirando películas en la tele? —pregunté al aire, sin tener la menor idea del tipo de vida cotidiana que lleva un rabino. Me miró con cierta indiferencia y, para llegar al tema que quería plantearle, saqué otra cerveza.

—Le pido una disculpa si lo perturba mi narración —rompí el silencio mientras abría mi lata—. Sin embargo, la razón por la que deseaba verlo es otra.

—Explícate, hermano —era la primera vez que me llamaba hermano y sentí un grado de aceptación muy agradable. Sonreí de vuelta y levanté levemente mi latita de Corona.

—De verdad es urgente que me inicie en el rito judío; no puedo seguir así. Continuaré arriesgando y aceptando las sorpresas que me ponga enfrente la vida, pero he llegado a la conclusión, bien meditada, de que jamás tendré una nueva mujer para mí, una compañera de verdad, si no logro zafarme del fantasma de S. —Afirmó con la cabeza. Ahora no dejaba de mirarme con la intensidad a la que me tenía acostumbrado—. Estoy convencido de que cualquier prospecto de mujer que se me ocurra cortejar va a oler, a percibir que sigo enamorado de alguien más. Y, como es comprensible, nadie va a abrirme su corazón.

—Te sigo, te sigo —me dijo con tono de empatía. Guardó silencio por unos momentos y me preguntó—: Antes de convertirte al judaísmo o de conocer nuestros mecanismos para superar el duelo, ¿no podrías intentar una reconciliación con esa mujer? —Ahora fui yo quien dio un sorbo largo a la cerveza. Eché de menos no haber traído algún licor de mayor graduación para tranquilizar al espíritu.

—No sé si sea posible una reconciliación.

—Entonces, ¿ya no la ves más?

—Muy esporádicamente, rabino. Prácticamente no nos vemos —sentía que empezaba a formarse un nudo en mi garganta—. No sé si sean ocurrencias de ella o un hecho real, pero afirma que de solo verme comienza a tener reacciones que perjudican su salud, desde manchas en la piel hasta náuseas y mareos —el rabino ladeó la cabeza con cierta incredulidad—. Lo mismo pienso yo —continué, adivinando sus pensamientos—. Creo que son invenciones de ella; si el contacto conmigo la enfermara de verdad, ¿por qué seguiría llamando o mandándome correos electrónicos? —Puso la lata de cerveza a un lado, dejando en claro que iba a entrar en materia. Era el momento que esperaba.

—Mira, mi Berny —ahora se mecía la barba con ambas manos—. Espero que esto te sirva de algo. Por alguna extraña razón tendemos a acordarnos de lo que debemos olvidar y a olvidarnos de lo que deberíamos recordar. Aquello que nos lastima permanece en la memoria y terminamos siendo rehenes de las malas experiencias. Creo que eso es lo que te ocurre —tomó un breve respiro.

—¿Cómo olvidarnos de lo que ya no queremos acordarnos? —traté de sintetizar su reflexión y mis dudas.

—Es un tema en extremo complicado, mi amigo. Es como si fuésemos adictos al veneno y aunque supiéramos que terminará liquidándonos, seguimos consumiéndolo. Es una gran paradoja.

—Pero gracias a esas malas experiencias, los judíos han logrado refinar el arte del duelo y de superar el dolor —asintió sin mucho entusiasmo a mi afirmación—. Por eso quiero convertirme. Si no es posible recobrar el amor de mi vida, tengo que aprender a vivir con ese dolor o, como dice usted, a eliminar el recuerdo.

—No, tú no quieres olvidarla, ese es tu problema —me miró con ojos de autoridad—. Deseas seguir recordándola, intentando rescatar la relación. Ya vi que eres capaz de hacer cosas fuera de lo normal, como tu experiencia en Durango; pero de momento te veo incapaz de cortar el hilo que te une a esa mujer.

—Seguro habrá algo en la sabiduría hebrea que me ayude a ver la vida de forma diferente —le respondí. Notaba que don Isaac se valía de cualquier clave para intentar convencerme de que no me convirtiera a su religión. Esta era una lucha de necios.

—Así que sigues convencido, ¿verdad? —ya lo veía un poco cansado de rebatir mis argumentos.

—Sin duda, rabino —respondí—, y más aún después de esta conversación. Mi duelo es más complicado que el de quienes pierden a un ser querido. En esos casos hay que aprender a resignarse; en el mío, la mujer que amaba no ha dejado este mundo. ¿Cómo se lleva a cabo un duelo en esas condiciones?

Don Isaac se me quedó mirando enigmáticamente con los codos sobre las rodillas, puso unos segundos la cara entre las manos y después se levantó del sillón.

—Aguarda unos momentos —me dijo. Abrió una puerta lateral que conducía a un pasillo que conectaba con el templo. No demoró. Al regresar cargaba una caja rectangular de madera con el grabado de una *menorah*. La colocó ceremoniosamente sobre la mesa de centro y me mostró su contenido.

—Estas son las cuchillas que utilizamos para practicarles la circuncisión a los niños —me miró de abajo a arriba para captar mis reacciones. Después sonrió. Sin duda debió verme cara de susto. Para alguien que en su vida no se ha cortado más que la uñas, el espectáculo de ese rudimentario equipo quirúrgico no era especialmente placentero—. Este es el precio —me advirtió, mientras extraía un pequeño artefacto que parecía una guadaña, con la navaja retorcida. Me observó con fascinación.

—¿Tiene que ser a fuerzas con estas cuchillas? —alcancé a preguntar—. Yo había pensado que, en caso de ser un requisito indispensable, podría ir a un hospital en toda forma, donde me aplicaran anestesia general para varios días.

Nada más con ver aquellos instrumentos de filo curvo sentía que mi virilidad quedaría irreconocible por el resto de mis días. Un poco tambaleante, extendí mi pregunta:

—Rabino, ¿no son un poco pequeñas las cuchillas? —Noté que por poco le gana la risa, pero a mí no me parecía gracioso ni mínimamente.

—Son cuchillas de seis días, mi Berny, para bebés recién nacidos. En tu caso habría que utilizar una navaja más generosa. —Don Isaac la estaba gozando de lo lindo. Tenía una mirada de niño travieso y, sobre todo, la seguridad de que al mostrarme ese instrumental, mis intenciones de convertirme al judaísmo quedarían interrumpidas como por acto de magia; lo leí en sus ojos. A continuación me advirtió con la mayor honestidad—: Mi Berny, seguiremos siendo amigos pero en religiones distintas.

—¿Podría mostrarme el cuchillo que se utilizaría en mi caso particular? —se limitó a separar los dedos índices cerca de una cuarta y a mirar nuevamente mi reacción. Sintió que tenía ganada la partida. Sin pensármelo dos veces y recordando que ya era un muerto en vida, le propuse—: Yo me dejo hacer la circuncisión a cambio de que usted me instruya personalmente en el proceso del duelo judío. Creo que me duele más la pérdida amorosa que la idea de quedarme con el miembro como foco de taquería.

Vi su cara transformarse en un gesto de contrariedad infinita. Movió la cabeza de un lado a otro y estiró la mano en busca de otra cerveza.

—Aquí puedes fumar, si gustas —me dijo—. Y dame un cigarro también a mí.

El arma secreta que había ideado para deshacerse de mí fue un fracaso. Por mi parte perdería un pedazo de miembro, pero ganaría la gloria de adentrarme en los ancestrales misterios hebreos.

4

EL AVISO DE DALLAS

A la hora de bañarme, al ir a orinar o de puro curioso, empecé a examinar constantemente al silencioso vecino de abajo. Hablando de duelos: todavía no fijábamos fecha para la circuncisión y ya extrañaba ese pequeño pedazo de mi anatomía al que jamás había prestado mayor atención. Con aquellas miradas quería recordarlo como me había acompañado durante tantos años, sin dar la menor molestia, fiel a la causa. Lo dejaba reposar sobre la palma de la mano, como un pájaro caído del cielo, a manera de pedirle perdón de antemano por la mutilación de que sería objeto. Para armarme de valor pensé mostrárselo a S., después de la cirugía, como una demostración más de amor. Pensé después que probablemente me regañaría por imbécil, ella que tantos elogios le había prodigado durante nuestras sesiones de intimidad. Era mejor dejar todo en manos del azar y si algún día volvía a verla por casualidad, ya le daría la explicación correspondiente. Siempre podría salir con el argumento de que, ahora sí, estaba en presencia de un hombre nuevo, literalmente hablando.

Después de la visita a la sinagoga tenía poco cerebro para pensar en cuestiones prácticas. Naturalmente, mi futura operación absorbía todos mis pensamientos. La vida seguía su curso y recordé, afortunadamente, que a la mañana siguiente debía salir rumbo a Dallas a impartir una conferencia sobre el futuro de las relaciones entre México y Texas. Me pagarían bien por la charla y, además, me serviría de distracción ante la dolorosa mutilación que me aguardaba. Jamás se me habría ocurrido que ese viaje rutinario al norte de Texas cambiaría para siempre mi vida y alteraría de tal manera el rumbo del país.

La invitación surgió a partir de una entrevista que me hicieron para un periódico, donde comenté que, para los mexicanos, California es de Venus y Texas es de Marte. Frente a México los texanos se muestran rudos, conservadores e intolerantes, aunque en realidad son los que más provecho sacan, medido en dólares y centavos. California es más liberal, más receptiva a nuestra cultura y brinda un trato más humano a los paisanos. Esta comparación generó cierta polémica en Texas y notable preocupación entre los empresarios que obtienen grandes utilidades de sus negocios con México. Para no andarse con rodeos (aunque sea un deporte que les guste tanto a los texanos), me invitaron a una mesa redonda que pretendía colocar a Texas por encima de cualquier otro estado estadounidense en las relaciones con el vecino del sur.

Durante la conferencia me dediqué a torear de la mejor manera posible a los distintos *Longhorns* intelectuales que me pusieron en el ruedo. Los panelistas locales buscaban dejar en claro el mensaje de que Texas no tenía rival en las relaciones con México. Ello abrió una animada discusión sobre la época en que Texas fue parte del territorio mexicano y las artimañas que utilizaron Stephen Austin y Sam Houston para quedarse con esa enorme parte del país. Siendo una de las discusiones más bizantinas que pueden darse entre los dos países, el moderador dio por terminada la sesión.

A continuación vino lo bueno.

Los organizadores del evento me condujeron a un salón privado del hotel. Nos esperaban las personalidades que habían patrocinado la conferencia y, por ende, mi hospedaje, mi pasaje aéreo y mis honorarios como orador. Ya tenía mi cheque en la bolsa del saco. Con ese dinero, y con lo debilitado del peso frente al dólar, podría llevármela tranquilo algunas semanas y concentrarme en los consejos de vida que me había dado el rabino. Antes de sentarnos, cumplimos con el ritual de la globalización: entregar la tarjeta de presentación, mirar a los ojos, simular una sonrisa y mostrar cuán honrados nos sentimos de conocer a esa persona. En esta ocasión no tuve necesidad de fingir. Noté de inmediato que el tonelaje de mis anfitriones era en verdad considerable. En total éramos diez personas a la mesa, nueve norteamericanos y yo, como único representante del mundo azteca. Sentí un fuerte golpe de vanidad, pensando en la enorme importancia que tendría mi persona y mi trayectoria profesional como para lograr que esos personajes se hubiesen dado cita para escuchar mis ocurrencias. Mientras recibía los elogios de cada uno de los participantes por mi conferencia, el ego se me iba inflando de manera preocupante. Mi entrenamiento diplomático, aunque estuviese ya retirado, me informó que debía tener cautela. No estoy completamente cierto de por qué metí los frenos, pero intuí que la ocasión exigía prudencia. Para evitar perderme ciegamente en los elogios que me prodigaban los amigos del vecino país, pensé por un momento en el cepillazo que me daría el rabino en la fuente de mi virilidad. Me sentí blindado de inmediato.

La selecta concurrencia estaba compuesta por el dueño de una empresa petrolera, el rector de una de las universidades más importantes de Texas, la directora del principal periódico de Dallas, dos abogados de firmas corporativas, una mujer especializada en finanzas, un general retirado del Ejército, el representante del Departamento de Estado en Texas y el director de la *Border Patrol*. Cuando terminé de escuchar sus presentaciones no pude más que admitir cuán honrado me sentía de compartir aquella cena con un elenco tan plural y distinguido. Les dije de entrada que, ante tal cúmulo de talento, lo mejor que podía pasar era que hablaran entre ellos, pues yo tendría muy poco que aportar. *Famous last words*.

Ahora que miro esa ocasión, con la distancia que me permite escribir estas notas, debo de reconocer, incluso admirar, lo organizados que pueden ser los gringos. Podría asegurar que se reunieron los martes por la tarde a ensayar la manera en que deberían conducir esa cena, quién tomaría primero la palabra, quiénes jugarían el papel de rudos y quiénes serían amigables, hasta la manera de vestir. Su intención era explorar, explorar a conciencia, con toda precisión posible. Y hacían bien, porque lo que estaban a punto de proponer no era cosa menor.

Quien tomó primero la palabra fue el general (retirado) del Ejército de los Estados Unidos de América. Estaba sentado frente a mí, mirada fría e inexpresiva de ojos azules, uniforme de gala, camisa color crema, las manos simétricamente colocadas a los lados del plato, con las mejores intenciones de ser afable. Tenía unos labios finos, seguramente muy bien adiestrados para dar órdenes a la tropa y poco dotados para dar besos a las guerrilleras atrapadas del Vietcong. En esos momentos yo no tenía la más remota idea del curso que tomaría la conversación. Me llamó la atención que el salón donde estábamos reunidos no tuviera un solo cuadro, ni siquiera uno de esos que se pueden comprar en Target por veinte dólares. Nada. Hice la transición de mi mirada entre sus ojos transparentes y las insignias y condecoraciones en la parte superior del uniforme.

—Soy el general Wesley Walker —se presentó de manera protocolaria—. Quiero darle la más cordial bienvenida a Dallas, *deep in the heart of Texas.* —Asentí con la cabeza, acomodándome la corbata y como mandan los cánones, mirando a un lado y otro de la mesa, a los ojos del resto de los asistentes. Todos me devolvieron una sonrisa que me decía como respuesta «esta noche tendremos un diálogo civilizado y de buen nivel». *So far so good.*

A una discreta indicación del general Walker entró un regimiento de meseros. Colocaron platos de espárragos con vinagreta (lo de siempre) y preguntaron: «¿Tinto o blanco?» «Tinto para mí, por favor». El general Walker se levantó de la mesa y con la mano nos pidió mantenernos sentados.

—Deseo proponer un brindis por el doctor Andrés Rico, este gran experto en América del Norte, este visionario de la región que compartimos y, sobre todo, por el futuro que depara a nuestras naciones. —Levantó la copa y de inmediato dije para mis adentros: «Ya me jodí, tendré que dar un pequeño discurso en algún momento de la cena. *There's no such thing as a free lunch*». Estaba equivocado. Antes de sentarse el general Walker, todavía con la copa en la mano, dijo:

—Doctor Rico, esta noche es muy especial —todavía con la sonrisa militarizada en el rostro— y pudiera adquirir un carácter histórico —subrayó estas palabras en tono de soldado enigmático—. Por tanto, quisiera pedir a mi amigo el embajador Keith Carlsson que exponga el tema que nos reúne esta noche. Deseamos que usted lo valore y nos ofrezca sus reflexiones más sinceras.

De pronto el ambiente alrededor de la mesa se alteró perceptiblemente. Nadie tocaba sus cubiertos para evitar hacer ruido. El general Walker hizo un movimiento con la mano, como si estuviera quitando alguna migaja del mantel, y los meseros desaparecieron. El embajador Carlsson movió ligeramente el plato hacia delante, reacomodó con gracia los cubiertos y me miró detrás de sus lentes redondos de carey. Calculé que tendría alrededor de sesenta años y sin duda pertenecía a la vieja escuela diplomática de Foggy Bottom. A pesar de que el manual de etiqueta británico establece que «solamente hay dos tipos de personas que pueden usar corbata de moño... y usted no es ninguna de ellas», al embajador Carlsson le sentaba bien la mariposita a rayas que vestía. El atuendo acentuaba su aspecto de terrateniente sureño, con la calva asoleada y el cuello musculoso. A diferencia del general, su sonrisa parecía más genuina y su acento pausado del sur impregnaba la atmósfera de un ambiente afable y distendido. Tomé un trago de mi copa de vino. El embajador percibió mi gesto de aprobación.

—Es un Silver Oak, su favorito, doctor Rico —me asomé a la tarjeta del menú de la cena y, efectivamente, era un cosecha 2004 de mi brebaje predilecto. Levanté la copa con una sonrisa y brindé con un chascarrillo.

—Esto es lo mejor de Estados Unidos... después del beisbol y de Demi Moore, claro está —fue mi ocurrencia. Estaban en ánimo aplaudidor y me sonrieron apretando sus ojitos alrededor de la mesa.

Por breves segundos se rompió el silencio, algunos tomaron de sus copas y de nuevo reinó la calma.

—Deseamos que se sienta como en casa —retomó la palabra—. Por eso ordenamos el vino que más le gusta de nuestros viñedos.

Entre diplomáticos el mensaje no podía ser más claro: «Doctor Rico, lo tenemos estudiado hasta el más mínimo detalle». Esto era evidente. Lo que hasta ese momento no estaba claro era para qué se habían tomado la molestia de analizarme con tanto cuidado. «¿Sabrían lo de mi tomento amoroso?», me pregunté. «¿Conocerán el contenido de mis conversaciones con el rabino? ¿Estarán informados de que muy pronto me haré la circuncisión?» Miré de reojo a las mujeres que estaban a la mesa y sentí que una gota de sudor me bajaba por el cuello.

—Usted, doctor Rico, es uno de los mexicanos que nos conoce mejor. De hecho, me atrevería a afirmar que es uno de los extranjeros que mejor conoce a los Estados Unidos —la sonrisa no le abandonaba el rostro—. Nos ha estudiado con genuina curiosidad; con celo científico, diría yo. Desde muy joven, cuando se inició en el ejercicio del periodismo, decía usted que los mexicanos debían estudiar y conocer a profundidad a su vecino del norte. Era ya y sigue siendo ave rara. Sus compañeros de la universidad y de la misma diplomacia se guiaban por las modas del momento: estudiaban más la Revolución cubana, la Unión Soviética o la transición española que a su socio, amigo y vecino del norte. Usted no, Andrés. Usted siempre supo que, a la hora de la verdad y donde las cosas realmente cuentan, era en la relación entre nuestros dos países —hizo una pausa deliberada y prosiguió—. Debido a sus estudios, usted conoce como pocos el papel global que juega Estados Unidos y conoce, también como pocos intelectuales en el mundo, la manera de actuar y los intereses que mueven a nuestro país. —Mi entrenamiento diplomático me llevaba a mirarlo, simplemente mirarlo, sin asentir o hacer cualquier gesto de aprobación, pues desconocía el rumbo que tomarían aquellos elogios. La tensión en la mesa aconsejaba mesura.

—Iré más al grano —dijo finalmente Carlsson, apoyándose con firmeza contra el respaldo de la silla—. Estados Unidos, a pesar de su enorme extensión geográfica, no tiene más que dos vecinos: Canadá y México. Canadá es igual que Estados Unidos, pero sin cafeína. Hablan nuestro mismo idioma y bueno, para abreviar, lo único que nos preocupa de ellos es que algún día se congelen al otro lado de la frontera y no nos demos cuenta de que ya no están ahí —la concurrencia rompió el silencio con unas risas controladas—. El único interés que tienen con nosotros es que les compremos madera y que no les caiga lluvia ácida que genera nuestra industria —hizo un ademán con la mano en el aire, indicando que pasaba la página. No había mucho más que añadir sobre Canadá. Acercó la cara al centro de la mesa y el resto de los comensales se acomodaron igualmente en su silla—. Pero —me dijo desdibujando la sonrisa sureña— México es otro cantar. —Dejó la frase circulando en el aire y tomó un breve trago de su vaso de agua—. México es otro mundo, una civilización distinta, un país con personalidad, muy orgulloso de su pasado y cada día más decepcionado de su presente. A los gringos nos miran con una mezcla curiosa de envidia y de rechazo, sin terminar de comprender cómo un pueblo tan ignorante y en apariencia de pensamiento tan simple puede ser la principal potencia del mundo. La clase dominante de México, especialmente la clase ilustrada, nos percibe con poco refinamiento, con un gusto desarrollado por las cosas de plástico, por tener poca cultura y porque no ponemos interés en asuntos que para ustedes son vitales, como comer bien —intentó sonreír de nuevo—. Al mismo tiempo, esos mexicanos ricos e ilustrados son los primeros que vienen a nuestras clínicas cuando sufren padecimientos graves. Son los que más invierten en casas y departamentos en Miami y San Antonio, los que a la hora de divertirse prefieren ir a Las Vegas que a París, los que mandan a sus hijos a estudiar a nuestras universidades y los que tratan de usar sus influencias, muy a la mexicana, para conseguir una visa de turista. ¡Qué le puedo decir a usted, doctor Rico! ¡Estamos plagados de contradicciones... y eso ocurre a ambos lados de la frontera! —moví ligeramente la cabeza hacia mi izquierda y pude notar que la abogada Carol Stewart, de gesto duro y el pelo bien atado en una coleta, se desprendía emocionada de su apariencia de mujer que lucha veinticuatro horas al día para competir en el mundo de los hombres y amenazaba con aplaudir el discurso del embajador. Yo me limité a poner cara de «¿y a dónde va a parar todo este discurso?» y puse los dedos sobre mi copa, de manera distraída. Un mesero que debía estar observándonos por una mirilla detrás de la puerta entró súbitamente en el salón y rellenó mi copa. Agradecí con la cabeza y volví a fijar la mirada en el embajador Carlsson. Los espárragos no podían enfriarse más, así que retiré ligeramente mi plato. Nadie había tocado la comida, así que tomé un trozo de pan y lentamente le unté mantequilla con la esperanza de que alguien diera la señal de comenzar a comer. Nadie se movía.

—Con ese simplismo de pensamiento que nos caracteriza —prosiguió diciendo el diplomático, con una mueca de sarcasmo— quisiera exponerle lo que nos preocupa de México y lo que tenemos en mente para remediarlo. El propósito central de esta cena, doctor Rico, es que nos ofrezca su valoración, lo más honesta posible, del diagnóstico que hemos hecho de su país y de la propuesta que deseamos formular a nuestros amigos mexicanos —acepté el reto, con un leve movimiento de la mano, indicándole que podía disparar en el momento que quisiera. Todos los invitados se movieron con visos de inquietud en su asiento y acercaron la cabeza al centro de la mesa. Nadie quería perder detalle. El silencio se apoderó de la sala.

—Seamos objetivos y fríos en el análisis: México es una república que es apenas treinta y cuatro años más joven que los Estados Unidos de América —Carlsson adoptó una actitud protocolaria y a la vez de profunda atención a cada palabra—. Como todos sabemos, nuestra independencia fue declarada en

1776 y la suya en 1810. En los dos últimos siglos, poco más o menos, Estados Unidos ha logrado pasar de ser un territorio escasamente habitado por tribus dispersas de pieles rojas a convertirse en la potencia más grande que ha conocido el mundo. México, en prácticamente el mismo lapso de tiempo, con culturas majestuosas y una población abundante desde sus orígenes, no ha logrado siquiera colocarse entre las naciones industrializadas. Siendo un país muy rico, más de la mitad de los mexicanos viven en la pobreza, muchos sufren hambre y su gobierno, del partido que sea, ha probado ser incapaz de hacer de México ya no digamos una potencia en el plano internacional, sino simplemente un país con los niveles de desarrollo de países como Austria o Corea, que son mucho más pequeños y sin grandes recursos naturales —tomó otro trago de agua, aclaró la garganta y se acomodó los lentes sobre el puente de la nariz—. No me lo tome a mal, doctor Rico. Como le decía al principio, estamos tratando de ser objetivos y de encontrar una fórmula que beneficie a nuestras dos naciones —apuntó con la mano extendida hacia la cabecera, señalando a un hombre canoso y corpulento, de aspecto curioso.

Con su barba descuidada y una corbata demasiado usada, lo mismo podía ser un profesor de literatura inglesa que un roquero en fase terminal. Carlsson hizo la presentación del personaje.

—Cederé la palabra a mi amigo, el doctor Phill Pershing, rector de la SMU, la Universidad Metodista del Sur, nieto de *Black Jack,* el general John Pershing, que tuvo a su cargo perseguir a Pancho Villa después de su incursión en Columbus, comandar el ejército norteamericano en la Primera Guerra Mundial y terminó dando su nombre a los misiles que nos protegieron de cualquier posible ataque nuclear de los soviéticos. Como podrá observar, doctor Rico, se trata de uno de los nombres más queridos y admirados en América. Phill, *in his own right,* trae en las venas las mejores costumbres y la defensa más decidida de los intereses de los Estados Unidos. Será por sus orígenes familiares, por su curiosidad innata o por ser un visionario —respiró—. El caso es que el doctor

Pershing es uno de los americanos que conoce mejor lo que le conviene a nuestros dos países. Por eso, nuestro grupo lo ha seleccionado para plantear a usted una propuesta por demás ambiciosa, de auténticos alcances históricos que permita de una buena vez y para siempre resolver el dilema mexicano —el embajador pronunció estas palabras con una naturalidad que me asombró: el tono de su voz era de una gran serenidad, en contraste con la carga emocional que revelaban sus palabras.

Pershing se quitó los lentes, los acomodó cuidadosamente a un lado del plato, se pasó ambas manos por las sienes y, él sí, dio un largo sorbo a su copa de Silver Oak. El gesto me animó a copiarlo y levanté a la vez mi bebida. Lo miré fijamente, como lo haría un ratón cuidadosamente seleccionado para realizar experimentos de laboratorio. Así empezaba a sentirme en aquellos momentos. Llegué a la conclusión de que me habían estudiado hasta el menor detalle, pero en el fondo no me conocían. Me tenían ahí solo, sin solicitarlo, como material de prueba para sus ocurrencias y decisiones. No sabían que, con todo lo ingenuo que podía ser yo en el amor, al momento de enfrentarme al debate intelectual soy capaz de sacar recursos impensables; se me ocurren miles de artimañas y, para decirlo mal y pronto, me sale lo cabrón. Pero eso no me quitó del rostro la sonrisa hipócrita con que invité al nieto del general Pershing a que iniciara su parlamento.

—El símbolo, la mascota de la SMU, es un potro rojo a todo galope —comenzó diciendo—. De manera, doctor Rico, que usted me dará licencia de plantearle nuestra propuesta igual: a todo galope —esbozó una ligera sonrisa que no resultaba natural a sus belfos, que lejos de un potro, recordaban a los de un San Bernardo—. Iré al punto: por geografía simplemente no podemos quitarnos a México de encima. De la misma manera que muchos mexicanos preferirían ser vecinos de Perú o de España, a nosotros nos gustaría estar rodeados por dos Canadás y asunto arreglado; sin embargo, como dicen tanto en México: *aquí nos tocó vivir*. Pero, doctor Rico, póngase en nuestros zapatos: logramos poner de rodillas a la Unión Soviética. Con el Plan Marshall reconstruimos Europa, hicimos pedazos a Japón y ahora es nuestro mejor aliado en el Oriente. Mientras tanto América Latina, quizá por error nuestro, ya sea por que nunca le pusimos la debida atención o porque simplemente la menospreciamos, es la región del mundo donde más días de la semana nos tachan de imperialistas y de lacras de la humanidad. Probablemente, doctor Rico, los latinoamericanos se sienten muy contentos todas las noches, en las sobremesas, mentándonos la madre a los gringos por todas sus carencias y sus desgracias. Siendo objetivos, como dice el embajador Carlsson, a los países que han seguido nuestro ejemplo, como Corea del Sur, Japón o la misma Europa, les ha ido mucho mejor que a América Latina —la mesa entera sonreía ahora con aprobación, como si se estuviera leyendo el Evangelio, algo glorioso. Pershing sintió que ya había presentado suficiente evidencia. Entonces atacó a la yugular. Se acomodó la corbata que de todos modos no tenía remedio y continuó—: Lo que deseamos transmitirle, doctor Rico, es que Latinoamérica es un fracaso comprobado. Es inconcebible que el país más grande de la región, Brasil, dependa de once tipos en un campo de futbol para conocer qué tan grandes son en el planeta —hizo una pausa breve y volvió a ser el potro rojo de la SMU—, pero el país que verdaderamente nos inquieta es México —ahora se pasaba las manos por los costados de la cabeza con mayor frecuencia. Sus dedos recordaban salchichas para coctel—. Me pregunto todos los días cómo es posible que hayamos logrado dominar a Moscú, a toda Europa, a los países más avanzados de Asia y nuestro vecino más inmediato siga siendo esa calamidad. No lo entiendo. Tenemos a treinta millones de mexicanos en Estados Unidos; ahora uno de cada diez gringos es mexicano —usaba el término *gringo* de manera calculada para buscar empatía conmigo, para mostrarme que estaba consciente de que eso de *americanos* es un gentilicio poco apropiado—. Ustedes, los mexicanos, ya llegaron acá. Entonces lo que queremos sondear con usted es muy sencillo y a la vez muy complejo —de pronto se produjo un silencio sepulcral en la mesa y entonces soltó la idea que venían tramando—. Doctor Rico, nuestro país está dispuesto a adoptar a México, a hacerlo parte de los Estados Unidos de América —todos voltearon a verme y a mí no se me ocurrió otra cosa que mirar hacia la puerta para pedir más vino.

En ese momento la abogada Stewart, presa de la emoción, llena de felicidad, sacó un fólder de debajo de sus asentaderas. El rector Pershing le hizo una señal con la cabeza y ella me la mostró: la inusitada bandera de los Nuevos Estados Unidos o los que serían los Estados Unidos Agrandados de América. El diseño era idéntico a la estadounidense, con sus barras y sus estrellas, solo que el fondo del rectángulo mostraba ahora el inconfundible verde olivo mexicano y tenía una estrella: la número cincuenta y uno, notoriamente agrandada en el ángulo inferior derecho del recuadro.

—¡Esta es la bandera de los Nuevos Estados Unidos de Norteamérica! —dijo Carol Stewart en medio de una explosión de júbilo. De pronto todos alrededor de la mesa parecían sentirse liberados de una enorme carga. Se arrebataban la palabra, sonreían unos con otros y hacían el famoso *high five* de celebración, chocando las manos en el aire, como si acabaran de anotar un *touchdown*.

En mi mente se agolpaban cientos de pensamientos y sensaciones, mientras miraba con desesperación mi vaso vacío. En un acto reflejo, como los bebés que se aferran a su mamila para sentirse seguros, saqué mi paquete de cigarrillos del bolso del saco y los puse sobre la mesa. Noté que una gota de sudor me recorría el espinazo. Fue Carlsson quien, con un ademán de autoridad, me dio licencia para que encendiera mi cigarro: «*What the hell!*», dijo en voz alta y los demás aprobaron, milagrosamente, que fumara a mis anchas. Aunque en Estados Unidos fumar es más condenable y peor visto que tener brotes de lepra, en ese momento de exaltación lo aceptaron sin reclamo. En sus cerebros, México ya era parte de Estados Unidos y eso era motivo de gran celebración. Yo los observé, uno a uno alrededor de la mesa, tomando vino y brindando con la mirada clavada en los ojos del vecino. Hasta el general Walker se mostraba liberado, ofreciendo el saludo militar, la mano recta sobre la sien y una sonrisa que no cabía en su boca diminuta.

El ánimo era en verdad contagioso, aunque mi posición era por demás incómoda. Desde que empecé a estudiar a los Estados Unidos en mis días universitarios, como si fuera un animal de laboratorio, jamás pensé que llegaría el día en que escuchara una propuesta de estas proporciones. Querían ni más ni menos que México y los Estados Unidos formaran un solo país. De pronto pensé que estaba soñando, que todo lo que había escuchado era parte de una travesura genial del rabino, de don Isaac; producto de su indicación de vivir al máximo la vida. Más allá de los golpes de suerte que había percibido recientemente en el plano sexual y amoroso, ahora parecía que entraba en una aventura mayor como diplomático y académico.

Cuando el ruido amainó en el salón, Carol Stewart, la abogada corporativa de Dallas, sacó de su fólder un segundo cartelón que decía escuetamente: 9 DE AGOSTO.

Dibujé un signo de interrogación en el rostro.

—Esta será la fecha —explicó— en que mexicanos y americanos, ya unidos en un solo país, celebraremos nuestra unión, doctor Rico. El 9 de agosto es la fecha intermedia en el calendario entre nuestro 4 de julio y su 15 de septiembre —esbozó una sonrisa tímida. Por primera vez me pareció que tenía un lado sexy, que seguramente era una de esas mujeres reprimidas, siempre atenta a la disciplina y a triunfar en el trabajo, pero que podría ser un volcán en la cama.

El 9 de agosto, me imaginé, ya sin frontera, a la gente cruzando entre Tijuana y San Diego como quien va de León a Querétaro, de Nueva York a Connecticut. Las antiguas banderas, que habían ondeado en el aire por más de dos siglos, quedarían ahora guardadas en un museo. El nuevo billete de veinte dólares mostraría las caras de Abraham Lincoln y de Benito Juárez, sonriendo hacia la cámara. Diputados y senadores mexicanos, unos demócratas y otros republicanos, discutirían las leyes en el nuevo Congreso Norteamericano. Adiós al PRI, al PAN, al PRD, ¡al Verde! Los mexicanos estarían cuidando y poniendo muros en la frontera con Guatemala, la nueva línea divisoria del país. Quetzaltenango y Tecún Umán serían las nuevas Tijuanas y las nuevas Reynosas. Los oaxaqueños y los tabasqueños pasarían a ser parte de *one nation under God*. En la frontera sur habría agentes con apellidos en maya que cerrarían el paso a centroamericanos también con apellidos inspirados en el *Popol Vuh*. En adelante seríamos chile por dentro y *apple pie* por fuera.

—Fume a placer, doctor Rico —me indicó el general Walker—. Comprendo perfectamente su sorpresa. —Los meseros volvieron a entrar, esta vez en masa, con cubetas de hielo y vinos espumosos de Napa Valley. Uno de ellos traía una charola muy apropiada con una botella de tequila Dragones, con mi nombre grabado en la etiqueta, con sus respectivos caballitos y limones de Michoacán. No me hice de la boca chiquita y acepté de inmediato. Me supo a gloria. Los gringos no se hicieron menos y, fieles a su costumbre, bebieron el tequila de un solo golpe, sin apreciar las virtudes del elixir especial que nos servían. El director de la *Border Patrol*, Jesse Ordóñez, abrió por primera vez la boca en la velada para brindar conmigo:

—Salud, querido paisano —me dijo con su boca de mapache, adornada con un bigote negro que le cubría el labio superior. El caballito desaparecía bajo el pelambre, mientras estiraba el brazo pidiendo que le pasaran nuevamente la botella. Era el más feliz de toda la concurrencia—. ¡Esta es la gran solución, el paso que se necesita, mi hermano! —elevó la voz por encima de la algarabía.

Lentamente la mesa regresó al silencio, mientras las damas se secaban unas discretas lágrimas de emoción.

—¿Se imagina lo que ha sido para nosotros los mexicanoamericanos vivir permanentemente con la idea en el subconsciente de que estamos en calidad de invasores, viviendo como de prestado, buscando por todos los medios la aceptación de los blancos, pero también de los negros y hasta de los pieles rojas? Por décadas hemos sido vistos en Estados Unidos como los últimos de los últimos. Antes aceptan a los filipinos y a los coreanos que a nosotros, los de origen mexicano —decía con el alma en un puño, sacando de un jalón sentimientos que venía acumulando por generaciones—. Mi familia, doctor Rico —prosiguió, sin poder contenerse—, tiene más de trescientos años habitando este suelo. Uno de mis ancestros construyó las casas de adobe originales de Santa Fe, Nuevo México, cuando todavía era parte del reino de España. Mi abuelita —esbozó una sonrisa— hablaba el español como Miguel de Cervantes, porque nunca conoció la forma moderna de hablarlo. A pesar de ello, a pesar de que yo he alcanzado el rango más alto en las filas de la *Border Patrol*, sé que muy en el fondo los gringos más conservadores me discriminan. Soy más americano que todos ellos, pero me menosprecian por mi aspecto latino. Me han encomendado resguardar la frontera porque suponen que conozco a México y a los mexicanos mejor que algún anglosajón de ojos azules. Vamos a construir la patria grande de una vez, doctor Rico —tomó su caballito de tequila, lo mostró en alto a la concurrencia y apuró el líquido de un trago. Movió la cabeza de lado a lado con rapidez, como si tuviera un espasmo, y después sonrió a plenitud bajo sus espesos bigotes. Dejó el vaso delicadamente sobre la mesa y el silencio se apoderó del salón.

Las miradas de todos se concentraron en mí. Esperaban una respuesta, mi reacción a una de las propuestas más descabelladas y ambiciosas de la historia. Los pensamientos y las sensaciones se agolpaban veloces en mi mente y no lograba atinar la manera de empezar a responder al cúmulo de impresiones e ideas que me habían planteado en la última hora. Ante la duda, encendí otro cigarro y lo dejé humeando sobre el cenicero. Rellené también mi vasito de tequila, pero esta vez no lo toqué. Decidí utilizar una de las mejores armas que me había enseñado la diplomacia: confundirlos con la verdad, con mi verdad y con mis dudas. El rabino quería cortarme el miembro y este grupo de gringos ahora quería cortarme la nacionalidad, mi identidad. Sentí una mezcla de fortuna y maldición en ser yo quien debiera enterarse primero de esta nueva versión del Destino Manifiesto.

—Como podrán comprender —comencé diciendo, rascándome instintivamente la cabeza—, ninguna de las cosas que yo les responda esta noche deberán interpretarse como la visión o los deseos de todos los mexicanos ante un asunto tan delicado.

—Su opinión —me cortó Carlsson de tajo— vale para nosotros mucho más que las de millones de mexicanos que no tienen idea ni postura al respecto, doctor Rico. Lo hemos elegido cuidadosamente para ser el primer mexicano en enterarse del futuro que nos espera —el general Walker asintió en silencio, haciendo eco de las palabras del embajador—. Sabemos que es usted un mexicano de tiempo completo, diplomático de carrera y estudioso serio de Norteamérica. Usted sí puede hablar con conocimiento de causa y podrá apreciar que nuestra propuesta es lo mejor que le podría suceder a México en su historia —en la cara de los comensales percibí que todos ellos ya sabían lo que querían escuchar, pero a la vez estaban atentos a mis posibles objeciones y reclamos.

—Si una persona como usted está de acuerdo, tenemos poco de qué preocuparnos —por primera vez abrió la boca Joshua Gutman, presidente y principal propietario de GutOil, la empresa petrolera privada más grande del mundo. La famosa serie de televisión *Dallas* estuvo basada en su familia y el padre de Joshua era representado por el maligno personaje de J. R. Ewing. El petrolero texano me miró fijamente con sus ojos de un gris transparente que de inmediato me recordaron, por asociación, a los de mi rabino favorito. No era un hombre de maneras suaves, pero me dejó entrever que sus palabras rozaban los límites máximos de su cordialidad.

Las últimas intervenciones cambiaron radicalmente el tono de la conversación, dejando en claro que habían decidido un curso de acción y que me tenían ahí, como virtual conejillo de Indias, para que idealmente convalidara sus intenciones y, si no era el caso, para que les previniera de los riesgos y los obstáculos que encontrarían en el camino de anexar a México. Sentí una responsabilidad que me oprimió el pecho, como si me encontrara debajo de un tráiler volteado.

—Tengo la impresión de que mis comentarios valdrán de muy poco. Me parece que ya han tomado esta decisión y que mis observaciones no servirán más que para afinar el plan,

¿estoy en lo correcto? —como si formaran parte de un coro de Broadway, todos levantaron al mismo tiempo la mirada y después asintieron con una honestidad que no me esperaba—. Pero —les pregunté con el mayor respeto de que fui capaz—, ¿ustedes a quién representan; ustedes mismos van a ejecutar la asimilación de mi país? —los reté con la mirada.

Uno a uno fueron respondiendo a mi pregunta, de forma tan metódica y precisa que no pude más que concluir que habían previsto el curso que tomaría la conversación y que estaban preparados para cualquier eventualidad.

—Las fuerzas armadas están convencidas y listas —dijo escuetamente el general Walker.

—El servicio exterior y las agencias de inteligencia consideran que es la necesidad más urgente para el futuro de los Estados Unidos —comentó el embajador Carlsson y miró hacia su derecha.

—Los mejores analistas de medios de comunicación están unidos en el propósito; salvo los más conservadores que se inclinan por hacer de México una colonia, en vez de parte integral de los Estados Unidos —anotó Kate Wilshaw, la directora del *Dallas Morning News*.

—Los académicos hicimos el ejercicio intelectual de imaginar y medir los costos y beneficios de unir ambos países y la única discrepancia importante que surgió fue si deberíamos de una vez invitar a Canadá o dejar su anexión para después —acotó el rector Pershing, con su manía de alisarse el pelo al final de cada frase.

—El sector energético está enteramente de acuerdo. La suma de los recursos de gas y petróleo de México y Estados Unidos será la mejor receta para poner de rodillas a los árabes y olvidarnos para siempre de los problemas y los conflictos en Medio Oriente —aseveró Joshua Gutman, en un tono frío, mientras daba vueltas a su anillo.

—Sellar la frontera con Guatemala será un día de campo para la Policía Fronteriza de los Estados Unidos de Norteamérica —remató Jesse Ordoñez, haciendo énfasis en el nombre del nuevo país.

—Wall Street y la Reserva Federal son probablemente los más entusiasmados con la fusión —dijo con voz trémula la financiera Susan Kline, una mujer pelirroja, de cuerpo atlético y saco a rayas de gis que, según había leído en su tarjeta de presentación, dirige una empresa calificadora en Nueva York—. La suma de nuestros sistemas bancarios, doctor Rico, duplicaría los activos de todos los bancos del resto del mundo combinados —su mirada se transformó en la de una niña que todavía no abre su regalo de Navidad. Tímidamente bajó la vista y, para mi sorpresa, se bebió de un sorbo el tequila que hasta ese momento no había tocado. La próxima vez que visite Nueva York la invitaré a cenar, pensé, en medio del remolino de ideas que me acosaba.

—La sociedad civil, como usted bien sabe, no se expresa con una sola voz —por primera vez tomó la palabra Malcolm Horton, el único comensal afroamericano de la mesa. Tenía un acento más británico que gringo y era el único que portaba mancuernillas en la camisa. Abría las manos con ademanes suaves para acompañar las palabras, lo que me llevó a suponer que en algún momento de su vida habría sido pastor de alguna iglesia—. Tenemos desde ambientalistas a ultranza hasta defensores del derecho a portar armas, abogados de los matrimonios gay y luchadores por los derechos humanos; las visiones más contrapuestas imaginables. En nuestros sondeos ha resultado curioso observar que la gran mayoría está a favor de adoptar a México, ya sea para aplicar sus instintos misioneros, para expandir sus ideales particulares o para salvar a México de sí mismo, como muchos de ellos dicen —su barba de candado se abrió en una amplia sonrisa, invitando a los demás a que soltaran una sonora carcajada. Pensé para mis adentros que Horton era un personaje ideal para hacer el enlace con la sociedad civil; por color daba confianza a los negros y a los hispanos, y por apariencia pisaba con tranquilidad los despachos de gobierno de más alta alcurnia—. No crea, doctor Rico —prosiguió—, que será tarea fácil convencer a todos los estadounidenses de las bondades de la fusión: muchos reviven el debate del siglo XIX, después de la anexión de Texas, de que adoptar a México terminará destruyendo el *American Way of Life*. Muchos temen que fracasemos en el empeño de cambiar a México y que, más bien, la cultura mexicana termine impregnando más a los Estados Unidos. Pero en realidad no hay opción: todos en esta mesa y millones de nuestros representados están convencidos de que no hay mejor alternativa. Si México sigue por el camino que va hasta ahora, sin respeto a las leyes, con esas enormes diferencias sociales y gobiernos cada día más corruptos e ineficaces, al final del día y de todos modos los Estados Unidos tendrán que intervenir para poner orden en el vecindario. Mejor adoptarlos cuando todavía gozan de cierta estabilidad que hacerlo cuando el paciente ya se encuentre en terapia intensiva, ¿no cree?

—¡Esto es un atropello! —me salió del alma. Retiré del frente mi plato de espárragos.

—Estamos dispuestos a correr el riesgo —dijo el rector Pershing, desde la cabecera, ignorando mi consternación.

—Preferimos que sea por consentimiento de la mayoría de los mexicanos, doctor Rico. Aunque si no quedara alternativa siempre existen otros medios para lograr el propósito —remató el general Wesley Walker, volviendo a poner la espalda recta para acompañar sus palabras.

El ambiente de pronto se hizo más denso en la sala. La amenaza de una ocupación militar no estaba descartada. Al otro lado de la puerta ya no se escuchaba el rumor de los platos y la cocina; de cualquier manera ya no quería más vino, así que me puse a fumar como descosido, a ver si el humo les fastidiaba y terminábamos de una vez aquella sesión. No me dolía la cabeza, pero sentía las sienes inflamadas.

—Tenemos confianza y seguridad de que todo esto se dará por la vía pacífica. —Entró al quite la periodista—. Durante el último año hemos hecho encuestas muy discretas en México, con las élites y con el público en general. La gran mayoría —dijo con su sonrisa eterna en el rostro— está a favor de que formemos un solo país. Como verá en la gráfica —me pasó un papel por encima de la mesa—, a mayores ingresos, mayor deseo de que todos seamos norteamericanos. Estos son los que ya conocen los Estados Unidos y quieren tener seguridad como la nuestra, *freeways* de concreto como los nuestros, espacios públicos como los nuestros y un marco legal como el que tenemos acá. Curiosamente, los pobres y sobre todo los indígenas, ya que todos son pobres, son los que más se oponen. Ojalá, doctor Rico, pudiera ayudarnos usted a entender esto: los ricos de México, los que más se han beneficiado de tener gobiernos a modo y unas leyes que favorecen a sus intereses, son los más deseosos de hacerse gringos. Mientras que los pobres y los indígenas, a los que por siglos les ha ido peor, a los que el sistema no les ha dado nada más que pura miseria, quieren mantener el *statu quo*. ¿Usted lo entiende? —ya no paraba de hablar—. Los ricos mexicanos tienen departamentos de lujo en Vail y en San Diego, mientras que los pobres no tienen más que familiares que viven como ilegales en este país. El pobre que se anima, contrata un pollero para venirse a los Estados Unidos, pero cuando le decimos que Oaxaca y Chiapas podrían ser como losEstados Unidos y que ya no tendría que emigrar para acá, rechaza la idea. ¿Alguien comprende?

—Vamos siendo francos —terció el agente Ordóñez—. Si nada más tenemos a treinta millones de mexicanos de este lado —dijo con todo el sarcasmo del que era capaz— es porque llevamos años sellando la frontera y haciéndoles la vida imposible para cruzarse de este lado. Si existiera libre tránsito entre los dos países, la Ciudad de México sería una villa de medio millón de habitantes —se acomodó el bigote, ya todo despeinado, ocultando una sonrisa—. Le hablo con conocimiento de causa —y apuntó con un dedo a su placa de la *Border Patrol*. Alejé nuevamente el plato y los cubiertos. Ya me tenía enfermo la visión de ese plato helado sin gusto, que iba alejando como necesidad, como urgencia creciente por salir corriendo de ese salón, por tener un poco de espacio y dejar de sentirme acosado. La situación no podía ser más irritante. En mi mente se mezclaban deseos por demás contradictorios: unas enormes ganas de romperles la madre y al mismo tiempo de darles la razón en cantidad de cosas que habían dicho esa noche.

Opté por levantarme de la silla y dirigirme al baño. Un mesero negro abrió mágicamente la puerta desde el otro lado y después me siguió hasta el sanitario. Me eché un poco de agua en la cara, me miré al espejo y vi la imagen de un hombre consternado, facciones endurecidas, con las grietas de la frente más hondas. «¿Por qué chingaos —exploté— no podemos tener un país más fuerte, con una mejor imagen? Estos gringos petulantes de plano no encuentran una sola cosa buena que decir sobre México, no encuentran el menor mérito en el país, más que tomarlo como un rancho que está en la quiebra. Claro, si en vez de ser vecinos de los gringos hubiéramos estado al lado de Guyana o Bangladesh brillaríamos como un sol. Pero no, nos tocó colindar con los monstruos más grandes, estos mediocres engañosos a los que hasta los franceses, con todo su orgullo, les copian patrones de conducta, las regaderas y las lavadoras de platos. ¿Nos vemos peor por ser vecinos directos de los gringos o seríamos igual de fracasados si estuviéramos en Sudamérica o en el África?» Traía la cabeza tan revuelta que se me olvidó si ya había orinado o apenas iba a empezar. Salí del baño y atraje al mesero hacia la salida del hotel. Necesitaba un poco de aire fresco y alguien con quien hablar.

—¿En verdad nos ven tan jodidos? —le pregunté, sin mayor preámbulo, suponiendo que no era mesero sino un agente encubierto de la NSA que habría seguido la conversación desde algún rincón oculto de la cocina. Tenía la complexión atlética y medio regordeta de quienes tienen por costumbre pasar mucho tiempo de pie, su mirada siempre oblicua y un anillo de los marines que no había tenido la precaución de quitarse del dedo anular.

—No entiendo bien a qué se refiere el señor —respondió con un acento sureño tan marcado que parecía falso.

—¡Olvídelo! —le dije, tirando mi cigarro a medio fumar. Recorrí veloz el camino hacia el comedor. Las alfombras de pared a pared sumergían mis pasos en el silencio. Entré al salón de manera sigilosa, ubiqué mi asiento y se detuvo de pronto la algarabía que privaba en la mesa. En sus caras pude leer el mensaje: «el doctor Rico está de acuerdo con la anexión de México». Esa era la lectura evidente. «Y si el doctor Rico aceptaba esa opción, no había que discutir más el asunto: México será parte de los Nuevos Estados Unidos de Norteamérica, la estrella 51 con todo incluido, desde el tequila y los mariachis hasta el petróleo de la Sonda de Campeche y las ruinas de Chichén Itzá».

Di unos pequeños golpes a mi copa de agua con el cuchillo para llamar la atención de mis anfitriones. Sin duda, esperaban un brindis por la unión de nuestras naciones. Si hay un rasgo que caracteriza a los gringos de todas las épocas es que les encanta obtener resultados inmediatos. Una vez que alguna idea se les mete en la cabeza se aplican a fondo hasta obtener lo que desean. «*I want it all, I want it now*», reza una de las canciones de rock que han tomado como himno. Los soviéticos conocían bien este carácter impulsivo norteamericano y en sus negociaciones no hacían más que darles largas para desesperarlos y de esa forma ganar concesiones. Yo, sin ser soviético, también los decepcioné. Aunque ya no tenía ganas de fumar, nada más por marcar contrastes culturales encendí otro cigarro y, como me venían a la mente, fui soltando sobre la mesa una batería de preguntas, cuestiones de importancia que seguramente habían pasado por alto:

—Señoras y señores —los interrumpí. Sería por el gesto de contrariedad que llevaba marcado en la cara, por mi forma obscena de exhalar el humo sin el menor recato o por mi manera de poner los codos sobre la mesa en actitud desafiante, el hecho es que se produjo un silencio incómodo.

Mis futuros paisanos asumieron una actitud que mezclaba nerviosismo y anticipación. Tomé un pequeño sorbo de mi caballito de Dragones reposado y después me dije: «Aquí no hay nada que perder; la decisión ya la han tomado. No queda más remedio que provocar la confusión colectiva», técnica que me había dado buenos resultados en la diplomacia. Solté el cuerpo y las ideas, con el mismo desorden en que las tenía acumuladas en la cabeza.

—Créanme que siempre me ha caído simpática esa actitud tan gringa de intentar dominar, controlar todo en el universo; para el calor inventaron el aire acondicionado, para someter a la mafia inventaron Las Vegas y, cuando se desbordó el Lago Michigan, subieron los edificios de Chicago sobre unos rieles y movieron toda la ciudad fuera del agua —simulé una sonrisa de reconocimiento—. Ese ingenio para buscar soluciones a gran escala me parece admirable. Por algo llegaron a la Luna —el alma les regresó al cuerpo con esa primera intervención. Era el tipo de elogios que invariablemente les hace sentirse los más grandes de la historia—. Ahora bien —proseguí en completo desorden—, deben estar conscientes de que al igual que muchos mexicanos les admiran y quisieran parecerse lo más posible a ustedes, existe otro sector de nuestro pueblo que los ve como los principales depredadores del planeta, el país del dispendio, de la cultura superficialmente simplona, del individualismo a ultranza; el país más esclavizado a la idea de hacer dinero, de acumular riqueza a costa de lo que sea; país que necesita, como ninguno otro, exportar su modelo y sus creencias para saber quién es; que quiere darle clases a cualquier maestro, hasta a los que poseen culturas y cono-cimientos milenarios. ¿Qué nos deja esta mentalidad a los mexicanos? Si nuestros países se fusionaran, ¿pasaríamos a ser una especie de vasallos, ocuparíamos una condición de extranjeros y ciudadanos de segunda clase en nuestro propio país? —Evité mirarlos a la cara, concentré la vista en una de las velas que hacía las veces de línea divisoria en la mesa y continué—. Pidieron mi reacción y, siempre agradeciendo que hayan pensado en mí para cotejar sus ideas (la verdad, en esos momentos no podía saber si ya habían hecho este ejercicio con otros mexicanos), trataré de ser lo más franco posible.

—¡De eso se trata! —dijo impulsiva la directora del perió-dico, con unos ojos azules expresivos y ansiosos, moviendo en el aire las uñas pintadas en señal de pedir más, aunque fuese metralla. Y eso era, una metralla de preguntas las que me venían a la mente. Comencé a sentirme como en aquellas desprecia-bles discusiones que a menudo tenía con S. en que difícilmente se encuentra el equilibrio entre hablar mucho o guardar silencio, rebatir argumentos o dar la razón. Esas discusiones de pareja que llegan a un punto en que nos debatimos entre lanzarnos por la ventana o decir las cosas que uno piensa con total crudeza, a riesgo de romper para siempre la relación. A falta de ventanas en ese salón hermético y cada vez más asfixiante, la única opción a la mano parecía la de hablar con la mayor candidez, pero no tanta. Busqué la mejor forma de serenarme y aparentar frialdad ante una noticia de tales magnitudes. Pensé que, aunque fuese por mera curiosidad, no resultaba inteligente romper puentes con aquel grupo «representativo de todos los Estados Unidos» para saber lo que haría en el futuro.

—Me surgen algunas preguntas, unas más complicadas que otras. Por ejemplo, ¿podría algún día un norteamericano del lado mexicano ser presidente del nuevo y gran país? —Carol Stewart sacó una Mont Blanc de su pequeña bolsa de cierre y comenzó a tomar notas, como si estuviera en la escuela—. ¿Tienen pensado meter a nuestros indígenas en reservaciones como las de los apaches y los sioux? —se me escapó una breve sonrisa, nada más de pensar en la reacción que tendrían los tzotziles y los tarahumaras cuando les dijeran que ahora serían gringos—. ¿Van a combatir a los narcos o buscarán asimilarlos dentro de la cadena de producción de la gran Norteamérica? —el general Walker escribió algo rápidamente en el dorso de su menú—. ¿Qué planes tienen para terminar con la corrupción en México, sobre todo de los políticos? ¿No será este el cáncer al que tanto miedo le tenía el Congreso de los Estados Unidos en el siglo XIX, cuando pensaron por primera vez en quedarse con México? —Hice una pausa y pensé que lo mejor que podía hacer era intentar que la sesión se terminara, buscar la ventana inexistente del salón y, si no aparecía, utilizar la puerta—. Me surgen muchas más preguntas, desde los riesgos que correría la cocina mexicana hasta temas delicados como si estarían dispuestos los contribuyentes del actual Estados Unidos a financiar el desarrollo del México más pobre. Y algo muy importante, ¿qué harán con aquellos mexicanos, quizá millones, que se resistan a fusionarse en un solo país? ¿Los van a eliminar como hicieron con los indios americanos, van a buscar convencerles por las buenas? —dejé flotando las inquietudes en la sala y relajé el cuerpo. Levanté la vista y pude observar que todos miraban con ansiedad a la abogada Stewart que parecía realizar operaciones matemáticas en su libreta. Al cabo de unos segundos y con una gran sonrisa, dijo:

—Tenemos seis preguntas y ¡cinco respuestas! —levantó sus apuntes como evidencia—. *We are in the ballpark!* —todos alrededor de la mesa alzaron sus copas, entraron los meseros con nuevas botellas de vino e iniciaron un festejo, como si hubiesen ganado la Serie Mundial de Beisbol.

—Muchas gracias por su enorme contribución, doctor Rico —me dijo el general Walker con una naturalidad y unas muestras de aprecio que yo sentía francamente inmerecidas—. ¡Nos quita un enorme peso de encima! —remató, mostrándome una botella de Opus One, el vino más selecto que se haya producido en California. Sirvió él mismo en mi copa de forma grosera, como si se tratara de SevenUp comprado en la tienda de la esquina.

Se levantaron de sus asientos, prodigándose abrazos como si fueran compadres mexicanos, me daban palmadas en los hombros y se inició una borrachera digna de una facultad universitaria. Sentí que había llegado la hora de marcharme. Mi presencia ya no cabía en ese festejo. Aproveché el revuelo para salir discretamente del salón y nadie notó que me llevé mi copa llena y una botella suelta de Opus One que se me atravesó en la salida.

Al subirme al silencio y a la oscuridad del coche que me llevaría al hotel comenzó a hostigarme la curiosidad por saber cuál de las seis preguntas que les hice eran incapaces de responder.

5

LA PLANICIE EMOCIONAL

Siempre he tratado con más respeto al tiempo que al dinero y la salud. La salud y el dinero vienen y van; a veces los tenemos, a veces no. El tiempo, una vez que se pierde o se ha marchado, jamás regresa y es imposible recuperarlo. De pocas cosas estoy convencido en la vida, pero esta es una de ellas. Quienes dedican la mayor parte de su existencia a hacer fortuna terminan teniendo una vida muy curiosa: en la medida en que nunca se detuvieron a pensar para qué querían en realidad acumular el dinero, comienzan a preocuparse en cómo gastarlo y en cómo ganar todavía más. A quienes les va muy bien, poco a poco van llenándose de objetos y bienes con los que después no saben qué hacer o que incluso se convierten en una carga: coches que apenas utilizan pero requieren mantenimiento, casas de campo o de playa que disfrutan más los empleados que las cuidan que los mismos dueños y ropa que pasa de moda en los clósets sin siquiera quitarle el precio. A fuerza de dedicarse a ganar dinero van olvidando cómo utilizar el tiempo en otra cosa que no sea generar más riqueza. A quienes no les va tan bien olvidan por necesidad que tienen una vida y dedican toda su energía a mantenerse a flote, a buscar la manutención básica de sus familias. Cuando les llega algún dinero inesperado viven momentos de gran felicidad, elevan de inmediato sus niveles de gasto y así vuelven a enredarse en la búsqueda de más ingresos para mantener ese nuevo tren de vida. Es como un vicio pernicioso, una trampa interminable.

Desde muy joven me di cuenta de que tenía que elegir entre el dinero y el tiempo y decidí que era mejor inversión dedicarme a vivir que a acumular riquezas de las que ni yo mismo me acordaría. De tal suerte que he llevado una vida deliberadamente mediocre en el plano económico. La meta ha sido ganar lo suficiente para que nunca falte lo esencial, pero sin obsesionarme por cosas y objetos que me quiten el sueño, deudas que me produzcan agruras y, sobre todo, que me quiten tiempo para descubrir los aspectos más interesantes de la existencia.

Esta mentalidad me ha llevado a vivir siempre con prisa, a dormir poco y a sentir que los días no me rinden, que pasan las semanas y los meses y apenas logré cumplir una fracción de mis objetivos. A menudo recuerdo una frase que leí en un *pub* en Irlanda que decía: «Dios me puso en esta Tierra para cumplir un cierto número de cosas; voy tan retrasado que me imagino que a este paso jamás voy a morir». Todavía me acuerdo de la penumbra de ese local en Dublín, con sus maderas oscuras y un sinfín de marcas de cerveza de barril, cuando me quedé mirando fijamente aquel letrero de sabiduría celta que me marcó para el resto de mis días. La vida es larga o corta, según se le vea. En el paso cotidiano de los días, mientras tratamos de avanzar a paso de hormiga en el tráfico de la ciudad o cuando alguien nos hace esperar, parece que la vida trascurre muy lento; en cambio, cuando miramos hacia atrás, como solemos hacer en los días de cumpleaños, nos damos cuenta de que ya se nos fue la mitad, dos terceras partes de la vida y de lo mucho que nos falta por hacer, por investigar, por vivir. Entonces entran ganas de comprar una moto para evitar el tránsito, dormir todavía menos y reunirnos únicamente con personas que nos ayuden a movilizar las neuronas, a compartir nuestros sueños y confusiones.

Confieso estas cosas para confirmarles que soy un caso de mediocridad económica voluntaria, con inclinación a vivir en solitario y sin haber sabido cómo poner al amor entre las grandes inquietudes de la vida. Cuando conocí a S., el mundo me cambió de tajo. Me di cuenta de que nunca me había enamorado, que solamente había sentido atracción, afecto y gusto por el sexo. Sin darme cuenta, de pronto el dinero y el tiempo, a los que tantas palabras he dedicado ahora, pasaron a segundo plano; toda mi concentración vital se centraba en ese amor, en estar con ella, olerla y planear vacaciones y escapadas a rincones favorables al romance. En los días de aquel enamoramiento febril actuaba como demente. No tenía cabeza ni consideración para nada que no fuera estar con ella. Dormía menos horas que nunca y tenía más energía y vitalidad que si hubiese salido de un *spa* o de una sesión de yoga. Mi único deseo era que aquella sensación durara por siempre. Gracias al amor, mis preocupaciones cotidianas se disiparon por completo. Ahora sí buscaba ganar el mínimo dinero necesario para salir con ella, para pagar el cine o ir los fines de semana a algún pueblito colonial. La vida se me hizo simple: transcurría mansamente entre los momentos que estaba a su lado y el resto del tiempo en que esperaba verla. Descuidé trabajos, *hobbies* y apariencia, hasta que ambos, a ritmos distintos, comenzamos a acostumbrarnos a ese estado de embriaguez, comenzamos a repetir anécdotas célebres de nuestras vidas y los silencios fueron haciéndose más prolongados cuando salíamos a comer a algún restaurante. Nos descubrimos tan rápido, tan intensamente, que se nos agotaron las reservas de historias personales. Dejamos de narrarnos la forma y los accidentes que nos habían hecho como éramos para empezar a escribir una vida en común, más plana, más predecible y desprovista de sorpresas. En lugar de contarnos epopeyas de nuestras vidas y nuestras inquietudes, comenzamos a contarnos los eventos tediosos, incidentes en el supermercado o tareas realizadas en el trabajo. La urgencia de vernos y tocarnos fue aplacándose y, a medida que podíamos ir resistiendo más tiempo sin vernos, fueron apareciendo los momentos en que más bien ansiábamos tener un respiro uno del otro, no vernos con tanta frecuencia para acumular vivencias valiosas que contamos. Ambos queríamos recrear el periodo de frenesí amoroso, pero ya no contábamos con el ingrediente del fascinante descubrimiento. Llegamos, como queríamos, a conocernos a la perfección y ahí comenzó la debacle. Sonrisas cediendo el paso a discusiones y miradas frecuentes al reloj.

—¿Tienes prisa o alguien más te está esperando?

—No, cariño, no es eso, es que ya hemos pasado demasiado tiempo en este bar, ya no tengo ganas de otro trago y me gustaría estirar un poco las piernas.

—¿Y para eso tienes que mirar el reloj?

—Fue solo un acto reflejo, no le des importancia.

—Entonces ya estás contando los minutos que pasamos juntos. ¿No será que ya te aburriste de estar conmigo y estás esperando la hora en que nos despidamos?

—Para nada, mi amor. Qué ocurrencias las tuyas —y como acto reflejo, otra mirada al reloj.

—Vámonos de aquí. Se nota que estás harto.

—No inventes teorías que no existen. Lo que más quiero es estar a tu lado.

—Pues no se nota; esa cara de aburrimiento da la impresión de que lleváramos veinte años casados.

No quería darle la razón, pero sabía que en el fondo la tenía. Así fuimos recortando los paseos por el parque y hasta los episodios eróticos. Llegamos a esa planicie emocional en que caen tantas parejas. Entonces cometimos el mismo error: para revitalizar el amor, como pasa con el dinero, intentamos dar un paso más ambicioso. Para salir del tedio en que estábamos cayendo, mejor ofrecerle vivir juntos, casarnos si era preciso. Vaya ocurrencia. Lejos de percatarme de que el tedio se haría más intenso y de que nuestras conversaciones se reducirían a narrar los incidentes del trabajo, las deudas por pagar y a discutir quién lleva más prisa para meterse primero a la ducha, la opción propuesta era compartir aún más la parte cotidiana y plana de la vida.

—¿No sería mejor que nos viéramos únicamente cuando tengamos muchas ganas de estar con el otro, compartir solamente los momentos de calidad y no saturarnos el uno del otro? —Mala hora en que se me ocurrió preguntarlo. Me llovieron toneladas de lodo.

—Seguramente quieres vivir tus propias aventuras. Te resulto un estorbo. Se te ha extinguido la flama del enamoramiento inicial.

Y yo, con sensación de sentirme atrapado y cada día más confuso, en vez de darle la razón, de confesarle que sí, que quería tener nuevas aventuras, algo relevante que contar sobre la mesa del comedor y reconocer que se me había agotado la pasión de los primeros meses, negaba todo, le decía que nada había cambiado y que todo se arreglaría al momento de vivir juntos.

Los dos sabíamos que podíamos leernos la mente y que no éramos capaces de engañarnos. Las palabras que nos salían de la boca eran el contrario de lo que nos pasaba por la cabeza. Fue así como caímos en un limbo intransitable en que el amor que quedaba seguía atrayéndonos, mientras que el trato cotidiano nos repelía.

Al final nos distanciamos, nos perdimos uno al otro, pero mantuvimos un contacto cotidiano, soso y sin futuro. Me invadió el vacío, y ese vacío se transformó en recriminaciones y en dependencia afectiva; ya no podía estar ni con ella ni sin ella.

Me pasó por la cabeza que terminaría en el peor de dos mundos: sin recuperarla ni poder sacarla de mi sistema. La única solución posible era someterme a un auténtico duelo. Me he hecho una suerte de adicto a estar enamorado. Al mismo tiempo me doy cuenta de que eso del amor no llega por voluntad propia. Podemos engañarnos y estar entusiasmados con alguien, pero cosa muy distinta es quedar vencido y sin ganas de oponer resistencia, sin tener otra cosa en qué pensar.

Fue así que, analizando las mejores alternativas, decidí que debía hacerme judío, como ya lo saben.

Desde que don Isaac me incitó a arriesgar más, a hacer válidas mis mismas palabras de que ya me sentía como muerto y por ello no había nada que perder, la vida me ha ido llenando de sorpresas. Sigo pensando continuamente en S.

En algún rincón del corazón sigo preguntándome si al final volveremos a encontrarnos, si al final hasta viviremos juntos. Pero la fórmula del rabino, debo reconocerlo, ha operado de maravilla. Sus consejos han logrado confirmarme que puede haber mucha vida después de ella. Y, ¡oh, *Shalom*!, o como sea que digan, vaya que se lo agradezco.

6

EL CHE

Ahora me acosaba una preocupación mayor que la de cambiar de religión, resolver mi inconclusa pasión por S. o pensar en si debía dedicar el resto de mi vida al tiempo o al dinero. Aunque la noticia de la anexión de México a los Estados Unidos parecía un asunto más urgente, ¿a quién podría compartirle las revelaciones, el plan que están madurando los gringos para quedarse con el país? Ganas de contarlo no me faltaban. Se trata de un secreto demasiado grande para guardarlo en solitario. Pensé en Jerry, a él me unían muchos secretos, pero me acordé más de Lucía, con sus pechos saltarines, y luego se me ocurrió lo bien que me caería en esos momentos tener un nuevo encuentro romántico con ella. ¿Me extrañaría aunque fuera un poquito o ya se habría refugiado en su vida de ranchera sin pensar más que en su Jerry? Seguro me echa de menos y mientras está cortando geranios en la mañana se acuerda y quiere revivir aquel episodio conmigo. Aun así quedaban descartados: ni Jerry ni Lucía podrían hacer alguna aportación intelectual ni de estrategia sobre la inminente desaparición de México. El rabino, don Isaac, era una buena opción; también los judíos tenían la experiencia de haber sido expulsados de su tierra, de vivir el éxodo y volver a empezar. Sin embargo, opté por no molestar con este hallazgo al religioso. Ya suficiente paquete tenía con la encomienda de liberarme del tormento amoroso.

Revisé todos los periódicos y sitios de internet que pudieran dar algún indicio de que el país sería tomado por los Estados Unidos, pero era evidente que yo era el único que sabía el secreto al sur del río Bravo. Sin ánimo de resultar presuntuoso, estuve repasando cada episodio de la cena en Dallas, cada palabra y cada gesto de los americanos alrededor de la mesa y quedé convencido de que, hasta ese momento, no habían divulgado el plan a ningún otro nativo de las tierras aztecas.

Sin propósito bien definido, como autómata, tomé un taxi y me enfilé a la colonia Cuauhtémoc. Ahí, entre el Río Sena, el Río Guadiana y otros afluentes, pensaba toparme con diplomáticos y personal de la embajada estadounidense en plena actitud de conquistadores. Los encontré en mangas de camisa, sentados en las mesas de las banquetas, comiendo sándwiches y ensaladas sacadas de bolsas de plástico, como les gusta. Debían regresar lo antes posible a sus escritorios y simplemente cubrían el trámite orgánico de llenar el tanque de combustible para continuar con sus labores. «Así seremos todos en unos cuantos años, sin mayor contacto humano», pensé.

Como no pude detectar nada sospechoso en la mirada ni en la actitud de los gringos, supuse que tampoco ellos, por mucho que trabajaran en la Embajada, estarían al tanto de los designios de Washington. Lo suyo eran las visas y sentirse superiores porque nosotros no les pedimos a ellos más que una copia de la licencia de conducir para entrar a nuestro país.

Me senté en mi restaurante favorito de carnes argentinas a comer una empanada y ordenar un poco el pensamiento.

—¿Me podría traer una copa de Malbec y el chimichurri? —los bolillos estaban recién sacados del horno.

—¡Y claro! —respondió el mesero con fuerte acento porteño.

Alrededor todos miraban sus teléfonos celulares como si en ellos estuviesen guardadas las respuestas a las incógnitas de la existencia. Hombres y mujeres solos comían con el tenedor en una mano y con la otra manipulaban el aparato sin apartarle la vista. Veía mesas de tres y cuatro personas que no sostenían conversación alguna, cada uno chateando o hablando por teléfono con cualquiera que no estuviera sentado con ellos. «Absurdo», pensé. ¿Qué sentido tenía citarse a comer, fijar una hora y un lugar, para después ignorarse mutuamente? Mejor quedarse en su oficina y hablar a gusto por teléfono con quien quisieran. No me cabía duda: la gente estaba cada día más conectada, a la vez que más sola. Al observarlos caí en la cuenta de que llevaba días enteros sin consultar mi iPhone. Di un primer sorbo a la copa del tinto de Mendoza. Marqué con cierto temor la clave para abrir el celular. Hoy día, cuando alguien deja un mensaje de WhatsApp y puede verse que las dos palomitas se han puesto en azul indicando que fue revisado, surge una especie de relevo de responsabilidades: «Ahora te toca responder. Ya sé que lo viste. Te digo que te toca responder. No te escondas», ese tipo de cosas. En el fondo, no importa lo relevante o intrascendente que resulte el mensaje; si no lo respondemos es una forma sutil de decirle al otro que lo estamos ignorando. A mí me da por desechar la mayoría de las cosas que me llegan por el celular, pero al mismo tiempo me da un poco de pena ignorar tan olímpicamente a la gente. Me pongo en el lugar de los demás. Así que me apliqué a responder una buena cantidad de mensajes acumulados desde el día en que tomé el vuelo a Dallas. Mejor no hubiera ido.

—¿Querés algo más? —preguntó el mesero, mirando cómo se me quedaba fría la empanada. Se pasó una mano por el pelo lleno de brillantina.

—¿Estará por ahí Pablo? —En sus ojos claros percibí cierta molestia. Era común que la gente preguntara por el dueño para sacar algún beneficio—. Necesito preguntar su opinión sobre algo importante para mí —lo serené.

Regresó a los pocos minutos detrás de Pablo, quien venía con los lentes de leer colgados del cuello, la camisa abierta hasta la parte baja de esternón, las mangas dobladas al codo y una mirada azul y perdida. Cojeaba un poco a causa de una de las faltas más famosas en la historia del futbol mexicano. El Tiburón Contreras le había clavado los tacos en la pantorrilla cuando estaba a punto de disparar a gol en la final de torneo de apertura del 2000. Lo sacaron en camilla con la pierna inmovilizada, mientras la afición lo insultaba coreando gritos de «culero» y el pobre de Pablo se retorcía de un dolor que solo podría superar, años después, haciéndose rico sirviendo bifes de chorizo en aquel restaurante de la Cuauhtémoc. Me levanté de la mesa para saludarlo.

—¿Cómo va todo, mi Pablo? —nos dimos un abrazo.

—Vamos tirando, Andresito. Últimamente he tenido que meter platos vegetarianos y de comida rápida para competir con los restaurantes de la zona —respondió con decepción—. Entre los que andan con prisa para sacarse la visa y los gringos que van haciendo su gueto en la Cuauhtémoc, parece que ya nadie disfruta una charla o tiene tiempo para un asado de tira —me le quedé mirando mientras se sentaba a mi lado. «Los argentinos —me dije— son buenos conversadores y tienen la manía de intentar verdades absolutas sobre cualquier tema».

—Cada día nos agringamos un poco más, ¿verdad? —el hombre tomó un poco de agua de la botella de San Pellegrino que traía en la mano y asintió con un gesto de pesadumbre.

—Hasta hacía unos años —reflexionó— en Suramérica pensábamos que la originalidad cultural de México sería un muro infranqueable para la penetración americana. Pensábamos que México siempre sería fuerte para mantener esa frontera entre la América latina y la América sajona. Al parecer las resistencias se están aflojando —con una mano hizo un ademán que asemejaba a quien indica que va a llover. Un mesero se acercó y nos trajo una botana de alubias en aceite de oliva. Cortó un trozo de pan y se quedó sumergido en sus pensamientos.

—¿Tú crees, Pablo, que algún día los gringos terminarán por cambiar el alma de México... de toda Latinoamérica? —miré los cuadritos rojos. No dudó en dar su respuesta, muy a la argentina, y tomó un largo rodeo intelectual para llegar al grano.

—Yo no sé, Andresito —se preguntó—, ¿de dónde nos nació la idea de que los gringos son unos boludos y los latinoamericanos somos los inteligentes? Mientras acá perdemos el tiempo con pavadas sobre la hermandad de los pueblos y lamiéndonos las heridas por falta de progreso y la influencia perversa del imperialismo, aquellos tipos no paran. Discretamente, Andresito, nos han ido robando el alma, el orgullo de ser latinos —pinchaba alubias con el tenedor, sin llevárselas a la boca: estaba concentrado. Levantó la mano con el pulgar extendido, como si fuese un porrón, y nos trajeron una botella de Navarro Correas. Me cambiaron la copa anterior como si estuviera infectada.

—Dijiste que ya no ibas a tomar con los clientes —lo regañó el mesero de la cabeza engominada antes de poner la botella sobre la mesa.

—Esta es una conversación importante, che —se defendió.

—Y ayer la mina estaba rebuena, y la semana pasada era un cliente que nos iba a atraer más gente; siempre encontrás una buena disculpa.

—Esto es importante. Más importante que mis promesas —dijo al mesero—. Andresito ha tocado un asunto que me preocupa tiempo atrás —el camarero bajó los hombros y descorchó la botella.

—Nos han robado el alma, decías —lo forcé a retomar el hilo de sus ideas—. ¿Cómo es eso?

— Sí, che, los latinos llevábamos siglos buscando un equilibrio entre disfrutar la vida y sobrevivir; entre trabajar y disfrutar. Nos interesaba más explorar los misterios y posibilidades que ofrece la vida que esclavizarnos al empleo y al desarrollo material. Ahora, por influencia de los gringos, estamos en el peor de los mundos: sin el mismo gusto y alegría de vivir que antes y sin los progresos materiales que ellos han alcanzado. Nos han llevado a creer que lo latino es inferior, que no hay otra forma de ver la vida más que la de ellos —levantó la copa, rodeándola con su manaza, y brindó conmigo sin mucho afán—. ¿No te jode, Andresito? Mirá a tu alrededor. La gente ya no convive, anda mirando el reloj o su móvil, siempre con prisa. A veces pienso que la cabeza y el espíritu de los que vienen a comer se quedó en verdad en la oficina y solamente vino el cuerpo a alimentarse, rápido, sin apreciar un buen bife. No sé si me explico —se rascó la cabeza.

—¿Y si te dijera, mi Pablo —me pareció una buena oportunidad para tentar el terreno—, que los gringos están pensando de verdad en apoderarse de México? —Imprimí seriedad a mi pregunta—. Apoderarse en un sentido real, haciéndolo parte de los Estados Unidos de una vez. ¿Qué pensarías? ¿Cómo reaccionarías?

—De entrada te diría lo siguiente: si los americanos toman México es porque ¡los mexicanos son el pueblo elegido! —se le encendió la mirada y soltó una fuerte carcajada—. Los argentinos nos sentiremos muy deprimidos. En Buenos Aires pensarán que de nada nos ha servido tener un papa argentino, a Lionel Messi, a Borges y a Evita Perón. ¡Por más que nos hemos esforzado, los gringos los escogieron a ustedes, los mexicanos! —volvió a reírse, ahora de manera francamente contagiosa. Los vecinos de mesa levantaron la mirada de sus celulares por unos segundos. La risa se apagó con la misma velocidad con que llegó y se produjo un incómodo vacío. Una chica, que debía ocupar algún puesto ejecutivo, con traje sastre, pasó a nuestro lado dejando una estela de perfume floral. Eso nos distrajo, nos dio un respiro. La joven tenía un cuerpo triangular, los tobillos y las piernas delgadas, nalgas planas; grandes pechos, bien enmarcados en un escote amplio. «Sabe sacarse partido», pensé de refilón.

—¿Me estás diciendo que los latinoamericanos, los argentinos, por ejemplo, sentirían una suerte de envidia hacia nosotros si los gringos nos adoptaran? —ahora sí lo miré a los ojos, forzándolo a poner atención en su respuesta.

—Pero, Andresito, ¿para qué me preguntás estas cosas? Vos sabés más que yo de estos asuntos.

—Me interesa mucho conocer lo que piensas, de verdad —el hombre se sintió acorralado, recordándome la forma como me sentí yo en Dallas.

—Y yo... yo que pensaba que los mexicanos eran los que estaban conquistando a los Estados Unidos, con sus migrantes, haciéndose indispensables del otro lado, haciendo el trabajo que los sajones ya no toman, metiendo poco a poco sus costumbres, sus sabores y su humor. Pero ¿ahora me decís que es al revés, que vienen por todo?

—Es solo una hipótesis —lo tranquilicé—. Los veo muy preocupados con eso de que somos un estado fallido. Muchos gringos creen que esto va a reventar pronto y que, en vez de llenarse de migrantes, ahora se llenarán de refugiados, de gente huyendo de la violencia y la corrupción en México.

—Y sí. Ya tienen por allá a muchos ricos que huyeron por temor a ser secuestrados o porque no le ven futuro al país; lo sé de primera mano. Algunos de mis clientes, de los que vienen a sacar su visa acá al lado, me dicen que se van para siempre de México buscando orden y seguridad. Me jode mucho verlos abandonar el país, pero los entiendo.

El silencio entró a plomo. Los dos nos sentimos acorralados por los argumentos. Las manazas de Pablo seguían montando las alubias en el pedazo de pan y después volvían a ponerlas en el plato, sin llevárselas a la boca. Nos apoyamos en el respaldo de la silla y paseamos la vista por la calle. A una cuadra de la arteria más importante de la Ciudad de México, el Paseo de la Reforma, las banquetas apenas eran transitables, plagadas de puestos de tacos, vendedores ambulantes, estanquillos para sacar fotocopias, franeleros que se apropian de los espacios de estacionamiento, lavacoches y mujeres indigentes con niños pequeños enredados en el rebozo. Todos ellos mezclados con secretarias de tacones altos y cuerpos esculpidos en el gimnasio, hombres de negocios con el teléfono al oído y corbatas de marca que contrastaban con una masa informe de indigentes ofreciendo todo tipo de servicios y productos, desde tarjetas telefónicas hasta agua embotellada y sillas de plástico para soportar la espera frente a la Embajada americana. De reojo miré a Pablo y supe que estaba pensando lo mismo que yo.

—¿Podés ver al boludo aquel de la corbata roja y chamarrita de cuadros? —rompió el silencio. Asentí, mirando al lado opuesto de Río Guadalquivir—. Es el cobrador del alcalde. En unos minutos, ese gran hijo de puta vendrá hasta acá a saludarme con una enorme sonrisa y a sacarme los dos mil pesos que se lleva a diario de mi negocio. El grandísimo cretino pasa por todos los puestos de quesadillas y de mercancía de contrabando, sacando los quinientos, los mil pesos, las monedas, lo que sea. Esos patanes cobran una suerte de derecho de piso, lo mismo a los que pagamos impuestos y tenemos los papeles en orden que al que vende tamales en una cubeta. Pero sonríe, sonríe mucho, Andresito —me dijo—, porque ya me vio y viene para acá.

Miré de reojo a los meseros, al porteño del pelo engominado y a la recepcionista, una chica de veintitantos años con una camiseta de la selección argentina, debidamente entallada para atraer a la clientela. Estaban entrenados para mostrar un rictus de fingida felicidad al ver que llegaba el señor inspector. Esas eran las instrucciones.

—¿Qué tal, licenciado? —lo recibió Pablo, con el brazo levantado hacia un lado, la cara volteada hacia la calle. El licenciado se presentó con la identificación de la alcaldía y con una sonrisa extendía la mano para saludar al que quisiera tomarla. Camisa a cuadros, de los grandes, corbata roja bien sudada, chamarra con el cierre arriba a pesar del calor. Un operador del sistema, pensé. También me saludó a mí. No pude mirarlo a los ojos. No tenía ojos, o eso parecía. A mi juicio era nadie. ¿Qué representaba este personaje?

—Con el gusto de saludarle —dijo, bajo unos lentes que probablemente no requería pero usaba para dar la apariencia de ser una autoridad importante, doctoral. También a leguas se notaba que el momento más difícil de la mañana era cuando se hacía el nudo de la corbata—. Como todos los días, vengo a asegurarme de que El Che no tenga problema alguno —la sonrisa permanente. Pablo no levantaba la mirada de la mesa, observaba las alubias como si estudiara cuidadosamente una pintura abstracta.

—Tengo el gusto de presentarle —dijo el argentino con una pomposidad que jamás le había visto— al doctor Andrés Rico. —Se había quedado caliente por la conversación previa, por las imágenes de la banqueta, el desorden, la pequeña Calcuta que reproducíamos en cada esquina de México—.

Licenciado, el doctor Rico, mi amigo, es el máximo especialista del país en asuntos de América del Norte —me atenazó por el cuello en un abrazo muy sudamericano con su enorme brazo peludo. Le di dos palmadas en la espalda para mostrar nuestra cercanía.

—Siéntese —le dije con autoridad. Tomó la silla enfrente de la mía, colgando el maletín que traía enroscado al cuello—. ¿Quiere un poco de vino? Haría bien en tomar un poco —recuerdo que le dije. Le serví yo mismo en una copa suelta sin esperar su respuesta. Sería que en esos momentos me acordé de lo que el rabino me instruyó, serían las impresiones que tenía recientes de Dallas, sería el temor de que nos anexaran los gringos, sería lo que fuera, hasta el vino de Mendoza; usé al mentecato que tenía enfrente para ventilar toda mi ira. Pobre diablo. La que le tocó.

—¿Usted qué hace aquí, cuál es su papel, su contribución al país? —me brotaban las palabras como balas de ametralladora.

—Soy el encargado del ordenamiento comercial y territorial de la zona —balbuceó.

—Esto no tiene pinta de estar ordenado en lo más mínimo —apunté con el dedo a los puestos de fritangas del otro lado de la calle—. Es, para decirlo bien y pronto, un auténtico desmadre. Si usted, licenciado, es el responsable de que nuestras calles se encuentren en este estado, usted es un fracaso. —Pablo se tomó las sienes con ambas manos y comenzó a mover la cabeza de un lado a otro; el mesero tomó su servilleta y se la ató al cuello, sacando la lengua, simulando ahorcarse él mismo. Presentí que los estaba metiendo en aprietos; persistí. El daño ya estaba hecho.

—Usted es el México del que queremos deshacernos, licenciado —rematé y me quedé callado. El hombre sudaba ahora en forma ostensible, dejando una marca que rebasaba el nudo de la corbata. Los anteojos se le empañaron ante el calor que despedía su cara indescifrable. Enderezó la espalda e intentó preparar una respuesta. Bebió de su copa hasta terminar el vino y volvió a intentarlo. Tomó una servilleta de papel del centro de la mesa, limpió con cuidado sus lentes y sin levantar la vista se limitó a decir:

—No olvidaré su nombre, doctor Andrés Rico —consiguió emitir lentamente, como muñeco de ventrílocuo. Se levantó del asiento con la barbilla clavada en el pecho, se acomodó ceremoniosamente la credencial sobre la corbata y salió del restaurante sin prisa. Pablo parecía sollozar con la cabeza todavía entre las manos; el mesero del pelo engominado me echó una mirada de clara reprobación y desaliento. La muchacha de la camiseta de la selección argentina se asomó presurosa a la banqueta para seguir el rumbo que había tomado el licenciado. Lo vio dialogar con unos policías en la esquina, dirigió una mirada pálida al cocinero y fue a cuchichear alguna cosa detrás del mostrador.

—No va a pasarme nada, mi Pablo. Es lo menos que se merecen esos tipos —traté de reconfortarlo, cambiando el foco de la atención, sin dejar de hacerme cargo de mis actos. El hombre estaba desencajado, sin dejar de mover la cabeza de un lado a otro. Finalmente retiró los codos de la mesa y respiró hondo.

—¡Traigan las últimas empanadas que haremos al doctor Rico! —levantó su brazo con ademán de actor y se limpió la nariz con una servilleta—. Cómo se nota, Andresito, que te has pasado la vida en la academia. A partir de tus lecturas y conferencias habrás llegado a creerte que las mafias operan en las sombras, fumando en las esquinas y con sombreros de fieltro. Pues te tengo una noticia: mañana, quizás en unas horas, vendrá una brigada uniformada, los representantes de la ley, a poner unos letreros de «Clausurado» que me costará meses quitar, desperdiciaré muchos kilos de bife y dejaré en la calle a mis empleados —tomó un breve reposo y me soltó lo que sentía—: Espero, Andresito, que el enojo y la furia con que trataste a ese boludo te hiciera sentir muy bien. Para tu tranquilidad, todos los días a la misma hora siento las mismas ganas que tú de cortarle el cuello con un cuchillo de carnicero, pero está claro que no entendés nada de cómo funciona tu propio país. Y claro que podés quedarte tranquilo de que a vos no va a pasarte nada, pero a nosotros sí —me dijo a modo de advertencia.

En esos momentos me sentí como una lombriz, con la autoestima más baja que un torero sin espada. Mi solidaridad hacia esos migrantes argentinos había sido contraproducente: por mi culpa les cerrarían el negocio y, además, tendrían que pagar más mordidas en el futuro, si es que llegaban a abrir nuevamente el restaurante.

—Me apena mucho lo que he hecho —empecé a decirle con sinceridad—. Mejor dicho, me apenan las consecuencias, lo que pueda ocurrirle a tu negocio, pero no me arrepiento de haber puesto a ese pendejo en su sitio. Creo que es lo correcto y que si todos lo hiciéramos igual, terminaríamos erradicando este tipo de cánceres —volvió a salirme lo académico, lo idealista. El dueño de El Che empezó a desesperarse con mis argumentos.

—Mirá —se rascó la barba—, esto no se resuelve ni siquiera con una revolución. ¿Vos creés que los franeleros, los que tienen puestos de jugos y de tacos en la otra acera van a apoyar que se termine la corrupción? Ellos también se benefician de las mañas. Para ellos, que no tendrían autorización de tener puestos en la calle, la mordida no es algo indebido: es una forma de pagar renta para operar —tomó de nuevo el pan entre los dedos—. Sí lo he pensado muchas veces, Andresito; a nosotros nos iría mejor vendiendo bife de chorizo en la banqueta que manteniendo el restaurante. Francamente sería más rentable. Menos mordida y más utilidad. Pero al igual que tú, somos todos unos idealistas sin remedio. Nos aferramos a creer que hacer las cosas bien, como marcan las reglas, poco a poco generará una onda expansiva, virtuosa, que cambiará las conductas. Pero —ahora se puso melancólico, quizá pensando lo que se le vendría el día de mañana— lo cierto es que la desventaja numérica ya es aplastante, no hay manera de ganarle a los rateros —sus ojos mostraban ahora unas venitas rojas que resaltaban más profundamente en sus pupilas azules—. La gente en México no sabe de verdad qué es un bife o un vacío o una entraña. Les damos cualquier cosa, bisteces como dicen ustedes, y se la creen. Y ante la extorsión implacable del inspector tomé la decisión de ofrecer carne barata a precio caro. No lo hice por convicción, Andrés, sino como una forma de sumarme al engaño universal en que todos vivimos. Si las autoridades me exprimen a mí, entonces yo engaño al comensal. No me da vergüenza decirlo porque sé que el comensal, sea banquero o vendedor de bienes raíces, hace lo mismo con sus clientes. No es agradable, más bien es imposible ser el lunar en la piel de una escandinava —intentó llevarse un pedazo de pan a la boca, pero detuvo el viaje de la mano con una mueca de tristeza. El ambiente de El Che se tornó ácido, sin esperanza.

El cocinero dejó de poner carbón en el asador y pude observar, con cierto gusto, que el mesero porteño por primera vez decidió tomar por el talle a la recepcionista. Ya harán planes entre ellos dos para apurar algún romance latente o, mejor aún, para poner un puesto de empanadas en las ruinas del restaurante. Me levanté de la mesa con el alma grave, le di mis seguridades a Pablo de que sabría responderle por mis errores y tomé el mismo camino que el señor inspector de la alcaldía, con el ánimo de encontrármelo de frente y, aunque no solucionara nada, romperle su madre.

Caminé un par de cuadras. La penumbra empezaba a apoderarse de la ciudad, los puestos de la banqueta ya se habían retirado y, a paso lento, los funcionarios de la Embajada de los Estados Unidos caminaban sonrientes, con sus portafolios en la mano para ir a tomar un trago, un *after drink*. Miré, con las manos metidas en los bolsillos, a un negro muy alto rapado a coco compartiendo sonrisas con una rubia que debería de ser de Luisiana o cerca de ahí; probablemente de Alabama. Pasaron a mi lado y pude escuchar su conversación. *Small talk*, como suelen acostumbrar. Era evidente que no tenían la menor idea del plan maestro que yo conocí en Dallas. Ellos seguirían dando visas y viendo padecer a los mexicas mientras explican por qué quieren visitar los Estados Unidos.

Caminé las dos cuadras que faltaban sobre Reforma hasta el Ángel de la Independencia. Me quedé mirando la magnífica columna proyectada sobre el cielo y me puse a pensar si seríamos capaces hoy de hacer esa misma obra. Torcí la mirada hacia el edificio de mármol de la Embajada de los Estados Unidos y vi por primera vez el futuro: «Desde ahí nos van a gobernar los gringos —pensé—, a menos que al presidente le guste más Palacio Nacional que la Casa Blanca».

7

EL MISTERIO DE LA SEXTA PREGUNTA

Llegué al departamento, rendido. Fiel a mi costumbre me desvestí, colgué la ropa del día y me puse unas bermudas y una camiseta con el logo de los Medias Rojas de Boston, mi favorita por el tipo de tela; en realidad le voy a los Gigantes de San Francisco. Saludé a los perros y jugué un poco a la pelota con ellos. Últimamente tenía bastante abandonados a ese par de peludos. Me daba ternura verlos brincar y lamerme la cara, con un gusto que, pensé, ya muy pocos tenían por mi presencia. Me preparé un martini sucio y me puse a mirar por la ventana. La calle estaba curiosamente tranquila. A lo lejos se oía apenas el llamado del vendedor ambulante de tamales oaxaqueños. Sentía el cuerpo aterido por el cansancio y poco apetito para unos tamales. Me tendí en el sofá a mirar el techo. Los perros se acomodaron a mi costado y mientras los acariciaba sentí cómo iba entrando plácidamente el efecto curativo del vodka. «¿Así quiero estar?», me pregunté. «¿Por qué nunca dejamos de pensar?», me dije después. Podemos dejar de mover las manos o aguantar la respiración, pero nunca podemos dejar de estar pensando, recordando, divagando. Basta despertar unos segundos a media noche para que la mente ya esté trabajando de nuevo.

«¿Así quería estar?» La pregunta volvió a acosarme. En parte sí. Estando solo no tenía que hacer concesión alguna.

Nadie estaría pidiéndome que dejara de fumar, que cambiara el tipo de música o que prendiera la televisión. Podía hacer lo que me viniera en gana, pero me sentía vacío y confundido.

La mente comenzó a viajar por las últimas semanas, tan extrañas, tan intensas. Los consejos del rabino me estaban cambiando la vida, aunque no había salido del abismo emocional. Todos los días morimos un poco, pero hay días o temporadas en las que morimos más de prisa. Desde la ruptura había extraviado la brújula de mi vida.

Las recomendaciones de don Isaac, aun antes de haberme convertido al judaísmo, me lograron distraer inusitadamente. Desde la primera visita a la sinagoga descubrí nuevos e inesperados rumbos. Durango y Dallas fueron dos grandes sorpresas. Ahora solamente yo conocía el secreto más importante en la historia de México. Esta misma tarde me atreví a soltar la ira que me causa la corrupción en el país, sin limitar ninguna de mis expresiones, aunque sabiendo que no iba a cambiar nada. Sí, me doy cuenta de que siguiendo las instrucciones del rabino es probable que me aguarde una vida llena de aventuras y de responsabilidades inmensas, como la que asumí en Texas, pero no estoy seguro de que logre superar la pérdida de mi amor. Observaré el sabbat y comeré más alimentos *kosher*. Caminaré los sábados hasta la sinagoga, me mirarán raro por llamarme Andrés y por tener la nariz tan pequeña; con el tiempo, ambas partes llegaremos a acostumbrarnos. Me dejaré crecer la barba y mi coronilla se irá adaptando a portar la kipá. Aunque en el fondo, ellos y yo sabremos que recurrí al judaísmo para salvar mi vida. Me verán como un aconverso que lo mismo se hizo judío que haber marcado el número de emergencia de los samaritanos para evitar el suicidio.

Mi mente debía estar plenamente enfocada en salvar a México de la anexión, pero lo único en lo que podía pensar era en el día en que estemos celebrando en el Ángel de la Independencia, si es que logro encabezar la gesta heroica que impida que México se convierta en la estrella cincuenta y uno de los Estados Unidos, y por ahí, entre la muchedumbre, S. salte las vallas y venga a fundirse conmigo en un abrazo.

En la cena, los gringos explicaron por qué México sería mejor si dejara de ser México. No es porque ellos estén exentos de problemas y defectos, sino porque los mexicanos nos hemos encargado de destrozar sistemáticamente al país. Nadie lava el dinero más blanco que ellos, nadie trafica más armas o consume más drogas, pero a pesar de ello se ostentan como el referente de la moralidad mundial. Pero, a final de cuentas, sea uno gringo, japonés, chilango o croata, lo más cierto y genuino es que uno vive a diario su vida, carga con sus sufrimientos y sus alegrías, y es más bien en los viajes o cuando nos piden la visa que nos fijamos en el color del pasaporte que portamos.

Mi copa de martini necesitaba *refill* y el techo parecía demasiado aburrido como para prestarle tanta atención. Con dos palmadas bajé a los perros del sillón y con mano cuidadosa dejé la copa en la mesilla de centro. Entrelacé los dedos detrás de la nuca y empecé a pensar con seriedad que la única manera de recobrar el amor de S. sería convirtiéndome no al judaísmo, sino en héroe nacional. Mientras me servía el segundo trago (el primer martini había resultado inspirador) me imaginé que los chavos del futuro, cuando menos en toda América Latina, portarían camisetas con mi retrato en blanco y negro, como la famosa foto de Korda del Che Guevara. Ese era el regalo inesperado que me estaban otorgando los gringos de Dallas. Nada como tener un buen enemigo para alcanzar la gloria, y yo la tenía en mis manos. En mi pequeño mundo, en mi pequeña cabeza, llegué a la conclusión de que mis dos metas inmediatas serían asegurar que México aprendiera la lección de la amenaza real que significaba perder el país y, para mi mundo estrecho y egoísta, levantar por todo lo alto a mi S. en el Paseo de la Reforma, mientras el pueblo unido jamás será vencido vitoreaba nuestro amor y nuestra independencia.

Todo eso sonaba muy bien con apenas el segundo trago del segundo martini que me había tomado en la tarde. Con aceitunas o sin ellas, lo único cierto en esos momentos era que debía contarle mi plan al rabino, armarla en grande para reconquistar a S. y que los gringos nos dieran otros doscientos años de gracia para organizarnos como Dios manda de este lado del Río Bravo.

Para comenzar la titánica faena, lo primero era averiguar cuál de las seis preguntas que les hice en la cena de Dallas no habían sido capaces de responder. En ello podía esconderse la clave para salvar a México de la anexión. Lo segundo, y quizá más importante, era saber si S. seguía siendo un alma libre o algún pretendiente ya había logrado penetrar la coraza de sus complicados sentimientos. La circuncisión, pensé para mi tranquilidad, podía esperar todavía.

8

PROMISCUIDAD CON RESPONSABILIDAD, A. C.

Fernando Villa es uno de mis amigos más antiguos, de tiempos de la prepa. Aseguraba ser descendiente de una de las tantas esposas del Centauro del Norte, el general Francisco Villa. A diferencia de su ancestro revolucionario, Fernando eligió una vida de asceta. Ingresó al seminario a tierna edad y llegó a ordenarse como sacerdote con las más altas calificaciones. Pasó largos años de reposo e introspección en monasterios alejados del mundanal ruido, en España y más tarde en El Vaticano. Sus bonos dentro de la Iglesia llegaron tan alto que el mismo papa dio autorización para que le confeccionaran sus sotanas con el sastre más codiciado de Roma. Estando en el pináculo de su carrera eclesiástica, algo muy profundo le sacudió, parecido a la calentura, y decidió colgar súbitamente los hábitos. La curia no entendía su repentina decepción con la Iglesia. Temían que los genes de Pancho Villa le hubieran contaminado el cerebro y se convirtiera en un mal ejemplo para otros sacerdotes, que iniciara una rebelión abierta en contra de la práctica del celibato y así, ante la confusión, decidieron orillarlo hasta que desapareciera del mapa religioso. Después de una sofocante vida de abstinencia, Fernando tenía la potencia sexual de un marinero portugués que ha pasado meses en alta mar pescando bacalao. El resultado fue que a menos de dos meses de arribar a México, embarazó a su prima. Insistió en que era una pariente lejana en el árbol genealógico, pero cercana en la cama y tuvo tres hijos con ella. Siguió yendo a misa los domingos; jamás volvió a confesarse. El hombre quería bailar, ser coqueto y recuperar parte del tiempo perdido entre claustros y homilías.

Sería efecto de la vida azarosa que el rabino me provocó, sería la suerte a secas, el caso es que en medio de mi trance personal entre ser héroe nacional y lanzarme a la reconquista de S., Fernando me llamó una tarde de lluvia. Villa era un ave rara en mi vida: desaparecía a veces por años enteros, pero tenía una intuición muy especial para adivinar los momentos en que necesitaba algún tipo de ayuda espiritual. Sorpresivamente acudió a mi llamado. Después de su ruptura con la Iglesia, podía sentirme suficientemente cómodo para contarle mis desventuras y, sobre todo, mis intentos de cambiar de religión. Cuando recién había abandonado el clero, tenía muchas reticencias para contarle mis penurias; ni él ni yo podíamos abandonar la idea de que me estaba confesando. Así pasamos años de prueba hasta que él dejó de actuar como confesor y yo como una de las ovejas de su rebaño celestial.

Apareció, al caer la noche, en mi departamento, con una botella de Chianti, que tanto le recordaba las tardes de soledad en su celda del monasterio en Roma. Conservaba el pelo negro, sin una sola cana, y aquella cara alargada y expresiva que parecía salir directamente de un retrato del Greco. Aunque vestía una playera sin cuello y pantalones de mezclilla, algo le habían dejado aquellos años en el clero que seguía pareciendo un cura con refinamiento. Me abrazó efusivamente, como en los viejos tiempos, y mientras descorchábamos la botella me preguntó sin ambages para qué era bueno.

—Sé que andas volando bajo, Cachimba —inició la conversación, llamándome por el apodo con que me conocían en la prepa—. Estoy para ayudarte en lo que quieras. Sabes bien que eres como mi hermano.

—¿Todavía te acuerdas de aquellos días en la escuela? —desvié el sentido de la plática deliberadamente. ¿Cómo sabía este religioso retirado que estaba pasando por uno de los episodios más amargos de mi existencia? Me miró fijamente, sin darme cuartel.

—Seguramente vas a empezar ahora a repasar la vida y obra de cada uno de nuestros compañeros de la prepa, los apodos de cada profesor, ¿verdad? —se dio la vuelta, observando las hornillas de la estufa, y fue directo al grano—. Dos o tres veces me ha pasado anteriormente que presiento, puedo percibir con claridad cuando estás pasándola mal. Son corazonadas que me vienen de quién sabe dónde. Ha de ser mi contacto con el más allá —dijo con sarcasmo—, pero normalmente acierto. Y esta es una de esas ocasiones. Así que déjate de rodeos y dime qué te pasa. Tu cara te delata. —Dejé el corcho a medio sacar.

—Es cierto —reconocí—, siempre has tenido esa especie de sexto sentido para adivinar cuando atravieso por dificultades.

—Tú también me has echado la mano en situaciones complicadas —me recordó cuando le conseguí su primer empleo después de veinte años de vivir en el hermetismo de los claustros. No fue tarea sencilla, porque la principal destreza que había aprendido como monje era hablar latín y, francamente, una lengua folclórica era de escasa utilidad.

—Estoy en mi peor o mejor momento, Fernando. Me va muy bien en lo académico y en lo intelectual, que siempre me ha interesado. Nunca antes había tenido tal variedad de trabajos y de ingresos. En ese sentido me está yendo como nunca. Pero acabo de perder al más grande amor de mi vida y me siento más jodido que un ciego que disfrutaba de la pintura.

Villa dibujó una leve sonrisa, reaccionando al comentario, y tomó la botella con decisión para sacar de una vez el corcho. Extraje unas copas del anaquel y con pulso tembloroso las puse sobre la mesa. Con un ademán que a mí me pareció teatral, bendijo el vino, se sirvió en su copa y dio un trago prolongado.

—No hay duda de que cuando estás más deprimido te pones más creativo. ¡Un ciego que ama la pintura! ¡Qué mamadas se te ocurren! —y soltó media carcajada.

—Pues sí, mi hermano —le dije risueño.

—O un cojo que no piense más que en jugar al futbol.

—O el enamorado que pierde a su amor —rematé, regresando al tono lúgubre.

Pasamos a la sala. Puse algo de rock pesado, que era la música favorita del excura, brindamos con las copas al aire y le conté con lujo de detalle lo que había significado mi relación con S., mi acercamiento con el rabino, el episodio de Durango y mi temor a la circuncisión. Omití deliberadamente hablarle de las intenciones de los gringos; eso sería para más tarde o quizá nunca. Fernando se rascaba la cabeza, asentía de vez en cuando y no dejaba de mirarme. Cuando terminé mi larga exposición, se levantó muy solemne del asiento y apagó él mismo la música.

—El mal de amores es muy jodido, Cachimba —estaba acostumbrado a oírlo hablar con el lenguaje más vernáculo. Lo gozaba ampliamente, después de años de reclusión religiosa, donde cualquier palabra altisonante ruborizaba a las monjas—. Con eso de que fui cura —prosiguió—, la gente se me acerca a pedir consejos de lo más disparatados. No siempre tengo las respuestas adecuadas, pero me entero de cada cosa... Y ahora te veo tan hundido que, antes de que te hagas judío y te corten el chafalote, lo cual no tiene remedio —se pasó la mano por la frente—, sugiero que pruebes otra alternativa. —Guardó silencio brevemente y se quedó pensando, moviendo sus largos dedos en el aire, como si estuviera haciendo cuentas—. Mira —continuó—, las recomendaciones que te ha hecho el rabino me parecen de lo más acertadas; a pesar de que es de la competencia no hay que menospreciar sus consejos. No dejes de vivir como muerto y así encontrarás una nueva vida —la frase se me quedó grabada—, pero nuestro modo, el modo más occidental y más largamente probado en la historia, es empezar a reemplazar ese amor. Tienes que sacarla de tu mente, de tu organismo. No hay más.

—¡Eso no! —lo corté tajante— Ya veo que los rabinos saben más que los curas —lo reté.

—¡Espera! —respondió, intentando tranquilizarme— Escucha lo que voy a decirte. Hace unos meses se acercó a mí una mujer que quería saber mi opinión sobre un asunto complicado. Dio conmigo a través de amigos comunes que le contaron la historia de mi salida de la Iglesia, de mi pequeña revolución personal. Esta mujer, a la que por el momento llamaré Gloria, es una de esas criaturas que sienten una gran necesidad de aportarle algo a la humanidad —lo escuchaba mitad interesado y mitad aburrido. Lo notó y me dio un par de palmadas en el hombro.

—Igual no sirve para nada lo que voy a proponerte —acotó—. En el peor de los casos te va a divertir. Cuando menos a mí me pareció una idea interesante —rellenó su copa, volvió a brindar en el aire y continuó—. Esta mujer, esta Gloria, no sé si sea una pinche bruja o psicóloga por vocación, pero no hay duda de que es una buena observadora de la realidad. Tiene esa rara capacidad de lograr que la gente se abra de capa con ella y a las primeras de cambio le cuenten sus profundas intimidades. Sin el ánimo de echar desmadre, comenzó a asistir sistemáticamente a restaurantes, antros y tertulias para explorar los niveles de fidelidad que prevalecen entre las parejas modernas. Sus hallazgos fueron sorprendentes. Salvo alguno que otro nerd o cabrones o cabronas de plano muy poco agraciados, encontró que aquel que no estaba cogiendo con alguna mujer distinta a la suya, lo tenía como uno de sus propósitos más importantes para año nuevo. La mayoría de sus entrevistados en realidad tenía sexo más seguido fuera que dentro de casa. ¡Y ya mejor ni hablar del aburrimiento con que hacían el amor! —Hasta ese momento no atinaba en nada, pero no había que desanimar al amigo. Si seguía así, pensé, cuando se vaya me voy a sentir más deprimido que al principio. En fin, el gesto de venir hasta mi casa era bienvenido. —Gloria encontró que, así estuviesen casados, fueran parejas informales, amantes o conocidos ocasionales, todos tenían la curiosidad o el deseo de acostarse con alguien más. Igual que los perros se huelen unos a los otros la cola, a las personas nos da curiosidad conocer el sexo de los otros, explorar a la humanidad entera. Será el instinto de distribuir más equitativamente el ADN, dirían los científicos, o amar literalmente a todo el prójimo posible, dirían los cristianos —la cara de sorna que hizo no se me va olvidar—. Lo cierto es que, por así decirlo, los intereses sexuales de los humanos son más vastos que lo que predican los cánones de la fidelidad. Nos puede gustar o no, me advirtió Gloria, pero la verdad es que los hombres hacen todo lo posible por cogerse a todas las mujeres que pueden en su vida y, como se necesita una contraparte para lograrlo, esto quiere decir que ellas también andan en lo mismo, aunque sean generalmente más recatadas.

—¿Y qué carajos tiene que ver eso conmigo? —atajé con impaciencia—. Yo no pertenezco a esa tribu —le dije cortante—. Lo único que quiero en la vida es estar al lado de mi güera. Cuando estoy con ella, el resto del mundo me sobra. Es más —le aclaré—, cuando hemos estado juntos en bodas, reventones o estadios, los demás nos ven tan inmersos uno en el otro que ni se atreven a interrumpirnos. Por eso me cuesta tanto trabajo aceptar que ya no estemos juntos —Villa se rascó la cabeza y, medio decepcionado, continuó con su explicación sociológica.

—Para lo que te sirva, Cachimba, aunque sea para distraerte, te voy a contar lo que esta Gloria se trae entre manos para contribuir a la salvación de la humanidad, pero antes dime —tomó la copa con las dos manos— ¿por qué te refieres siempre a tu mujer de tantas formas diferentes?

—Desde que nos conocimos tenemos un juego muy complicado con el tema de los nombres —empecé a explicarle—. En realidad no somos el mismo personaje cuando estamos hablando de negocios, cuando asistimos a una conferencia o estamos leyendo el periódico en el baño. Para ella, yo simplemente soy A. Cuando estábamos juntos jugábamos con la idea de que hacíamos una S. A. Es una cosa muy íntima entre nosotros dos que fuimos llevando cada vez más lejos. Como la vida es mucha actuación y poca sinceridad, decidimos seguirle la corriente al mundo y así acordamos adoptar una identidad diferente, dependiendo de cada ocasión.

—Es curioso que lo digas —asintió con la cabeza, pensando quizás en su pasado eclesiástico y sobre todo en las razones que llevan a los papas a cambiarse el nombre original para impostarse como Juan Pablo o Benedicto, como si de pronto dejaran de ser ellos mismos. Tal cosa podrían hacer los presidentes o los primeros ministros: que al momento de ganar las elecciones dejaran de llamarse como son—. Es cierto que no somos la misma persona todo el tiempo. Pensándolo bien, a lo largo de la vida deberíamos cambiarnos varias veces el nombre para reflejar mejor aquello en que nos vamos convirtiendo. Pero ya —dijo medio desesperado— déjame terminar de contarte el invento de Gloria. —Se sentó en la butaca del frente, dejó la copa en la mesa y puso una cara divertida—. Esta mujer, mi amiga, es una mujer de alrededor de cuarenta, en muy buena forma. Estudió antropología social, con el sueño de ayudar a las comunidades indígenas. Como te digo, desde pequeña siempre tuvo ese síndrome de ser la madre Teresa de Calcuta.

—Igual que tú —lo interrumpí. Fernando se había metido de cura no tanto por devoción, sino por su carácter solidario y altruista, además de que no cabía en el mundo de las cosas prácticas.

—Gloria se casó con un tipo que logró la rara combinación de ser soso en la cama y bastante posesivo en lo social; un celoso compulsivo, por lo que poco a poco tuvo que abandonar sus expediciones caritativas a Chiapas y Oaxaca. Y como suele suceder, cuando a alguien le cortan su esencia, termina rompiendo con el responsable de abandonar sus deseos. Pasaron cerca de diez años después de su divorcio y, ya más madurita, sintió que era tarde para hacer una gran cruzada por los indígenas. Descubrió que no solo en la selva y en las regiones remotas de México había miseria; también en las ciudades se vivía una epidemia emocional y, encima, en ellas había más gente. Fue así que Gloria comenzó a estudiar las raíces de la insatisfacción en pareja. Llenó cuadernos enteros con apuntes sobre la materia. En sus notas se repetían hasta el infinito los argumentos del aburrimiento, de las ganas de vivir, de la incomprensión, las peleas y las discusiones absurdas, las quejas por el mal aliento, las imprudencias en las cenas y, en suma, el fastidio ante lo conocido, lo predecible y lo cotidiano. Estudió con especial cuidado a las parejas que buscaban renovar su amor, volver a encender la mecha de la pasión. En ellas encontró una veta que podría ser muy lucrativa; se trataba de persuadirlas de que, con un sexo más ingenioso, escapadas de fin de semana sin los hijos y un viaje al Asia al año, podrían sentir que la relación renacía. Sin embargo, lo que descubrió —tomó un traguito casi imperceptible de su copa— es que al regreso de sus viajes y después de probar posiciones sexuales novedosas, al final del día las parejas que quedaban unidas no lo hacían más que por vergüenza social, temor a la crítica o simple comodidad.

Lo miré con la mejor expresión de interés que pude; me estaba hablando de todo lo contrario a lo que yo quería escuchar. El foco de mi atención estaba centrado en S. Quería serle fiel hasta la tumba y sabía muy dentro de mí que no me costaría ningún trabajo guardarle lealtad para siempre. A diferencia de los otros *Homo sapiens* que había estudiado la tal Gloria, mi caso era distinto, de querer entregarme al extremo. Y a menos que tuviera grandes dotes telepáticas, Villa no podría descifrar lo que estaba pensando. Mi sonrisa de reconocimiento al esfuerzo que estaba haciendo cubría toda sospecha sobre mis verdaderos pensamientos.

—A partir de sus hallazgos —siguió sumergido en su explicación—, Gloria decidió crear una institución al servicio de la humanidad, partiendo de la idea de que si no puedes detener una ola con las manos, mejor la usas para que te empuje hasta la playa: el principio del judo, ya sabes —asentí enfáticamente con la cabeza, como si jamás hubiera oído semejante metáfora—. Esa institución en menos de un año ya cuenta con miles de agremiados y se llama Promiscuidad con Responsabilidad, A. C. ¡Imagínate lo que ha inventado esta mujer! —dijo con auténtica euforia.

—Promiscuidad con Responsabilidad —repetí en voz alta—. Coger con orden y discreción, procurando no lastimar a la pareja, me imagino.

—¡Eres un maestro! —dijo alzando su copa—. Ese es, palabras más palabras menos, el lema de la organización. Tú lo has dicho muy bien: canalizar el impulso natural de las personas de manera civilizada y sin generar estragos en la pareja. Todos le llaman ahora PRAC, por lo de Promiscuidad con Responsabilidad, A. C. Esta organización es un fenómeno, ha logrado que la gente pueda conciliar sus auténticos instintos amorosos con la estabilidad familiar. Es más, la estabilidad familiar se debe ahora a que cada quien puede cumplir con sus deseos más íntimos sin lastimar a la pareja, sin mentiras o simulaciones. Gloria está haciendo posible que los casados logren mantener las ventajas de la vida matrimonial, sin tener que renunciar a su personalidad y a los deseos más profundos de los seres humanos —remató, con el mismo énfasis que imprimía a sus sermones cuando era cura.

Con un dejo de ternura miré a mi amigo, siempre necesitado de abrazar causas que le dieran sentido a su vida. La Iglesia le había llenado ese vacío algunos años, hasta que su espíritu crítico lo llevó a colgar la sotana. Ahora se convertía en paladín de la infidelidad como la curación infalible contra todos los males de la sociedad moderna. «Dentro de tres meses vendrá de nuevo a mi casa —pensé— con otra novedad que le entusiasme».

—¿Para qué hacernos tontos? —seguía metido en su nuevo credo—. Por muy bien casados que estemos o por muy rica que esté la vieja que nos estemos cogiendo, siempre estamos pensando en el plan B, en aquella que nos ha dado los abrazos y los saludos más cercanos rebasando los límites de la amistad y del afecto. Siempre estamos pensando en las posibilidades del descubrimiento amoroso.

Decidí pararlo en seco.

—Mi sueño es diferente —le dije con cordialidad—. Lo que más ansío en la vida es ser perro de un solo amo. Hace más de año y medio que S. y yo terminamos y no pasa un día sin que recuerde su olor, sus besos y voz —no quise seguir narrando todo lo que extrañaba de ella. Fernando tenía mucha práctica en el ejercicio de la confesión, a mi parecer el sacramento más despreciable de cuantos había inventado la Iglesia.

—Mi querido Cachimba —me apretó un hombro con su

mano todavía eclesiástica—. Si un clavo saca a otro clavo, imagínate lo que pueden hacer cientos de mujeres deseosas de ser queridas, aunque sea de una manera efímera... Inscríbete ya al PRAC y verás cómo pasará a segundo plano tu S., esa obsesión que tienes. —Su tono mostraba una mezcla de desesperación por ayudar al amigo y un enojo solidario por verme postrado, paralizado por la pérdida amorosa. Pudo percibir mi resistencia a intentar cualquier cosa que no fuese reconquistar a S. o convertirme al judaísmo—. Aunque sea a rastras te voy a llevar a una de las sesiones del PRAC —insistió—. Te sentirás amado y podrás llenar de cariño a tantas mujeres que están deseosas de entrar en la batalla cuerpo a cuerpo.

Viniendo de un amigo tan leal, que se acercó hasta mi casa a ofrecer ayuda sin pretender obtener nada a cambio, me conmovió. Al mismo tiempo no podía despejar la sospecha de que aquella inesperada visita fuese parte del plan que don Isaac había trazado para mí. Ya no podía separar ningún episodio de mi vida de los consejos que recibí del rabino. Todo lo que me ocurría era de pronto sorprendente y excitante. En realidad no me había esforzado mayormente en arriesgar, pero de cualquier manera me topaba con sucesos por demás inesperados. No podía ir a Durango a hablar de negocios porque terminaba enredado con la mujer de mi socio. No podía ir a dar una conferencia inocua a Dallas sin enterarme de primera mano que los Estados Unidos iban a anexar a México, y ahora no podía recibir a un amigo de la infancia en casa sin recibir una atenta invitación a engrosar las filas de la promiscuidad responsable.

Despedí con un fuerte abrazo a Fernando Villa. Le agradecí sus preocupaciones y, al cerrar la puerta, empecé a tener dudas de que convertirme al judaísmo fuese medicina suficiente para descifrar el enigma en que se estaba transformando mi vida.

9

UNA PESCA ABUNDANTE

La noticia sacudió a México. Más de treinta políticos del país, algunos en activo y otros retirados, habían sido arrestados al momento de entrar en territorio de los Estados Unidos. Gobernadores que iban a pasar vacaciones en las montañas de Colorado o en sus departamentos de Miami. Miembros del gabinete que ansiaban caminar por las calles sin un séquito de guardaespaldas. Diputados y líderes sindicales ansiosos de poder ir a los restaurantes sin temor a que les lanzaran injurias. Todos ellos, entre frívolos y abiertamente corruptos, habían caído en manos del Tío Sam. En automático, mientras sus fotografías circulaban en los diarios, ataviados con las ropas anaranjadas, reglamentarias de los reclusorios estadounidenses, tres secretarías de Estado, dos empresas públicas, una bancada de senadores y cuatro gobiernos estatales vieron interrumpidas sus tareas a favor de la nación mientras sus jefes eran juzgados en el extranjero. España se sumó, como le encanta a los magistrados de ese país, a la persecución de los villanos de cuello blanco.

Los arrestos cimbraron al gobierno de la República. A diferencia de la manipulación de las leyes que a menudo practicaban en el plano nacional, resultaba mucho más difícil convencer a los jueces de otros países de que brindaran impunidad o pusieran en libertad a este selecto grupo de funcionarios.

Negociar la extradición de un capo notorio del narcotráfico por la exoneración de algún político era la ficha de cambio más socorrida del gobierno; sin embargo, ante la cantidad de arrestos de aquel memorable mes de marzo y a pesar de las presiones que ejercían sus familiares y los partidos políticos, el gobierno de México carecía de influencia y de narcos suficientes para liberarlos a todos.

Con el paso de los días, las autoridades estadounidenses fueron documentando las razones por las que arrestaban a cada personaje. Era información que, se notaba, venían acumulando de tiempo atrás y no habían sacado a la luz hasta ese momento. Ahora ponían en jaque a la clase política del vecino del sur.

El grupo de gobernadores cautivaba la atención, los desfalcos que habían cometido eran motivo de indignación nacional. Por más denuncias y reportajes periodísticos que documentaban sus actos, invariablemente habían logrado esquivar la acción de la justicia, pero ahora aparecían en la cadena CNN con los rostros desencajados, carentes del brillo y las sonrisas que solían mostrar mientras ocupaban el poder. El Departamento de Justicia estadounidense les levantaba cargos por lavado de dinero, creación de empresas fantasma, evasión fiscal y compra de inmuebles, automóviles y aviones con recursos de procedencia ilícita. El gobierno de los Estados Unidos pudo establecer que los únicos usuarios de los departamentos en Nueva York, una casa en los Hamptons, yates en Florida y mansiones en San Antonio eran ellos mismos, aunque en los títulos de propiedad aparecieran otras personas, entre ellos algunos sirvientes y familiares que jamás habían entrado siquiera a los Estados Unidos. El gobierno de Washington mostró fotografías seleccionadas de estos jerarcas asoleándose en terrazas privadas, pescando en sus botes cerca de Nantucket, esquiando en las montañas de Utah y saliendo a jugar golf en California, algunos con todo y sus guaruras cargando los bastones y vestidos como *caddies*. La presión mediática fue implacable.

En los Estados Unidos se manejó la noticia de manera muy distinta: los noticieros estadounidenses aseguraban que su país no tendría tal cantidad de migrantes si los políticos mexicanos hubieran robado menos y hubieran invertido más en el desarrollo de su país. Los editoriales de los diarios y programas de análisis afirmaban que México era un país rico que desde hacía años podría haber alcanzado niveles de ingreso y desarrollo similares a un país europeo, pero que el pillaje de sus funcionarios lo habían sumido en la pobreza. «Estados Unidos —rezaba un artículo del *Washington Post*— está pagando las consecuencias de un sistema corrupto que orilla a emigrar masivamente a sus ciudadanos». El rotativo conservador *The Wall Street Journal* iba más lejos: «Ya era tiempo de arrestar a estos pillos que con sus acciones y sus corruptelas inundan a los Estados Unidos de gente sin esperanza. Si México no ha sido capaz —decía en su página editorial— de poner un alto a la corrupción y a la impunidad, los Estados Unidos tiene el derecho y la obligación de hacerlo. Algún día, el pueblo mexicano nos agradecerá haberlo librado de una casta gobernante que históricamente lo ha traicionado», concluía el texto.

Los mexicanos de uno y otro lado de la frontera festejaron las acciones de la justicia norteamericana como si se tratara de un nuevo día de la independencia. Las redes sociales y las organizaciones ciudadanas decían que era una tristeza que tuviera que ser otro gobierno el que aplicara la justica, pero que el resultado final era motivo de gran beneplácito para la sociedad mexicana. De forma espontánea la gente salió a las calles de todo el país con banderitas gringas en las manos para agradecer el arresto de personajes de la vida pública que se habían comportado como caciques y señores feudales a la vista de todos y que invariablemente dejaban sus cargos sin consecuencia judicial alguna. La Embajada de los Estados Unidos en el Paseo de la Reforma se llenó de pequeñas cartas de felicitación, pegadas en sus rejas, mientras los diplomáticos estadounidenses presenciaban la primera manifestación en la historia en que no les arrojaran piedras a los cristales ni les mentaran su yanquísima madre.

Esa mañana tenía cita con don Isaac para darle cuenta de los giros que había dado mi vida desde mi última visita a la sinagoga. Era un acto de elemental justicia y de agradecimiento por sus consejos. A través de sus recomendaciones había logrado alterar mi ánimo lúgubre y alicaído. A pesar de invitaciones a sumarme a organizaciones como Promiscuidad con Responsabilidad, A. C., seguía pensando que el método hebreo podría ayudarme a curar el desamor. Preparé algunas notas en un papel cualquiera con los temas que deseaba tratarle. Apunté con cuidado la conversación con Fernando Villa y, de manera críptica, la cena de Dallas. No quería alarmarlo con el asunto de la anexión de México, porque una cosa es que el judío sea errante por naturaleza y otra muy distinta que don Isaac deseara empacar sus pertenencias para irse a vivir a Guatemala. Al llegar a la sinagoga encontré un gran alboroto de hombres con kipás negras y señoras con falda hasta los tobillos. Me sorprendió tal concurrencia, siendo que ese día no se celebraba el Yom Kippur o el Rosh Hashaná. Pedían consejo al rabino sobre lo que deberían hacer ante acontecimientos tan sombríos como los de esa mañana. Con su entrenada sensibilidad percibían que, ante ese cúmulo de arrestos, el gobierno estaba tocado de muerte y se vendrían tiempos de gran convulsión social. En los genes tenían grabado el presentimiento de la persecución y caos. Ese gen les avisaba que vendría un periodo de alarma. Me di cuenta de inmediato de que requerían la guía del rabino y, por lo mismo, don Isaac no tendría tiempo ni oídos para conocer mis recientes aventuras. Escuché de manera discreta lo que decían entre sí los judíos y me retiré a empaparme de las noticias que asolaban a la nación mexicana.

Regresé al departamento y revisé de inmediato en internet. Hice un recorrido selecto por medios de comunicación de los Estados Unidos y otras partes del mundo. Las notas de los diarios parecían una calca, como si las hubiese escrito el mismo reportero. Los periódicos británicos y franceses repetían la consigna de que Estados Unidos estaban ayudando a México a librarse de los corruptos que tenían al país agarrado por el cuello.

Tras el paseo cibernético, me quedaba claro que el plan de anexión presentado en Dallas comenzaba a ponerse en práctica. Sentí que un relámpago me recorría la espalda. La estrategia era real, iba en serio. Me sentí un raro e involuntario testigo de la historia.

Hice algunas llamadas a amigos de confianza en Washington y Nueva York. Académicos, consultores y diplomáticos me confirmaron que, con distintas estratagemas, los políticos arrestados habían sido atraídos a visitar los Estados Unidos en esas fechas (aprovechando el receso de Semana Santa que es tan religiosamente respetado por los funcionarios mexicanos). «Buenos en el cielo y malos en la tierra», fue el comentario que me hizo Fernando Villa, recordando sus días de seminarista.

Con la información que disponía desde la cena en Texas me resultó claro que se trataba de una celada perfectamente orquestada desde Washington. Los gringos no se andaban por las ramas. De la misma manera en que Rusia se había apoderado de secciones enteras de Ucrania sin que nadie en el mundo pudiera obligarlos a retirarse, los Estados Unidos iban ahora más lejos, apoderándose de su vecino del sur. La cachetada a Vladimir Putin tendría extasiados a los estadounidenses, significaría una de las jugadas más perversas y magistrales en la historia de su política exterior. Sentí unas ganas enormes de comentarle mis hallazgos a don Isaac, a mis colegas de la universidad, a los periodistas más chismosos que conocía y también, por supuesto, a S. Ante la confusión de sensaciones decidí prepararme un martini. En un acto reflejo miré el reloj: todavía no daba la una, hora legal para empezar a beber; no obstante, era una ocasión especial: no todos los días asiste uno, con conocimiento de primera mano, a la desaparición inminente de su país. Presentí que esa tarde tomaría no una sino varias copas en solitario, intentando adivinar la postura que debería adoptar ante los graves acontecimientos que se avecinaban.

Lentamente, a lo largo del día, la reacción del gobierno mexicano fue fluyendo. Tal y como lo registrarán los historiadores, prácticamente todos los pasos de la burocracia fueron erráticos. Su torpe actuación parecía darle razón a los gringos de que la única salida posible era la desaparición de México. Los arrestos fueron calificados, de manera lapidaria, como «una grave afrenta a la soberanía nacional». Se anunció, para pánico de todos y por instrucciones superiores, que el Ejército se encontraba en estado de alerta máxima. En sus marcas, listos, fuera. Los dos anuncios fueron tomados de mala manera por la población. Por una parte, el regocijo era generalizado al ver tras las rejas a personajes de la vida nacional que el pueblo despreciaba por sus abusos y su prepotencia hacia los gobernados. La gente esperaba un mensaje del gobierno que dijera, palabras más, palabras menos, que la justicia era un valor superior y que, por tanto, esperaban un juicio digno y justo para los arrestados. Pero eso equivaldría a darse un balazo en el pie, pues pondría al descubierto los alcances y la profundidad de la corrupción en el país. La parte de la soberanía resultaba todavía más hueca; dejaba la impresión de que la defensa de la patria equivalía a exonerar a una banda de pillos que se robaba los impuestos de todos. Por otro lado, el alistamiento del Ejército resultaba contraproducente ya que nadie en sus cinco sentidos podía imaginar a nuestros militares invadiendo a los Estados Unidos para sacar de la cárcel a un puñado de políticos. La única razón posible para poner a los soldados mexicanos en alerta máxima era que el gobierno tuviera la misma información que yo; es decir, que se avecinaba la anexión del país. Esta reflexión me llevó directamente a prepararme el segundo trago de la jornada. La tarde era mansa en la Ciudad de México. Hacía una mañana perfecta de primavera, con baja contaminación por la salida de los vacacionistas al receso de Semana Santa. El silencio en las calles contrastaba con el pánico, el ruido político ensordecedor que debía estar produciéndose en las oficinas gubernamentales.

Las noticias fluían sin cesar y mi correo electrónico se llenó de mensajes de amigos y conocidos que recurrían a mis elevados conocimientos sobre los Estados Unidos en busca de una interpretación coherente de lo que estaba ocurriendo. Empezaron a lloverme solicitudes de entrevistas para la radio que, sin pensármelo dos veces, decliné. Cualquier cosa que dijera en esos momentos me llevaría inevitablemente a revelar el secreto que venía guardando desde mi visita a Dallas. Además, cuando los acontecimientos se desarrollaban a tal velocidad, me sentía incapaz de tomar una fotografía fidedigna de lo que estaba ocurriendo. Aunque desde chico tenía la manía de contribuir a la confusión colectiva, en esta ocasión decidí abstenerme de cualquier contacto con la prensa. Preferí escoger la ocasión adecuada.

En un giro totalmente inesperado de la estrategia seguida por los Estados Unidos, el FBI puso bajo arresto a más de cien gringos implicados en la trama. En efecto, acompañado de un gran despliegue mediático cayeron lo mismo güeros que parecían modelos de revista, pelones de ojos claros y varios negros bien vestidos, la mayoría abogados de alcurnia, por estar ligados al entramado de corrupción que, a fin de cuentas, se había dado en suelo norteamericano. Las cuentas bancarias apócrifas, la inclusión de prestanombres, los depósitos oscuros desde paraísos fiscales, todas estas operaciones habían requerido de socios gringos, dispuestos a torcer las leyes de su país. En mi cálculo personal no pude más que reconocer la habilidad de los vecinos para dar credibilidad al montaje que estaban poniendo en marcha. Al encarcelar a algunos de sus ciudadanos, hacían mucho más creíble la versión de que sus motivaciones no eran otras más que la aplicación puntual de la justicia.

Siguiendo una secuencia impecable, las aprehensiones de los socios gringos vinieron acompañadas de testimonios en vivo y en directo de los mexicanos arrestados, que empezaban a divulgar sus fechorías ante las cámaras. Uno a uno fueron confesando la manera en que burlaban los sistemas de control contra la corrupción en México, los mecanismos que utilizaban para cobrar su tajada en los contratos de gobierno y los personajes que les servían para comprar propiedades a nombre de secretarias, choferes o compadres. El acuerdo era evidente: cuanta más información dieran sobre sus corruptelas, mayor sería el descuento de las sentencias que recibirían en prisión. La hora de la traición entre los políticos había comenzado, mientras que a mí se me habían terminado las aceitunas para servirme otro martini. De pronto me sentí como los melómanos que llevan la partitura a un concierto para ir siguiendo las notas que ejecuta la orquesta. Podía ver, como nadie en México, la manera en que se iba desarrollando una trama que debería desembocar en la pérdida irremediable del país.

Las autoridades norteamericanas divulgaban paso a paso las confesiones que iban rindiendo los funcionarios arrestados. Univisión y CNN en español se estaban dando un festín informativo, perfectamente calculado por los gringos para asegurarse de que el flujo noticioso fuese comprensible en el idioma de los mexicanos. El Departamento de Justicia les había ofrecido el carácter de testigos protegidos si sus declaraciones llevaban a fincarle cargos a otros miembros prominentes del gobierno. Uno a uno fueron dando detalles de las propiedades y cuentas bancarias que tenían sus colegas en los Estados Unidos. En aras de salvar el propio pellejo y ver reducidas sus sentencias, fueron incriminando a otros políticos que habían saqueado las arcas nacionales. En son de broma los comentarios más mordaces decían que se trataba de funcionarios con gran sentido nacionalista: «Era tal la cantidad de casas, ranchos y condominios que habían adquirido en los Estados Unidos —decían entre risas—, que equivalía a reconquistar los territorios perdidos en el siglo XIX».

Ante aquellas revelaciones, la reacción del gobierno fue nuevamente errática. El mensaje oficial rechazaba la veracidad de las declaraciones. El comunicado de prensa de la Cancillería afirmó que las confesiones se habían extraído bajo presión y bajo tortura, por lo cual quedaba anulada su veracidad. Pasé horas enteras mirando las noticias. Cuando cobré conciencia de lo que estaba haciendo, me di cuenta de que al mismo tiempo que veía la televisión tenía enfrente mi computadora y a un lado mi teléfono celular, recibiendo mensajes al por mayor de colegas de México y del extranjero. Observaba la historia mientras se escribía. Para alguien con mi entrenamiento académico y diplomático, la experiencia resultaba fascinante.

Revisé las llamadas perdidas en el celular, con la lejana esperanza de que S. hubiese cedido ante la magnitud de los acontecimientos y decidiera romper nuestro silencio. No había duda de que estaba al corriente de la crisis que se cernía sobre México, siempre tan atenta a las noticias y a los análisis del acontecer mundial. Tampoco me cabía duda de que desearía conocer mis puntos de vista sobre la ofensiva norteamericana. Hasta en los momentos más amargos de nuestra relación, siempre se interesó por conocer mis interpretaciones de la política mundial. Lo sabía bien y por ello, cada vez que nos enfrascábamos en alguna discusión de pareja, de esas que sabe uno de antemano que van a terminar mal, recurría a mencionar la crisis de los refugiados sirios, la pérdida de competitividad de la economía china o el proceso de paz en Colombia. En los inicios de nuestro romance, este método de distracción surtía un efecto milagroso. Así, los reclamos amorosos y las críticas que me lanzaba por algún olvido o falta de atención a sus necesidades terminaba por canalizarse en odio hacia los húngaros que negaban asilo a las familias de emigrantes kurdos o en risas contagiosas por alguna nueva ocurrencia del presidente de Venezuela. Yo agradecía hasta el fin de los días contar con un conocimiento tan amplio de la realidad mundial. Gracias a ese bagaje podía abortar las peores crisis amorosas. Al pasar el tiempo y acumularse los resentimientos resultaba más difícil distraerla de sus lamentaciones con algún asunto de interés global.

Aquella vez que olvidé, simplemente olvidé la fecha de su cumpleaños y de manera tímida me atreví a pedirle que me la recordara por favor, no resultó posible aminorar su acumulada furia. Introduje sutilmente el peligro que representaba para la humanidad que Corea del Norte contara con armamento nuclear, pero ni siquiera invocando esa grave amenaza a la seguridad y la paz mundiales logré una reacción favorable en su espíritu desteñido por mis ausencias y mi falta de consideración. Intenté entonces cambiar el foco de su atención y su enojo inventando noticias y acontecimientos que me venían a la mente: una epidemia cien veces peor que el ébola que ya se detectaba en Veracruz, una invasión inesperada del ejército ruso sobre las naciones del Báltico y cosas por el estilo. Siempre me ingeniaba escenarios posibles y sobre todo alarmantes para cambiarle la química del cuerpo hasta que pudiera comparar la importancia de ese tipo de acontecimientos con la falla insignificante que en realidad representaba que hubiese olvidado su fecha de nacimiento. Conforme fue avanzando nuestro idilio, y sin darnos cuenta, fue desapareciendo su admiración por mis conocimientos, sus críticas a mis análisis fueron en aumento y, así, la política internacional dejó de surtir el efecto curativo de antaño.

Ahora estaba seguro, completamente seguro, de que si le contara el secreto que descubrí en Dallas y lo vinculara a la cadena de arrestos de las últimas horas, volvería a captar su atención entera, hasta que volviésemos a tomarnos de la mano, olvidar los agravios que envenenaron nuestra relación y recobrar la risa —que ya no recuerdo como era—, incluso besarnos como en los mejores días. El hecho concreto es que ni siquiera tenía una llamada perdida de su parte.

IO

INSTRUMENTOS DE LA TRANSICIÓN

Desperté sin darme cuenta de una siesta no programada. Seguramente los dos tragos que tomé a deshoras me ablandaron el cuerpo. Siempre despierto sin darme cuenta, igual que me duermo sin enterarme. Pero en esos momentos fui consciente del acto de despertar porque no quería perder un solo detalle de la operación que ponía en marcha el gobierno de los Estados Unidos. Presenciar la anexión de un territorio no admitía distracciones para un diplomático profesional, menos cuando se trataba de mi propio país y todavía menos cuando el único mexicano en el mundo que conocía las verdaderas intenciones que ocultaban aquellos arrestos era yo.

El timbre del teléfono terminó por sacarme de la modorra. Contesté en forma automática, mientras reactivaba la computadora para enterarme de los últimos sucesos. Con la bocina en la mano me acerqué a cerrar la cortina del estudio. Debían ser cerca de las tres de la tarde y el sol entraba oblicuo, reflejándose un millón de veces sobre el lomo de los libros y mis viejos trofeos de la etapa en que jugué beisbol. La llamada provenía de Marcos Beltrán, un viejo amigo que había ocupado brevemente el puesto de canciller, hasta que se dio cuenta de que los puestos de gabinete lucen mejor desde afuera que cuando uno los ocupa.

—Estoy aquí abajo, Andrés —me dijo con la voz entrecortada. Me intrigó su tono de voz; Marcos invariablemente mantenía la templanza en su imagen externa, siempre intentaba mostrarse *cool* aunque sus más cercanos supiéramos que tomaba grandes cantidades de Pepto Bismol para domar la gastritis que le producían sus ambiciones y sus dilemas internos. A juzgar por la agitación que mostraba, esta tarde la fachada se le estaba desmoronando, dejando entrever su verdadero yo.

—¿Abajo de dónde? —La pregunta me hizo sentir absurdo. Era evidente que se encontraba en la entrada del edificio; lo podía ver en la pantalla del interfón. Mi pregunta obedecía a que no quería verme con nadie en esos momentos; sin embargo, ya estaba ahí y sumado a su misterioso tono de voz. Presioné el interruptor de la puerta.

Era más fuerte la curiosidad por saber qué traía entre manos que mis deseos de estar a solas. Los perros acudieron a recibirlo moviendo la cola. Marcos levantó los brazos a la altura de los hombros para evitar tocarlos, como si estuviera cruzando un río con un fusil en manos, impidiendo que se mojara. El gesto me cayó mal; me da desconfianza la gente que rechaza el cariño de los animales. Traía la cara enrojecida y la camisa pegada al esternón por la transpiración. Venía evidentemente agitado, con una sonrisa a todo lo ancho de la cara. Me tranquilizó su semblante.

—Ya sé que tú sabes —dijo de una manera lapidaria y enigmática a la vez, mientras se acercaba a la barra para servirse un trago. Nada de saludar, preguntar cómo estás o decir buenas tardes—. Quiero que sepas que cuando los gringos me dijeron que tú habías sido el primero en conocer sus planes me entraron celos —sonrió con signo de abatimiento. Era una forma de quejarse muy típica en él cuando no era el primero en algo, el más fuerte, el más galán, el más admirado. Le molestaba tanto no ser el más informado en cualquier tema que decía sobre él mismo, en tono de broma, que citaba libros que jamás se habían escrito, por autores que él inventaba o que solamente él conocía. Me pregunté de inmediato si tendría algún caso fingir que no sabía de lo que me estaba hablando. De todos modos decidí fingir.

—¿Sabes que sé algo de qué?— Le pregunté sin mirarlo para no delatarme, dirigiéndome al refrigerador para sacar unos hielos. Ignoró mis palabras y en el fondo lo agradecí porque hasta a mí me sonaron huecas y fuera de sitio. Era apenas la segunda vez que venía a mi casa y la primera que se presentaba sin previo aviso. Por lo demás, pensé, si había alguien con quien pudiera compartir lo que hasta ese momento era mi secreto exclusivo, era precisamente con Marcos. Tenía una mente privilegiada para interpretar los acontecimientos, una red de contactos internacionales fuera de lo común y, sobre todo, una capacidad muy singular para sacar provecho de los desatinos del gobierno. Aunque ya estaba entrado en los sesentas, entre su actitud contestataria y buenas dosis de tinte en el cabello todavía le acomodaba el mote de *enfant terrible* de la vida nacional.

Al momento de acercarme con los hielos, debió ser en ese preciso instante, decidió que prefería tomar vino. Dejé el recipiente a su lado y saqué al azar una botella de la estantería. Salió un Saint Estèphe que venía reservando para una ocasión especial. Habría querido cambiarla por otra más ordinaria; era demasiado tarde, se vería muy ruin de mi parte devolverla a su sitio.

—¡Qué buen vino has elegido! Está perfecto para mí —dijo para aplacar cualquier posibilidad de cambiarla. También estaba perfecto para mí, pero no en esa ocasión. Ese vino lo habíamos seleccionado juntos S. y yo para un momento especial, quizás el del reencuentro, me dije soñando. Mientras sacaba el corcho pensé que cuando los gringos ocuparan el país, uno de los castigos más crueles que nos aplicarían sería tomar únicamente vinos baratos de California hasta el fin de los tiempos. Con ese solo pensamiento, el corcho salió con más facilidad. Serví las copas y observé los ojos transparentes de Marcos, cargados de una mirada traviesa.

—¿Estás al tanto de las últimas noticias? —me preguntó, con el codo sobre la barra.

—Supongo que sí —repuse—. Llevo toda la mañana entre el internet y llamadas con los cuates confiables de los Estados Unidos.

—Ya no hay nadie confiable —me regañó suavemente—. Los arrestados han empezado a declarar en serio, me dicen mis fuentes. Los gringos ya tenían conocimiento de la mayoría de las cuentas bancarias y las propiedades de la élite mexicana. Lo novedoso y letal para el gobierno son las conexiones con dinero del narcotráfico, de grandes fraudes al erario y hasta autosecuestros que utilizaron para encubrir sus fortunas. ¿Te das cuenta de la bomba que han sembrado? —Asentí sin mayor comentario—. Eso permite que la Interpol los persiga en cualquier parte del mundo. Es una gran diferencia, por si se les ocurre salir huyendo a Cuba o Venezuela.

—¿Tienes noticia de que hubieran incriminado al *Chairman*? —desde hace muchos años nos referíamos así, en clave, a la figura del presidente.

—No tengo la menor idea. Entiendo que primero van a exhibir a los gobernadores y a algunos de los empresarios y compadres más cercanos al régimen para que vayan midiendo el tamaño del problema. —Su alma medio anarquista y consumadamente rebelde lo llevó a levantar la copa en el aire como un brindis que parecía dedicar al mundo entero—. Ya lograron el primer objetivo: poner a sudar al gobierno —prosiguió— y a lo largo del día, me dicen, el vocero de la presidencia anunciará que el deseo más ferviente de las autoridades es que se haga justicia sobre la cabeza de esos corruptos que han traicionado la confianza de la sociedad mexicana —subrayó rimbombante—. Se desmarcarán de los sentenciados, los abandonarán a su suerte, en la esperanza de que con eso termine la cacería de políticos y algunos cuantos puedan salvar el pellejo.

—¿Nadie ha llamado a la resistencia? —pregunté instintivamente.

—¿Resistencia contra quién o contra qué? —respondió en forma retórica—. ¿Crees que alguien en México, salvo quizá los familiares más cercanos, va a salir en defensa de estos ladrones? —Hizo una pausa y fue a sentarse en el sillón de tres plazas. Se rascó por debajo de las costillas, dando la impresión de que los pensamientos le llenaban el cuerpo de comezón—. La verdad es que nuestros amigos del norte están aplicando una jugada magistral.

Ahora vendría su interpretación de lo que estaba ocurriendo. Conociéndolo, sabía bien que tarde o temprano vendría alguna propuesta, algún plan de acción de su parte. Sin saber de qué se trataría, estaba seguro de que me iba a pedir algo.

—Analiza los pasos que han dado hasta ahora: primero arrestan a los villanos favoritos del país; los corruptos embozados, los que todo el mundo sabía que habían robado hasta cansarse. Los Estados Unidos se convierten de golpe en el paladín de la justicia que se coloca al lado de un pueblo oprimido que no encontraba manera de actuar contra sus autoridades. Segundo, apresan a una colección muy bien seleccionada de gringos, sí, de gringos —dijo entre risas—, para que no se diga después que el brazo de la justicia solamente actúa contra los *brownies*. Acto seguido, los medios y los analistas entran en acción para decirle a la opinión pública que su país está lleno de paisanos por culpa de los corruptos que gobiernan México. Ya has visto los editoriales, ¿no? —Asentí con la cabeza sin el menor deseo de arrebatarle la palabra—. Es claro que desean presentar los arrestos como un asunto que forma parte de los intereses de los Estados Unidos, un acto de legítima defensa, ya que, según ellos, la corrupción nuestra les afecta directamente con inseguridad en la frontera, migración y tráfico de drogas. Es la coartada perfecta. Preparan el terreno para contar con el respaldo local cuando anuncien la fusión con México. —Hizo una pausa breve para probar el vino—. Ahora dirán que es la única alternativa que tienen a la mano, ya que los estamos invadiendo con nuestros migrantes y nuestras tradiciones. Mejor se adelantan y a ver quién es el guapo que se opone a la anexión.

Lo escuchaba con atención y sin mucho más que añadir. Coincidíamos en el análisis.

—Y según tú, ¿qué sigue? —Tomé la butaca que daba frente a los ventanales. Lo vi estirarse, meter las manos en los bolsillos del pantalón y tomar un respiro incierto. La tarde más allá de los ventanales se había tornado pastosa. Un cielo blanco, como pintura de cuarto de hospital, cubría la atmósfera capitalina.

—Lo más inmediato —respondió con un dejo de flojera, como si le pesara tener que perder el tiempo en esa parte de la reflexión—, lo más obvio, es que alienten a la población a exigir la renuncia del presidente, con todo su gabinete. Yo es lo que haría si estuviera en los zapatos de los gringos —dijo de nuevo con ese gesto travieso en su semblante—. Dejar que los mexicanos se encarguen solos de su presidente, para que nadie los critique de intervencionistas. Cuando el presidente se esté tambaleando, los gringos se le acercarán para presentarle las condiciones de una salida digna. —Paseaba los dedos sobre el borde de la copa—. ¡Acuérdate! —insistió—. Así lo hicieron recientemente en Egipto y en Túnez con la famosa Primavera Árabe. O mejor dicho —se corrigió y se animó en el análisis—, estos cabrones están aplicando la misma receta que Hernán Cortés: se aprovechan del odio de los contribuyentes, de todos los que pagamos tributo, para derrocar a los aztecas. Los tlaxcaltecas somos nosotros, los aztecas son los políticos y los gringos son los conquistadores, los españoles. ¿No lo ves? —Se divertía con sus extrapolaciones históricas.

No pude evitar soltar una buena carcajada ante la comparación. Clavé la mirada sobre la avenida y traté de recobrar la seriedad. Se me estaba olvidando que fumaba, pero en ese momento lo recordé y encendí urgente un cigarro. Marcos no se detenía en su visión del futuro.

—Los términos de la capitulación serán muy básicos —afirmó finalmente—. Salvar al presidente de la cárcel a cambio de que desaparezca los poderes nacionales y entonces puedan entrar los gringos a llenar el vacío. Los siguientes episodios —se rascó levemente la menguante cabellera— me resultan menos claros: no estoy seguro si llamarán a un referendo para legitimar la anexión o si recurrirán a las amenazas. Seguro vendrá una combinación de zanahorias y garrotes —dejó en el aire la reflexión.

Me levanté del asiento y como un acto reflejo serví un whisky con hielos para él y una cuba reconfortante para mí. El momento lo ameritaba, pensé, sin reparar en que dejaba abierta y a medio beber una botella de vino que en otras condiciones habría sido memorable. Me asomé al balcón para tirar el cigarro sobre las copas de los árboles. Me parecía una costumbre de lo más despreciable, pero la calle, normalmente abarrotada de automóviles y peatones, ahora recordaba a un pueblo fantasma. La tranquilidad y el silencio me llevaron a pensar que todos los vecinos —es más, todos los mexicanos— ya se preparaban para el episodio más dramático de la historia del país: el fin de México. Miré a los edificios de los alrededores y agucé la vista para interpretar lo que estaban haciendo en cada departamento. La carencia de tráfico recordaba un día de juego de la Selección Nacional en el Mundial de Futbol. En todos los departamentos, hasta donde me alcanzaba la vista, podía verse a la gente frente al aparato de televisión y por el resplandor de las pantallas podía adivinar que todos seguían paso a paso las noticias. ¿Y cómo no? Estaban cayendo corruptos de leyenda como ratones en trampas de queso. Cada uno parecía disfrutar la venganza a su modo, como si la paciencia del pueblo fuese finalmente recompensada. Marcos se acercó al barandal y, girando los hielos de su whisky, comenzó a hablar como autómata.

—Hay un punto que no me cuadra, Andrés —empezó diciendo—. A todo lo demás le encuentro una lógica muy clara, menos al hecho de que nos hayan anticipado a ti y a mí sus intenciones. ¿Por qué y, sobre todo, para qué se habrán tomado la molestia de compartirnos uno de los secretos más importantes en los anales del gobierno americano? ¿Te lo has preguntado? —Me lanzó una mirada con tintes de amenaza; no propiamente de amenaza, sino de recurrir a mí como el único individuo sobre la faz de la Tierra que pudiera responder a esa pregunta.

—Supongo que fue porque los conocemos mejor que nadie en México. Les interesaba nuestra opinión.

—Eso es evidente —puso cara de aburrimiento, levantando los hombros en signo de reclamación.

—A través de expertos como nosotros querían cerciorarse de que darían los pasos correctos —insistí en la idea y su cara pasó de la fatiga al enojo—. Sabían de antemano que de ninguna manera iríamos a contarle al gobierno —repuse, sin decir más. Las implicaciones de su mirada impaciente solamente llevaban a una conclusión que no me animaba a aceptar: nos estaban usando para algo. ¿Qué era ese algo? Pareció leer mi mirada o mi mente porque, tomándome por el brazo, volvió a preguntarme:

—¿Para qué se te ocurre que nos estén usando? Me temo que nos quieren... —detuve sus palabras alzando la mano. Empezaba a sentirme incómodo con un sermón sin fin.

—Quieren utilizarnos para encabezar la transición, el último gobierno de México antes de la anexión —lo solté en voz baja, pronunciando cada palabra como si estuviera saliendo en el papel de una antigua máquina de escribir.

Se me quedó mirando fijamente, con ojos de coyote en celo. Acercó la cara como si quisiera cerciorarse de que todavía era yo mismo. Su expresión mostraba una combinación de sorpresa y de gratitud, se le notaba aliviado y se lo dije. ¿Qué tenía de reconfortante que los gringos quisieran usarnos para clausurar las puertas de México para siempre? En mis años de juventud había acariciado el anhelo de pasar a la historia, de ser un hombre trascendente; pero no de esa manera. También Pinochet y Bin Laden habían alcanzado la fama, pero por las razones más contrarias a las que yo soñaba de joven.

Marcos estaba en plan de psíquico o médium. Parecía leer paso a paso mi proceso mental. Volvió a esbozar una sonrisa, acompañada de una breve palmada que me dio en el hombro.

—Se nota, Andrés, que estamos colgados del mismo cable. Por caminos distintos hemos llegado a la misma conclusión. —Ahora su rostro se tornó sombrío.

El silencio invadió el balcón, como un fluido viscoso que se nos adhería al alma. Como si actuásemos ante un espejo, ambos apoyamos los codos sobre el barandal, dimos un trago largo a nuestras bebidas y movimos la cabeza de lado a lado, sintiendo que estábamos más jodidos que San Agustín. Por la acera, muchos metros más abajo, una mujer en ropa de correr paseaba a su perro. El animal olfateaba las bases de los postes y levantaba la pata dejando un suave rocío en las raíces de los árboles. La mujer, de buen cuerpo y piernas espigadas, volteó de pronto hacia nosotros, como si nuestra mirada hubiese atraído la suya. Cruzamos miradas en la distancia y ambos sentimos que nos había descubierto. Fue un pensamiento fugaz, pero ambos presentimos lo mismo: que ya todo mundo podía percibir que éramos los dos elegidos para entregarles el país a los gringos. Era, desde luego, un pensamiento por demás descabellado. Solamente Marcos y yo teníamos conocimiento de lo que verdaderamente escondían los arrestos de políticos ocurridos aquella mañana; sin embargo, así pasa: cuando uno está triste, cree de alguna manera misteriosa que todo el mundo está igualmente deprimido, y si vemos a alguien riendo o gozando de la vida, suponemos que está fingiendo. Igual sucedía ahora: si una muchacha cualquiera que pasa inocente paseando a su perro por la banqueta y se nos queda mirando, es porque sabe lo mismo que Marcos y yo: que el fin de México se aproxima. Valiéndome del ímpetu siempre calenturiento de Marcos y de la necesidad evidente de los perros de salir a dar un paseo, lo tomé levemente por el brazo.

—Nos hará bien ir a dar una vuelta —le retiré el vaso de la mano. Al llegar a la planta baja su mirada revoloteó de inmediato a lo largo de la avenida en busca de la corredora y su perro. Para Marcos, todo accidente en la vida tenía algún significado oculto. Si aquella mujer había volteado hasta el séptimo piso para observarnos sería por alguna razón misteriosa; podía ser, en el mejor de los casos, que estaba en busca de un amante de martes de Semana Santa, pero su mente conspiratoria temía que se tratara de una agente encubierta de la CIA. Podía imaginar fácilmente que en unos cuantos minutos esa chica estaría reportando al centro de operaciones en Langley, Virginia, que nos había visto juntos, tomando nuestra bebida al mismo tiempo y con la misma cara de «no me vayan a pedir que seamos los encargados de entregar la soberanía nacional».

Al llegar a la planta baja descubrimos que la muchacha y su dóberman se habían esfumado de la escena. Marcos entró en una especie de paranoia. La preocupación de que los gringos nos hubiesen puesto en el centro de la conspiración lo tenía visiblemente afectado. «Si esa mujer hubiese estado buscando sexo *express* —dijo para sí mismo—, lo lógico es que se quedara a esperarnos. Si no quería sexo, entonces no había otra explicación más que la segunda: era una agente especial de los servicios de inteligencia norteamericanos». Prácticamente me convence de lo segundo, a fuerza de repetirlo con tanta vehemencia. Puse entonces a mis perros a seguir las huellas urinarias del dóberman pinscher que paseaba la supuesta espía. El rastro nos llevó dos cuadras más adelante, hasta la base de un edificio *art decó* de unos cuatro pisos, con lámparas estilo Tiffany's a la entrada y un sofá negro de terciopelo con forma de labios de mujer. Instintivamente miramos hacia los balcones y ahí la vimos, acodada en la terraza del tercer nivel, limpiándose el sudor y tomando lo que a la distancia parecía ser un agua de diseñador. A pesar de que la estampa de la mujer era mucho más atractiva vista desde abajo, Marcos me tomó con fuerza de un brazo, me arrebató la cadena de la perra y comenzó a andar presuroso hasta alejarnos de la mirada de la misteriosa mujer. Caminamos en silencio varias cuadras de un tirón, sin permitir siquiera que los perros husmearan las plantas y los setos. De pronto se detuvo en seco, me entregó la correa e inclinó la cabeza, jadeando un poco.

—Andrés, hay una cosa importante —pensé que iba a volver al cuento de la CIA y estaba preparado para pararlo en seco ante aquel delirio de persecución que le acosaba—. Hay algo que les inquieta mucho —levantó la mirada hacia el norte, haciendo alusión a los gringos—. Cuando me atraparon en una cena parecida a la tuya, en Nueva York, y después de echarme un largo rollo sobre las razones impecables por las cuales el mejor futuro posible para México era integrarse a los Estados Unidos —la respiración le flaqueaba, como si el que fumara fuese él—, me pidieron que les planteara con la mayor franqueza posible mis dudas sobre el proyecto. Querían saber en qué partes del país encontrarían mayores resistencias, cuáles serían los problemas más complicados de una eventual anexión; ese tipo de cosas.

Miraba a un lado y al otro con cara de prófugo, sospechando que hasta en los árboles de las aceras habría micrófonos escondidos. Con un semblante de humildad raramente visto en uno de los egos más prominentes del país, reconoció que sus preguntas no habían logrado más que levantar a los comensales de la mesa para hacer *high fives* y darse abrazos y besos.

Pero —dijo con ánimo amargo— cuando volvieron a sentarse y los ánimos se aplacaron me hicieron dos revelaciones: la primera, que el único otro mexicano que tenía conocimiento de sus planes era el famoso y respetado doctor Andrés Rico —me pegó un pequeño puñetazo en el pecho— y, segundo y más importante, que ambos habíamos planteado las mismas dudas, las mismas cinco dudas respecto de la desaparición de México y dijeron que tú habías hecho una sexta pregunta en la cena de Dallas, una pregunta muy compleja, que no sabían cómo responder.

Me miró por primera vez, después de tantos años de conocerlo y de saber el trabajo que le costaba reconocer que alguien fuese más brillante que él, con una actitud que podría calificar de genuina admiración.

—Es imprescindible que recuerdes cuál fue esa sexta pregunta; los trae locos —dijo en un tono de premura que no recordaba desde que mis primos pobres interrogaron al notario para saber el destino final de la herencia del abuelo.

Bajé la mirada y, sabiendo que lo tenía a mi merced, le recomendé que no habláramos de un tema tan delicado en ese lugar. Aunque ese lugar, una esquina perdida en un barrio congestionado de la Ciudad de México donde esa tarde no pasaban ni los vendedores de tamales oaxaqueños, era el lugar ideal para compartir tan tremendo y relevante secreto. Curiosamente, Marcos accedió, dándome la razón, presa como era en esos momentos de un grave delirio de persecución.

—Ya encontraremos el lugar y el momento adecuado, Andresito —se limitó a decir, quitándome ahora la correa del perro.

Regresamos en completo silencio. Al momento de despedirnos, casi al llegar a la entrada de mi edificio, me dijo:

—Es vital, verdaderamente vital, que recuerdes las seis preguntas que les hiciste en Dallas, una por una, con el mayor lujo de detalle. Más adelante intercambiamos notas y comparamos las preguntas que les hice yo con las tuyas. La pregunta que no coincida puede ser nuestra salvación —asentí en silencio.

Los perros me dieron la señal de entrar al edificio. Marcos tomó su camino igual que como había llegado, con el espíritu acelerado y sudando la camisa. Aguardé frente a la puerta hasta verlo desaparecer en la esquina. Acaricié a los perros en la cabeza y en el lomo unos minutos. Tenían la boca abierta de agradecimiento por el lindo paseo que habíamos dado. Miré distraído por la calle vacía, gozando de esa extraña sensación de paz y silencio que siempre acompaña a la Semana Santa.

Caía la tarde; el firmamento urbano, esa nata que llamamos cielo, reflejaba las primeras luces de la noche. Al momento de abrir la puerta volteé instintivamente y, por última vez, a la calle. Debajo de una farola que acababa de encenderse me pareció ver a un dóberman paseando nuevamente por la acera del frente, pero no estoy seguro. De noche, todos los perros se parecen.

II

EL TEATRO DE OPERACIONES

¿Hacia dónde iba mi vida? De pronto me encontraba en medio de un huracán de dimensiones históricas que se mezclaba con mis crisis internas, amorosas y más vitales. Todo pasaba al mismo tiempo. Cuando tomé la decisión de contar los años que me restaban de vida, olvidarme del pasado y tomar un nuevo rumbo, en ningún momento se me ocurrió que este tramo otoñal fuese a estar plagado de desafíos tan enormes. ¿Estaba soñando? ¿Sería fruto de las recomendaciones del rabino? O quizá, sin saberlo, ya estaba siendo objeto de la terapia judía. Las dudas me asaltaban.

Debía regresar al principio de las cosas, ordenar mis pensamientos. Me di un baño largo, más parecido a hervirme que a ducharme. Puse las manos contra las paredes y dejé que el agua me golpeara la cabeza. Las ideas comenzaron a aflorar. Pensé en reunirme nuevamente con don Isaac para recapitular todo que lo que me ocurría.

Por mi conocimiento exclusivo de la estrategia que los Estados Unidos estaban poniendo en operación, sentía una soledad acrecentada. A la pérdida pasada de mi amor se sumaba ahora la pérdida futura de mi país. ¿Qué más podría pasarme? ¿Que alguien viniera a quitarme a los perros? ¿Que me despidieran de la universidad? Cualquier cosa podía suceder. Esa mañana, todavía un poco mojado y mirándome desnudo ante el espejo, decidí hacerme cargo de mi vida; debía actuar con el mismo temor que puede tener un muerto a volver a morirse.

Pensé en la posibilidad de reunirme con S., si es que aceptaba, a tomar un café. Hice un recuento de la gran cantidad de cosas que debía confesarle desde que nos separamos y descubrí que irónicamente la más fácil de contar, con lujo de detalle, era el intento de anexión de México a los Estados Unidos. En un diálogo de expareja no encontraría sencillo compartirle la experiencia de Durango, mis intenciones de practicarme la circuncisión o mi improbable magnetismo con las damas. El sexto sentido de las mujeres les indicaba, aun en las épocas en que habíamos terminado oficialmente nuestra relación, que las ascuas del fuego amoroso no se habían enfriado del todo. Por eso, cualquier posible candidata a sustituir a mi S. sabía mejor que Yogi Berra —el legendario *catcher* de los Yankees de Nueva York— que esto del amor no se acaba hasta que se acaba. De por sí que no asistía a las citas que me surgían con la resolución y el empuje que se requiere para la conquista. Si a ello le sumamos esa especie de olor que despedía yo entonces, como una suerte de repelente contra nuevos amores, las pocas chicas con las que salí a tomar una copa o a caminar por el parque no hacían más que preguntarme mi opinión sobre la guerra en Siria o la caída de la bolsa de Tokio, sin atreverse a indagar sobre mi disposición para emprender una nueva aventura amorosa. En resumen, me dije rascándome la cabeza todavía húmeda, el reencuentro con S. debería esperar. No estaba anímicamente preparado. Probablemente fuese lo mejor para ambos; confiar en que el tiempo hiciese su labor curativa, esperar a que el paso de los días borrara los recuerdos más penosos, las facetas más filosas que impedían un nuevo acercamiento.

A cambio, decidí buscar nuevamente el consejo de don Isaac. Me puse unos pantalones negros con camisa blanca para mimetizarme lo más posible con la comunidad judía. Podrían encontrarse todavía apiñados enfrente de la sinagoga, presas de la preocupación y sus miedos, después del enjuiciamiento de los mexicanos. Visiblemente cansado por las largas jornadas de dar consejos y escuchar las inquietudes de la comunidad, el rabino me recibió sentado en una silla tapizada en terciopelo morado, con letras grabadas en hebreo en hilo dorado.

—Hola, Berny —sonrió más con los ojos que con la boca y me indicó el sitio donde debía sentarme. La proximidad que habíamos logrado en la sesión anterior se convertía ahora en distanciamiento. Con evidente fatiga reposó la cabeza en el respaldo del sillón y me preguntó directamente qué había sido de mi vida desde nuestro último encuentro. Calculé que había llegado la hora de compartirle el episodio de Dallas: no reservé detalle alguno, incluyendo el tema de la sexta pregunta. Al terminar, asumió una actitud reflexiva que denotaba preocupación.

—¿Cuál fue la sexta pregunta? —se interesó.

—Llevo días dándole vueltas al asunto. No estoy completamente seguro —me miró con ojos de decepción—. ¿Qué le preocupa a usted, don Isaac? —Cambié el peso del interrogatorio hacia su lado; mi intención de contarle aquellos sucesos no respondía solamente a mi deseo de expiar el secreto, sino también de conocer su interpretación de lo que estaba sucediendo. El hombre me miró largamente, sin atinar a responderme. Entrelazó los dedos sobre la barriga y asumió una actitud doctoral.

—¿Crees en el destino, en que las cosas nos suceden por alguna razón?

—Normalmente sí —me vino a la mente la idea de que si me diera cáncer de pulmón sería porque fumo y, lo más interesante: a lo mejor estaba en mi destino que me diese cáncer de pulmón y por eso mismo empecé a fumar.

—Voy a decirte cómo verían tu presencia en esta sinagoga los miembros de esta comunidad —hizo un círculo en el aire con el dedo. Lo dejé hablar—. Si el judío promedio que acude a este templo se enterara de lo que acabas de revelarme, pensaría de inmediato que se trata de una advertencia. Son muchas las veces en la historia del pueblo hebreo en que hemos tenido que salir huyendo de algún lugar y siempre hubo señales previas que nos lo anunciaron. Cualquier persona con pensamiento místico supondría que existe demasiada causalidad, no casualidad, en que te hayas acercado precisamente a mí y seas ahora el portador de noticias tan inquietantes. Podrías haber ido con el cura de la esquina, algún chamán de Veracruz o con tu psicólogo de cabecera. Pero no. Aquí estás precisamente, sin otra conexión con el mundo de los judíos salvo tus cuatro amigos del golf y tu marcada afición por los ojos claros de nuestras jóvenes. —Era cierto lo que me decía. Esa combinación de cabelleras en diversos tonos de naranja, con pupilas verdes o azules me parecía de lo más atractiva—. Te daré un consejo de vida en el que creo firmemente y que curiosamente no aprendí de los textos sagrados. Estoy convencido de que la vida es muy corta y no logramos hacer ni la mitad de las cosas que quisiéramos por un temor inexplicable a tomar riesgos que, pensamos, nos van a dañar inevitablemente. Según veo las cosas, la situación es exactamente al contrario; solamente arriesgando logramos obtener una experiencia grande de esto que llamamos vida. Por eso te recomendé arriesgar más, ¿lo recuerdas? —De pronto se quedó tan callado que por momentos pensé que el corazón se le había detenido. Era evidente que esas recomendaciones no formaban parte del duelo judío, sino reflexiones propias de don Isaac. Solté un pequeño lamento al darme cuenta que ni siquiera había comenzado con un proceso formal de sanación. Tomé mi turno al bat.

—He visto filas enormes frente a la sinagoga estos días —Asintió como si saliera de un mareo—. ¿Qué le pregunta la gente?

—Nuestra comunidad es muy sensible a las crisis —repuso grave—. Su preocupación más inmediata es saber qué va a pasar con su seguridad y sus propiedades.

—¿Qué les preocupa?

—En un país con la disparidad social que tiene México, temen que si los Estados Unidos confiscan sus bienes a los políticos, los pobres se sentirán con el derecho a asaltar las casas de los ricos, bajarlos del automóvil y quitarles la cartera. En su mentalidad de asedio perpetuo, el judío se siente como primer blanco para que le arrebaten su patrimonio. La cacería de brujas contra los funcionarios corruptos pronto se traducirá en despojo a cualquier rico. Vendrá un ánimo justiciero que se generalizará. Esto es lo que temen mis paisanos. De ahí las largas filas frente a la sinagoga, mi Berny. —Se movió inquieto en su asiento.

Le respondí que comprendía la preocupación de la comunidad por razones históricas, pero que, en caso de que los gringos se apropiaran de México, seguramente se fortalecería el estado de derecho, la aplicación de las leyes y el respeto a la propiedad privada.

—Ese será precisamente el gancho con el que buscarán atraer la simpatía de los mexicanos; nos dirán que si nos hacemos parte de los Estados Unidos, la corrupción y el abuso de las autoridades terminará finalmente. —Esa era mi predicción.

—Tienes mucha razón, pero no del todo. Mientras los Estados Unidos culminan la faena, suponiendo que se lancen con todo a tomar el país, México puede plagarse de vandalismo, de pescadores a río revuelto que sientan que es legítimo quitarle lo que tiene a cualquiera que sea más rico que ellos. Para la mayoría de las personas en México, tú lo sabes bien, la riqueza no es sinónimo de mayor talento o dedicación. No podemos culparlos completamente. Buena cantidad de fortunas en este país se han labrado a través de trampas, manejos turbios y mucha corrupción. No hay un solo individuo que haya sido gobernador, diputado o funcionario de altos vuelos que pueda justificar su nivel de vida con el salario que recibe oficialmente. Es un asco de verdad. —Sus brazos caían pesadamente a los lados del sillón, en señal de impotencia. Era evidente que en sus charlas con los feligreses el tema del dinero y los negocios aparecía constantemente y, dentro de ellas, seguramente recibía todo tipo de quejas sobre intentos de extorsión, de amenazas de autoridades y cierre de establecimientos—. El ejercicio del gobierno —se quitó y volvió a ponerse la kipá— se ha convertido en un botín que poco o nada tiene que ver con el servicio público. —Tristemente asentí. En un rápido repaso mental no podía identificar a algún funcionario que me transmitiera un deseo genuino por ayudar a la gente, por hacer grande a la patria; es más, decirlo así ya sonaba cursi o ingenuo. Nos quedamos en silencio, respirando los aromas de incienso, mirra y sudor acumulado del templo. De pronto, el rabino se agitó en su asiento, combatiendo la desazón.

—¿Te das cuenta? —rompió el silencio—. Después de tantos años de tomarnos como un país dócil y predecible, nos convertimos en el teatro de operaciones de los gringos —la expresión se me quedó retumbando en la cabeza. Miró a su alrededor, hacia todos los rincones del templo, dando la impresión de que por primera vez descubría las inscripciones en hebreo, dejando resonar la frase hasta desvanecerse en las paredes de mármol—. Sé que te mueres por un cigarro —dijo después de manera venturosa y sorprendente— y yo también, Berny —confesó. Bajó del sillón y fuimos a la entrada. La acera estaba vacía, el sol de la tarde entraba oblicuo entre las hojas de los árboles. Era una tarde de primavera, con cielos despejados que parecían esconder los negros nubarrones políticos que se cernían sobre el país. Echamos a andar más allá de la sinagoga, rumbo a un prado donde una niña le lanzaba un disco volador a su perro. Bajo un encino encendimos nuestros cigarros y expulsamos el humo con la satisfacción de un pez que es devuelto al agua.

—No sabes lo mucho que he pensado en ti, Bernardo —me confesó en un tono que jamás le había escuchado—. En nada me sorprende que los americanos te hayan consultado a ti en primer lugar. Tienes una inteligencia y un sentido común muy desarrollados —presentí que después de los elogios vendría el latigazo; no me equivoqué—. Me llama la atención —esbozó una leve sonrisa— la enorme capacidad racional que tienes, tu forma de analizar y entender los problemas más complejos y al mismo tiempo lo infantil que resultas ser en el plano emocional. ¡Ahí no das una! —Me quedé perplejo ante tal juicio de mi persona, a la vez tan descarnado y tan exacto. Miré mi reloj para evadir su mirada.

—¿Qué parte no entiendo en el plano emocional? —pregunté con candidez—. Alguna cosa haré bien —me defendí—, porque me precio de tener muchos afectos y grandes amigos, algunos que conservo desde la niñez—. Me observó con esa mirada de felino al acecho que ya le conocía. Al mirarlo, pensé fugazmente que más que el color de sus ojos o sus pupilas retorcidas, aquella forma de mirar era producto de leer las escrituras en hebreo de derecha a izquierda y los periódicos de izquierda a derecha. Deseché la hipótesis rápido porque los japoneses también leen de atrás para adelante y no tienen, ni de cerca, la mirada de mi rabino.

—Es muy curioso —continuó diciendo, sin adivinar que mi pensamiento estaba divagando hacia la manera de leer textos en hebreo—, una parte de la vida te coloca como un auténtico factor de la historia de este país y otra —le dio una buena calada al cigarro— te hace incapaz de resolver tus diferencias con la mujer que amas. Te resulta más sencillo imaginar soluciones para millones de personas que sobre tu propia existencia. —El pensamiento de don Isaac rodaba sobre rieles aceitados y sin freno—. Eres un sabio ignorante —la expresión me dejó frío—, te has concentrado tanto en pensar a fondo que se te olvidó sentir.

Fumamos largo rato sin atrevernos a mirarnos a los ojos.

—Así, mi amigo —fue él quien retomó la palabra—, cualquier mujer que se te acerque abrigará la ilusión de que algún día dedicarás parte de tus reflexiones más intensas a ubicarla a ella en el centro de tu universo. ¿No lo ves? Las mujeres son inseguras por naturaleza. Por eso les interesa más el futuro que a nosotros. A ti ninguna mujer va a pedirte dinero, viajes fantásticos a Bali o a Jerusalén —le salió lo israelí— o ropa de diseñador. Lo que quieren de ti es atención, la inversión más barata que hay en el mercado que es tu tiempo y tu dedicación —dicho esto, echó a andar con la velocidad de un conejo en campo de zanahorias y me dejó fumando en solitario.

Fatigado, me senté sobre una piedra cualquiera, tratando de asimilar el revoltijo en que se convertía mi vida.

12

UN JUICIO PARA LA HISTORIA

Los siguientes días la pasé muy mal. Cuando fui a la sinagoga, se me hizo de noche sentado en la piedra del parque hasta que una cosa práctica, darle de comer a los perros, me sacó del ensimismamiento. Mi mente deambulaba entre la visión de lo que sería el fin de México y los consejos prácticos del rabino. Como suele sucederme en casos tan extremos, mi reacción fue quedarme paralizado. Con un gran esfuerzo saqué a los perros a pasear el mínimo necesario y regresé a mirar la televisión sin prestar atención a que estaba apagada. Me estregué el rostro, mirándome en el reflejo de la pantalla. Pensé que podría ser útil visitar a un terapeuta para confirmar las recomendaciones de don Isaac.

Encendí el televisor. Las noticias que asediaban a México competían ahora hasta con cualquier mal de amores que hubiese dejado huella en la humanidad: Marco Antonio y Cleopatra, Sansón y Dalila, Romeo y Julieta, John Lennon y Yoko Ono.

Las grandes cadenas de televisión, nacionales y extranjeras, desplegaban una cobertura inédita sobre lo que ocurría en el país. Distintos canales suspendieron su programación habitual y tenían frente a las cámaras a sus mejores periodistas, intentando medir las consecuencias de los eventos. Ninguno de los comentaristas llevaba corbata; las mujeres vestían jeans y poco maquillaje. Daba la impresión de que los directores de los noticieros los hubieran sacado de la cama para participar en esa transmisión especial.

La señal que llegaba desde los Estados Unidos provenía directamente de los tribunales donde eran juzgados los políticos mexicanos. Tan pronto aparecieron las imágenes en pantalla, me vinieron a la memoria las fotografías en blanco y negro que recordaban el Juicio de Nüremberg. Al igual que los nazis, los funcionarios mexicanos ocupaban una hilera completa del juzgado. Sobre los oídos portaban unos grandes auriculares negros por los que les suministraban la traducción de los interrogatorios. La transmisión venía del Quinto Distrito Judicial con sede en Nueva Orleans. El juez federal, Colin Ashcroft, un magistrado de raza negra, medio encorvado por los cientos de horas que había pasado con un martillo de madera en la mano, llamaba uno por uno a los políticos arrestados a que rindieran testimonio. Los inculpados pasaban a ocupar un pequeño cubículo al costado del juez, cargando el aparato que les permitía recibir la traducción simultánea. Arrastraban lentamente los pies para cruzar los escasos metros que los separaban del banquillo de los acusados. Fieles a sus costumbres políticas, saludaban con una sonrisa a los miembros del jurado, con la intención de generar empatía. Los ciudadanos, escogidos al azar, se cuidaban de no reaccionar, mucho menos devolver las sonrisas a los enjuiciados. No pude más que reconocer la atención que se daba a todos los detalles: los doce miembros del jurado representaban a todos los sectores de la sociedad estadounidense. Estaba compuesto por mujeres y hombres, casi en número idéntico, de todas las razas y, sentados hasta el frente, personas de ascendencia latina. Se pretendía, y era evidente, que nadie pudiese reclamar más tarde que se trataba de un juicio sesgado, con mayoría de blancos y anglosajones.

El secretario del tribunal llamaba a declarar a cada sospechoso y, una vez sentado en el banquillo de los acusados, leía con detalle su historial: cargos ocupados en la administración pública mexicana, registro de propiedades y cuentas bancarias en los Estados Unidos y paraísos fiscales como las Islas Caimán,

Bermudas, Panamá o la Isla del Hombre. Al tomar su turno, el fiscal realizaba un ejercicio de alto impacto, mostrando en pantalla algunas fotografías de las residencias, cabañas junto a pistas de esquí alpino, colecciones de automóviles y fichas de depósito bancarias del inculpado. Acto seguido, exhibía los cheques de nómina de la Tesorería mexicana con el salario que les correspondía en sus puestos como gobernadores, legisladores, líderes sindicales o funcionarios federales. El contraste era simplemente abismal. Con el ingreso recibido, así lo hubieran gastado enteramente en territorio estadounidense, no habrían sido capaces de cubrir las cuotas de mantenimiento de los edificios de apartamentos, seguros de los carros o derecho de atracar sus barcos en los muelles. El manejo de cámaras era impecable, con la pantalla dividida a la mitad: de un lado se mostraban las imágenes del botín acumulado y del otro, la cara del inculpado para observar sus reacciones. Los comentaristas mexicanos de radio y televisión repetían, como si se hubieran puesto de acuerdo, «estas imágenes lo dicen todo; no hay mucho que agregar para nuestros estimados televidentes». Los rostros de los inculpados eran de un profundo abatimiento, con las quijadas endurecidas y la frente sudorosa. La coreografía se complementaba con imágenes de estos personajes en actos de campaña, con miles de carteles mostrándolos resplandecientes, abrazando a mujeres pobres, consumiendo tacos en puestos ambulantes, rodeados de campesinos, bañados de confeti o con cascos de constructor con su nombre grabado, inaugurando alguna obra de alto sentido social.

La expresión de los acusados era la de la derrota. Más que vergüenza o arrepentimiento por el perjuicio que habían causado a la sociedad, sus rostros mostraban una profunda contrariedad por haber sido descubiertos en sus fechorías, por carecer del talento necesario para ocultar sus ilícitos.

A punto de iniciarse la ponencia del abogado defensor, sonó el teléfono. Era Marcos Beltrán, el excanciller. Quería cerciorarse de que estuviera siguiendo la cobertura especial de los juicios. Le contesté escuetamente que sí y antes de colgar me dijo que volvería a llamarme al terminar la transmisión.

Dejé el auricular en cualquier lado y me pasé a un canal gringo para escuchar la intervención del abogado defensor en su idioma original.

Con paso seguro, el defensor se paseaba a lo largo y ancho del estrado, con una actitud de suficiencia que por momentos dejaba la impresión de que lograría absolver a todos los inculpados. Al mirarlo pavonearse frente a los miembros del jurado, pensé que lo mismo que los psicólogos se dejan crecer la barba para dar una apariencia doctoral, los abogados también se mimetizan entre sí: traje azul marino de tres piezas a rayas, corbata color plateado sólido, camisa con cuello blanco y fondo azul claro, un pañuelo sobresaliendo de la solapa y tirantes rojos que dejaba ver cada vez que metía la mano en los bolsillos del pantalón. Con un marcado acento sureño inició su presentación afirmando que sus clientes no eran más que representantes de un sistema político que tenía sus propias reglas, ciertamente distintas a las de los Estados Unidos, pero eran parte de las costumbres y la idiosincrasia de México.

—Señores del jurado —les dijo mirando a cada uno a los ojos—, no intentemos comprender ni juzgar al vecino país bajo los parámetros del nuestro. Mis clientes operan bajo los criterios de una antigua tradición de reglas no escritas donde se premia a quienes llegan a ocupar los puestos más altos por su disciplina partidista y su dedicación al mantenimiento de la paz social. En México —afirmó—, si un político fuese visto haciendo el súper con su familia una tarde de domingo, cosa que nos enorgullece mucho en Estados Unidos, sería visto como un mandilón (en inglés dijo *pussy*), como un funcionario venido a menos o un simulador despreciable. Para mantener la tranquilidad en México se requiere que los mandatarios sean respetados y, sobre todo, temidos. Dentro de la lógica de ese país, normalmente se requiere de lo que en los Estados Unidos calificaríamos como excesos y abusos de autoridad.

—Las expresiones del público eran de absoluta incredulidad ante el argumento legal; daban la impresión de asistir a una clase de sociología—. Si se quiere gobernar en México, lo que se dice gobernar de verdad, el ingrediente esencial consiste en impresionar al pueblo. Por costumbre histórica, la gente quiere seguir y obedecer a alguien más grande que ellos, no a cualquier *pussy* —volvió a usar el término— que se parezca a ellos. De otra manera, cualquiera sería apto para gobernar y eso no funciona, ni siquiera en las mejores democracias del mundo.

Ahora cambiaba el peso de un zapato a otro, con mirada traviesa. Pidió al secretario de audiencias que proyectara las evidencias, el *exhibit number two*, en las pantallas de la sala. La exclamación de sorpresa no se hizo esperar entre el público asistente: el abogado defensor estaba mostrando las mismas imágenes de los condominios y los yates que el fiscal. ¿De qué se trataba? Parecía ir en contra de los intereses de sus clientes. ¿Acaso intentaba declararlos culpables de una buena vez? Prendí en automático un cigarro y los perros notaron mi súbita excitación, mirándome para cerciorarse si me encontraba bien.

—Observen con cuidado los cheques de nómina con los que les pagaron a este grupo de funcionarios —dijo elevando la voz—. Las cifras que ven ahí escritas no están denominadas en dólares ni en libras esterlinas, sino en pesos mexicanos. Saquen por favor sus calculadoras y apreciarán que estas personas, con los niveles de presión y de exigencia que deben enfrentar, gobernando con diligencia a millones de ciudadanos, ganan lo mismo que un abogado de mi categoría, lo mismo que el señor fiscal gana en cuestión de horas —lo señaló con el dedo, sentado en primera fila— y sin las enormes responsabilidades y retos que debe atender, por ejemplo, un gobernador —y apuntó hacia la hilera que ocupaban los funcionarios mexicanos.

—¡Llegue al punto que desea establecer! —lo apuró el juez, dando un leve mazazo con su martillo de madera.

—Así lo haré, Su Señoría —respondió solícito, percibiendo que el debate daba un leve giro a favor de sus clientes—. Para decirlo de manera muy franca, señores del jurado: por un salario tan miserable no habría en México un solo demente que estuviese dispuesto a asumir la delicada tarea de gobernar. En esos puestos se envejece a gran velocidad, el pelo se les tiñe de canas en unos cuantos años y además, todos lo sabemos, pasan de la gloria al olvido colectivo a las pocas horas de abandonar el puesto. Un político retirado es lo más semejante a un muerto en vida —la frase me impactó. No solo en la pérdida amorosa, reflexioné, puede sentirse ese gran vacío existencial—. Las sociedades modernas —continuó diciendo el letrado sureño— exigen el máximo esfuerzo y dedicación de sus gobernantes. Deben ser en todo momento y en todo lugar una suerte de entes mágicos que resuelven cualquier problema y conducen los destinos de millares de personas. Es natural —aquí traduzco literalmente del inglés— que el sistema al que sirven de manera tan eficiente les retribuya parte de sus desvelos por vías informales.

—¡Objeción, Su Señoría! —reclamó el fiscal, levantándose de su asiento como impulsado por un resorte—. El defensor intenta justificar el derroche y la acumulación de fortunas descomunales en la naturaleza de las funciones que ocuparon los inculpados; en caso de aplicar esta lógica a otras profesiones, un médico que salva la vida a algún paciente podría sentirse con derecho a quedarse con todo lo que posee el enfermo, pues lo ha mantenido vivo —el juez lo interrumpió en seco.

—Analizar este tipo de cuestiones es lo que nos convoca este día. Déjelo terminar su presentación —dijo con un ademán el magistrado negro, indicando al fiscal que ocupara su asiento.

—No tengo más que añadir, Su Señoría —remató para sorpresa de todos el abogado defensor, notando que sus argumentos habían logrado sembrar la duda entre los miembros del jurado. Los mexicanos respiraron hondo en sus asientos, intercambiando miradas de complicidad.

—Pero yo sí tengo algo que añadir —dijo de pronto el juez Ashcroft—. Estos caballeros asumieron sus cargos a sabiendas del salario que tenían establecido y no a partir del potencial de robo que pudieran alcanzar desde sus puestos. Las riquezas que han acumulado, como pudimos ver en las fotografías, serían en el mejor de los casos desproporcionadas a las funciones que cumplían.

—En esto, si me permite, Su Señoría, tenemos una diferencia de fondo —se levantó el defensor, acompañado del cúmulo de rayas de su vestimenta—. ¿Cuánto vale la preservación de la paz, la armonía social? ¿Cómo se cuantifica en pesos y centavos la tarea de dirigir los destinos de millones de personas? —expresó de manera retórica. El juez lo obligó a callar con un leve golpe de martillo. Sus ojos oscuros dieron señal de que comenzaba a perder la paciencia.

Cambié de nuevo la televisión al canal mexicano. Los comentaristas nacionales se arrebataban la palabra, impidiendo escuchar las deliberaciones del juzgado. Regresé al canal en su versión original.

—A fin de cuentas —el juez se estaba conteniendo— será el jurado, en representación de los ciudadanos, quien dará el veredicto. No estamos aquí para evaluar si la remuneración de los funcionarios es justa o injusta; eso tendríamos que preguntárselo a los contribuyentes, a los *taxpayers* mexicanos. Estamos aquí para establecer si los bienes de estos personajes son o no de procedencia legítima y, lo más importante —subrayó con voz grave—, si su conducta ha afectado o no a los intereses de los Estados Unidos—. Ahí viene el golpe seco, calculé, mientras sacaba una bolsa de cacahuates para calmar los nervios. Cedió la palabra de nuevo al fiscal. El abogado era un hombre de andar elegante y tan espigado que mostraba los calcetines entre el pantalón y los zapatos. Se acercó al estrado del juez para intercambiar unas palabras. Ashcroft tapó los micrófonos con una mano e inclinó la cabeza para escucharlo. Asintió y acto seguido pidió al secretario que proyectara las evidencias que solicitaba el letrado. En la pantalla del recinto apareció el resultado de una encuesta de la Universidad del Sur de California respecto de las razones por las que habían emigrado tantos mexicanos a los Estados Unidos. La investigación venía aderezada con videos que contenían el testimonio de muchos paisanos. Las respuestas, amañadas o no, eran apabullantes: todos sin excepción explicaban su salida de México como resultado de la corrupción, la falta de oportunidades, la pobreza y la inseguridad.

—Escuchen con atención a estas personas —dijo el fiscal, señalando la pantalla—. Esta es la consecuencia de los «pagos

141

tan merecidos y la manera abnegada con que estos políticos preservan la paz social en su país» —entrecomilló con los dedos en el aire, en clara referencia a los argumentos del defensor—. Este es el efecto directo de las maniobras perpetradas por funcionarios corruptos como estos —apuntó hacia ellos a través del aire congestionado del recinto—. Y me importa poco —subió notoriamente el volumen de su voz— si los mexicanos no han podido o no han querido meterlos a la cárcel. Para nosotros, los americanos, no son unos corruptos cualquiera; son los responsables de que nuestro país tenga más mexicanos que muchos estados sumados del mismo México. Los Estados Unidos no tienen la culpa de que así funcione el sistema político mexicano; al final terminamos haciéndonos cargo de sus fechorías —en esos momentos se aproximó a los miembros del jurado y remató diciendo—: cuando estos individuos lleguen a nuestras prisiones —señaló nuevamente a los inculpados—, estaremos haciéndole a México el favor más grande de su historia y, de paso, aliviaremos la enorme presión migratoria que recibe nuestro país.

Al terminar su alocución, las cámaras se enfocaron en los políticos aztecas. Su cara revelaba la curiosa pero conocida expresión de «¿todo eso que dicen, lo provoqué yo?» A continuación enfocaron a los miembros del jurado, sobre todo a los de origen hispano. Después de horas de permanecer impasibles, ahora hacían anotaciones en sus cuadernos o intercambiaban impresiones con sus vecinos de asiento. La sala se llenó de voces apagadas del público que no resistían la tentación de hacer comentarios. Todavía fuera de cámara se escuchó con claridad que alguien desde la tribuna gritaba en perfecto español una expresión tradicional de la cultura mexicana:

—¡Metan a la cárcel a esta bola de hijos de la chingada!

El conductor de la cadena de televisión gringa se aventuró a traducir el significado filosófico de aquella arenga: *«Put these fucking bastards behind bars!»* La traducción no terminó de captar la furia del paisano, al que ahora enfocaban las cámaras, con su sombrero de fieltro pegado al pecho y orgulloso de aparecer en los medios mundiales de comunicación. El juez se acercó al oído un audífono de traducción y después asintió con una sonrisa velada. Rápidamente recuperó la compostura y llamó al orden en la sala, metiendo un sonoro martillazo sobre la mesa. A partir de ese momento el juicio cobró una intensidad inusitada.

El abogado defensor intercambiaba miradas con sus clientes. Con las manos les enviaba señales que recordaban a un *umpire* de beisbol marcando *safe* en primera base: las palmas hacia abajo, cruzándolas de un lado a otro. Los políticos asentían por lo bajo, dándole licencia para proceder como mejor conviniera. Levantó la mano en todo lo alto, atrayendo la atención del juez; le fue concedida la palabra.

—Su Señoría, mis clientes están dispuestos a alcanzar un acuerdo —dijo de manera solemne, imponiendo silencio en la sala. La expectación se apoderó súbitamente del recinto. Se arregló de cualquier manera la corbata plateada y se acercó de nuevo hacia la tribuna del jurado en actitud conciliadora—. Tengo autorización de mis representados para entregar todo el patrimonio que poseen en los Estados Unidos a la custodia del Banco de México, a cambio de una reducción significativa de sus sentencias.

—¡La aplicación de la ley no se negocia! —El fiscal se levantó molesto de su asiento. Ashcroft lo miró con ojos de pistola y con un dedo en el aire llamó a los ponentes.

Los dos abogados se aproximaron al estrado semejando una reprimenda de colegiales. Escuchaban al juez, asintiendo intermitentemente con la cabeza. Los tres representantes de la ley tomaban notas a toda velocidad en sus libretas. La gente, mientras tanto, se revolvía inquieta en las tribunas. Las cámaras mostraban una escena que parecía un palenque de gallos. Unos se abrazaban, otros compartían risitas traviesas con los ojos encendidos por el sabor agrio de la venganza. Los arrestados, aislados del resto de los asistentes por policías del *sheriff* del Estado de Luisiana, se habían quitado los audífonos y dialogaban con su abogado defensor. Se acercaba la hora de la verdad. El sonido de una campana llamó a recobrar el orden en la sala.

—La fiscalía solicita al jurado tres condiciones —dijo el juez Ashcroft de manera solemne—. La primera es que, efectivamente, reintegren sus propiedades al pueblo de México, con la garantía del Departamento del Tesoro de los Estados Unidos —aplausos desde la tribuna—. La segunda es que rindan declaración pública y formal con los nombres de otros políticos mexicanos que presenten casos de corrupción similares a los suyos —más aplausos, estos todavía más largos—. Y tercero, que el resto de los políticos corruptos sean sometidos ante tribunales norteamericanos para que no puedan escudarse en el sistema judicial mexicano.

—¿Eso incluye al presidente de la República? —gritó desde arriba nuevamente el paisano del sombrero. El juez volvió a acercarse el aparato de traducción, pero esta vez fingió que no había escuchado nada.

—Si el fiscal y el jurado están de acuerdo —remató el juez— procederemos de acuerdo con lo pactado.

El abogado defensor asintió ostensiblemente con una especie de reverencia. Tres segundos después estaba entrando la llamada de Marcos Beltrán para comentar lo sucedido.

13

LOS COLABORACIONISTAS

A raíz de los juicios en Nueva Orleans, Marcos Beltrán me dejaba recados constantemente en la contestadora de voz pidiendo que me reportara. En mi estado anímico y cobrando conciencia de que se avecinaba el funeral de México, opté por ignorar sus llamadas. Hacía una tarde luminosa, con una brisa cálida que anunciaba la llegada del verano. Para despejarme, preferí salir a la calle a darles un paseo largo a los perros dejando el celular en el departamento. Por un buen rato logré olvidar mis inquietudes y temores. Al regresar, la grabadora de voz estaba al límite. Pensé que era más fácil entrar en contacto con Beltrán que seguir escuchando sus mensajes cada vez más insistentes. Por lo demás, debía reconocer que la curiosidad comenzaba a vencerme: Marcos normalmente contaba con información que no revelaban los medios y, en nuestro caso, siendo los únicos dos mexicanos con conocimiento de la invasión que se avecinaba sobre el país, me parecía importante conocer su visión de las implicaciones que se cernían sobre nuestras vidas y futuro.

Marcos entró en materia sin mediar saludo. Se le escuchaba muy alterado en la bocina. Me citó esa misma noche a conversar en el bar El Olivo, en la colonia Roma. En mi silencio notó la sorpresa por aquella curiosa elección.

—Es el lugar más seguro en estas circunstancias —dijo

lacónico—. Los agentes de seguridad del Estado normalmente evitan los sitios de gays. Ahí podremos hablar con tranquilidad. Nada más —dijo entre risas— asegúrate de no ir vestido de forma muy provocativa, si no, el atractivo doctor Rico podría convertirse en el centro de las miradas. —Sacudí la cabeza y, parado junto a la ventana, miré si mis jeans no estarían muy entallados o mi camisa de franela a cuadros terminaría llamando la atención, tipo leñador fornido.

Encontré a Marcos esperando en una mesa arrinconada del bar, la mirada clavada en su teléfono celular.

—Te pedí tu ron blanco —dijo a manera de bienvenida, apuntando a un vaso con hielos a medio derretir. Lo rellené de Coca-Cola hasta el borde.

Los meseros y la concurrencia no nos quitaban la vista de encima. Con la percepción extrasensorial que suelen tener los gays y las lesbianas que ocupaban las otras mesas, notaban de inmediato que Marcos y yo no éramos balas de salva. En la penumbra del sitio intercambiaban comentarios por lo bajo, preguntándose si nos habríamos equivocado de lugar. Las televisiones adosadas a las paredes no mostraban partidos de futbol, como es costumbre en bares, sino videos de George Michael y de Queen. La decoración era minimalista: una pecera junto a la barra y en pequeños cuadros algunas ramas de olivo con grandes aceitunas. El alto volumen de la música era ideal para una conversación como la que vendría a continuación.

—¿Estás al tanto de lo que pasa? —Apagó el teléfono y lo metió en un bolsillo de la chaqueta con parches en los codos, de intelectual orgánico. Ni siquiera esperó mi respuesta—. Esto va mucho más rápido que lo que esperaba, Andrés. Hace cosa de tres horas, funcionarios del Departamento del Tesoro entregaron los primeros bienes y cuentas confiscados al Banco de México. —Los ojos se me abrieron como platos—. En Ixtapa, el cónsul de los Estados Unidos organizó un acto de entrega de uno de los palacetes de estos corruptos «al pueblo de Guerrero». La gente entró a la casa cual feria. Se lanzaron a nadar a las albercas y a brincar sobre las camas. Eso cayó muy mal en el partido y el gobernador no aparece por ningún lado. —Sus manos inquietas se alternaban entre rascarse la barba y tomar y dejar su vaso sobre la mesa. Tenía años de conocerlo, de acompañarlo en sus despliegues histriónicos y sus aventuras políticas e intelectuales, pero no recuerdo haberlo visto en tal estado de aprehensión; era evidente que traía más información guardada y que esto de la entrega de bienes incautados no era más que el aperitivo.

El mesero se acercó moviendo las caderas y nos dejó un plato con papas fritas cubiertas de salsa. Los dos metimos mano de inmediato sobre la botana, como si en ella estuviera la salvación. Su agitación comenzó a calarme.

—El gobierno está tomando algunas medidas desesperadas y temo lo peor —me dijo casi al oído—. Los medios mexicanos todavía no revelan lo que está sucediendo en la frontera, pero será imposible que puedan ocultarlo por mucho tiempo. Mandaron a los soldados a cerrar todos los cruces de nuestro lado y la gente, naturalmente temerosa, está empacando sus cosas para irse como sea a los Estados Unidos. ¡Vaya pendejada! —exclamó.

—No tiene sentido —alcancé a interrumpir.

—Por supuesto que lo tiene —respondió de bote pronto—. Dentro de su lógica; es decir —lo miré fijamente—, van a envolverse en la bandera de la soberanía nacional, a invocar a los Niños Héroes y a Benito Juárez, ya verás. Pero hay un sentido práctico también: inhibir la entrada de funcionarios gringos, sea para que hagan actos de entrega de bienes, como este de Ixtapa, o para maniobrar de otras maneras en territorio nacional.

—Pero la soberanía... —Comencé a decir, buscando una explicación más sólida. Me atajó con la mano.

—Te digo, Andrés, que esto va mucho más rápido que lo que imaginamos. Todavía no se hace un anuncio oficial, pero ante la movilización del ejército en la frontera, Washington canceló todas las exportaciones de gasolina y de alimentos a México.

—¡Ay, cabrón! —Se me salió decir, calculando que en cosa de días, a lo más un par de semanas, las calles y las carreteras de México se quedarían paralizadas y la gente comenzaría a resentir la carencia de pan y de tortillas. Se me ocurrió que ahora sí tendríamos que comer puro chile, por ser autosuficientes en ese cultivo, pero sin manera de acompañarlo con otros alimentos. Marcos dio un largo trago a su whisky y cambió de posición. Parecía que le picara el asiento. Ahora tenía su mirada vidriosa clavada en el horizonte, sumergido en sus propios pensamientos.

—¿Para qué nos quieren a nosotros, qué papel esperan que juguemos en todo esto? —le dije tomándolo del codo. Volvió a acercar la cara a mi oído.

—Ese es el asunto clave para nosotros, Andresito. Tenemos que desgranar perfectamente el plan que se avecina. De otra forma nos van a tomar por sorpresa. —Con un movimiento de la mano apuntó hacia él y hacia mí—. En nuestra condición de académicos, estábamos mejor entrenados para analizar la realidad nacional y mundial cuando no nos afectaba directamente. Éramos mucho mejores para observar los toros desde la barrera que para lanzarnos al ruedo a torear. Estas son circunstancias inéditas. Sin pedirlo ninguno de los dos, los gringos nos han incluido en sus planes.

Visiblemente inquieto, Marcos puso un billete sobre la mesa, tomó su saco del perchero y con un rápido ademán me indicó hacia la salida.

El aire nocturno nos hizo bien. Caminamos lentamente, al mismo paso, mirando hacia algún punto indefinido de la banqueta. Al pasar de cuadra en cuadra puse atención en los rostros de la gente en los restaurantes, en las terrazas de los cafés y de quienes simplemente paseaban por el parque. Nadie parecía inmutarse por el grave momento que atravesaba el país. Entre las preocupaciones que teníamos Marcos y yo y las caras y actitudes festivas que veíamos alrededor se formaba un abismo surrealista. La mayoría no parecía estar enterada siquiera de las noticias más elementales; las de la detención y el juicio de los políticos, menos aún de la movilización de las fuerzas armadas, el sellamiento de la frontera o el inminente desabasto de combustibles y alimentos. La gente seguía como si nada, dejando porciones de comida en sus platos y manejando por las calles por puro placer. No tenían por qué saber el secreto que Marcos y yo escondíamos. Todo lo que nos rodeaba podría ser historia en breves días. Nos detuvimos en la esquina de una plazoleta, admirando la vida, la normalidad que conocíamos, el ruido, las risas, las parejas en cortejo, los borrachos tomándose del hombro en plena exaltación de la amistad. Los televisores que plagaban los establecimientos no difundían nada alarmante: las clásicas repeticiones de las peleas de box y de partidos de futbol, videos musicales y programas con escenas de animales salvajes o maravillas de la arquitectura nacional. Nos sentamos al mismo tiempo en una banca cualquiera. Para ese momento, ni siquiera mirábamos con paranoia a nuestro alrededor en busca de posibles agentes del gobierno que pudieran espiarnos. Daba igual.

—Tenemos tres posibles explicaciones sobre nuestra situación —corté el silencio, captando de nuevo la atención de Marcos. Puso los codos sobre las rodillas y asintió levemente con la cabeza.

—A ver si coincidimos.

Me habría gustado tener a S. a mi lado para conocer su opinión. Ya ni para qué lamentarse con eso. Instintivamente me pasé una mano a un lado de la oreja, como si me estuviera espantando una mosca

—La primera y más evidente es que hayan querido medir, simplemente medir, el terreno con nosotros. Si los dos más grandes especialistas acerca de los Estados Unidos no les sembrábamos una duda muy importante, procederían con sus planes de anexión.

—Uno a cero, favor del doctor Rico —respondió Marcos, haciendo una señal de aprobación con la mano—. Aunque —apuntó— está pendiente lo de tu famosa sexta pregunta que por lo visto los inquieta, aunque tampoco parece inhibirlos hasta ahora.

—Lo más seguro es que ya estén pensando en cómo superar ese obstáculo. —No quise perder tiempo con esa discusión para no perder el hilo de mis conjeturas.— La segunda razón por la que nos compartieron el secreto es mucho más delicada: quieren usarnos de alguna manera durante el proceso de transición, mientras termina de ejecutarse la anexión definitiva de México. Quieren usarnos como una suerte de garantía ante los mexicanos de que todo estará bien cuando nos hagamos gringos. Dirán que somos los máximos exponentes de una nueva visión para América del Norte, nos pondrán por las nubes y pedirán que hablemos del futuro brillante y promisorio que nos espera cuando formemos una nueva nación.

—Coincido —dijo—. ¿Cuál es tu tercera hipótesis?

—La de neutralizarnos.

—Explícate.

—Sí. Quizá esté especulando de más, pero en caso de que no accedamos a ayudarles en la transición, a hablar bien de ellos, a decir que esto será lo mejor que pudiera pasarle a México y demás, pueden amenazar con denunciarnos. Ante cualquier resistencia que opusiéramos, siempre podrían argumentar que nosotros ya estábamos al tanto de sus planes y que no hicimos nada para evitarlo, que no le dijimos a nadie, que no alertamos a tiempo al gobierno, qué sé yo. De esa manera buscarán forzarnos a que apoyemos la anexión. Nos habremos convertido en una suerte de rehenes.

—Como si importara demasiado lo que nosotros digamos o dejemos de decir —cortó tajante y visiblemente preocupado.

—Por algo nos confesaron sus planes; no seamos ingenuos, lo hicieron con algún propósito definido. Somos parte de la partitura. Igual nuestro papel a estas alturas es algo de poca relevancia para el plan maestro que traen entre manos y no cambie en nada lo que tú y yo digamos o dejemos de decir, pero el hecho es que nos involucraron en la estrategia. De eso no podemos tener la menor duda.

—Es que resulta más fácil planear la anexión que llevarla a la práctica —reflexionó, ahora sí mirando con suspicacia alrededor del parque—. Cientos, miles de detalles se les van a escapar en el camino y van a necesitar la opinión, la asesoría de muchos colaboracionistas. De otra forma no van a saber cómo navegar en un país tan complicado como este. —Se levantó y dijo que necesitaba urgentemente un trago. Yo también, a decir verdad.

—Me parece que a pocos países han estudiado más que al nuestro, ¿no crees? —Se rascó la cabeza. Cruzamos la plaza y nos metimos en un bar afrancesado, con manteles a rayas y letreros de champaña en las paredes. Los dos intuitivamente pensamos en el gobierno de Vichy, cuando tantos franceses decidieron apoyar la ocupación alemana y al término de la guerra, cuando recuperaron el país, no tenían lugar en dónde esconderse del desprecio público. En ese papel querían colocarnos a nosotros, pensé.

—Entonces tenemos puros malos escenarios, mi hermano —dijo afectuosamente Marcos, rascándose la barba como si tuviera urticaria—. O quedamos ante todos como colaboracionistas o como omisos o... —Y vuelta a rascarse. Tomamos casi de un golpe el Calvados que nos habían servido y al mismo tiempo señalamos al mesero para que rellenara la copa. Entró bien el licor, como receta médica. El silencio nos invadió en medio del barullo del restaurante. Afuera comenzaba a llover y la gente corría a guarecerse en el *bistrot*. Entró un grupo de jóvenes y sus risas invadieron el pequeño local. Las muchachas, empapadas de improviso, mostraban sus senos, ahora ajustados a las camisas por el agua. Pensé que, después de todo, viniera lo que viniera y mientras existieran esas visiones espontáneas y gratas de la vida, no sería el fin del mundo.

—¿Qué tan permanente puede ser la anexión? —Marcos hablaba para sí mismo ahora—. ¿Funcionará en el largo plazo la nueva federación o la gente terminará haciéndole la vida imposible a los gringos hasta que se vayan? —Era evidente que comenzaba a sopesar el papel que convendría jugar en el nuevo escenario nacional. Comprendí por dónde iban sus meditaciones—. Por otra parte —noté un dejo de rabia en sus ojos—, nada me gustaría más que todos los corruptos, esta punta de ladrones, se vayan todos a la cárcel o entreguen hasta el último centavo que hayan robado. Se lo merecen. No vendría mal al país un escarmiento de este tamaño para que nadie más en la historia de México se atreva a abusar como lo han hecho esos cabrones.

—Pero —lo interrumpí— ¿para eso es necesario que de plano desaparezca México del mapa?

La lluvia arreciaba y, aunque los meseros prendían y apagaban las luces para indicarnos que era hora de retirarnos, nadie se movía de sus mesas. Con un billete de doscientos logramos que nos sirvieran la del estribo y luego con uno de quinientos que les llevaran una copa por nuestra cuenta a las dos chicas que se secaban lentamente en la mesa de al lado. Desde mi asiento podía ver, o a lo mejor imaginaba, que un leve vapor se desprendía de sus cuerpos. A falta de resolver los dilemas de México y las preocupaciones que traíamos, decidimos acercar nuestras sillas y conocer la vida y obra de las muñecas que venturosamente nos había entregado la lluvia.

14

EL CONSUELO

Para mi fortuna, al momento de acostarme, los únicos recuerdos que llegaban a mi mente eran los de las chicas del *bistrot*. Normalmente odio esos primeros minutos en que me tiendo boca arriba esperando que me venza el sueño; el cerebro sigue trabajando a todo vapor, como si se diera cuenta de que está a punto de apagarse y pasará a ser irrelevante. Con los párpados cerrados y tratando de respirar como monje budista, mi cabeza viaja entre pensamientos desconectados: recuerdos del día que está terminando, asuntos pendientes, preocupaciones, promesas incumplidas, cualquier cosa. En lo que más pienso es en la hora en que dejaré de pensar y me sumergiré en el sueño.

Esa noche, con las manos cruzadas sobre el pecho, me propuse evitar cualquier pensamiento relacionado con la inminente anexión de México. «¡Ya basta!», me dije. Traje entonces a la mente la figura esbelta de las chicas del restaurante, quitándose la ropa empapada hasta mostrar una radiografía exacta de su anatomía juvenil. Después llegó el recuerdo de las miradas que me había dedicado una de ellas mientras se pintaba los labios. Pasaba el lápiz de cera sobre su boca, sin quitarme los ojos de encima, como si fuese yo el espejo donde debía ver reflejadas las líneas exactas de su embellecimiento. Detuve su imagen en mi mente. Tenía las facciones finas de un perro afgano, pelo de tintes dorados. Los pechos se le notaban firmes bajo la camiseta sencilla de algodón que había dejado como única defensa ante la intemperie. Inquieto, le di la vuelta a la almohada y me vino a la mente una imagen de mí mismo, caminando por un bosque, cargando una cajita de madera en uno de mis brazos. Era una especie de urna, con una ranura para ir metiendo dos cosas: el tiempo de mi vida perdido inútilmente y las fotografías mentales de aquellas mujeres que habría querido conocer, pero deje escapar en la bruma. Yo no era ni soy, como ya han podido adivinar, una suerte de seductor profesional. No conozco siquiera los bares de solteros adonde acuden las almas solitarias a buscar pareja. Las únicas mujeres que he conocido en mi vida son las que han coincidido conmigo en el trabajo o que alguien, algún amigo, me ha presentado. Eso de acercarme a una mesa para ver si soy aceptado siempre me ha dado la impresión de que terminará en un rechazo indignante. Admiro a esos tipos que tienen la habilidad de dejarse tirar un *gin and tonic* sobre el saco para iniciar una conversación o que, con cara de palo, se acercan a preguntarle a las chicas si estudian o trabajan, si son casadas o solteras, qué sé yo.

Me di vuelta sobre el costado izquierdo, mi postura favorita, con la firme intención de contar borregos saltando la cerca; seguían asediándome voces distantes que me decían: «Eres muy buen partido, soltero, con una buena dosis de cultura y una mediocre pero limpia reputación». Cuántas veces lo había oído, en diferentes versiones, desde mi separación de S. «Tendrás un ramillete de princesas para escoger la flor que más te guste», me decían mis amigos. Entonces cambié la imagen de la cajita que cargaba en el bosque por otra en la que andaba por una acera, con todo y corbata, con un ramo de claveles rosas, yo bronceado, sonriente y, por supuesto, escoltado por un séquito de doncellas de todas las razas y complexiones. Hasta en sueños me sentía fuera de lugar. Llamé al orden a mi cerebro. Miré de reojo el reloj que tengo junto a la cama y me entró la angustia de contar las pocas horas que restaban hasta que los perros me exigieran salir al parque. El corazón empezó a bombear más fuerte, alejando la posibilidad de conciliar el sueño. Regresé a mi postura de cadáver, con las manos sobre el pecho, e inicié un recorrido fantástico a través de los momentos más entrañables que había vivido con S. Empezó entonces a invadirme una gran sensación de felicidad y nostalgia profunda. Abracé inconscientemente la almohada y por poco empiezo a dedicarle palabras románticas. Mi mente viajó por un paseo en lancha que dimos por los esteros del Caribe, una expedición a la montaña para tener un picnic privado, bailando dentro de una burbuja privada en una fiesta bulliciosa, hasta llegar a los besos más memorables que confeccionamos juntos. Arrojé la almohada a un lado de cualquier manera y empecé a sentir, otra vez, esa tristeza incurable por su ausencia, por el humor perdido de su nuca, por la mirada directa de sus ojos de tonos ocres y verdes. Quise recordar su sonrisa y falló la memoria. En mis expedientes mentales solamente afloraban impresiones de esa cara seria y reservada que la había dominado en las etapas finales de nuestro idilio. Me levanté a lavarme la cara, evitando verme en el espejo. Con las manos a los lados del lavabo y la cabeza vencida hacia el frente me invadió una amarga sensación de derrota. «¿Habrá —pensé— alguna receta mágica para regresar en el tiempo? ¿Acaso mi destino será no volver a acariciarla jamás, disfrutar de su plática, reírnos como solíamos hacerlo...?» Sentí que el corazón me daba un vuelco. Levanté la cara y me miré de frente en el espejo para descubrir que la barba no parecía aún la de un judío verdadero. Me pasé la toalla por el rostro y me sentí más solo que nunca. En realidad no tenía que convertirme al judaísmo, ni aplicarme baños de agua helada, ni inscribirle en el PRAC. Lo que necesitaba, ni más ni menos, era recobrar ese amor perdido.

Fue una noche difícil. Reconocí ante mí mismo que antes de decidirme a visitar la sinagoga, mi estrategia había consistido en evocar los peores recuerdos que tenía de S. Me hice creer que si recordaba los episodios más desagradables, incluso violentos de nuestra relación, el amor que sentía por ella iría desvaneciéndose como una vela que se queda sin cera.

Cuando me di cuenta llevaba más de una hora ahí, de pie ante el espejo, mirando la imagen de un auténtico muerto en vida. Hice un nuevo recorrido por las opciones que tenía a la mano para intentar olvidarla. Ante la falta de alternativas eficaces, pensé con una leve sonrisa en el rostro en lo afortunado que era de contar con una preocupación tan absorbente como era saber que los gringos acabarían en breve con mi país.

15

EL HAMBRE LOS CONVENCERÁ

Después de la noche infame que había pasado, al llevar a pasear a los perros sentí como si tuviera pequeñas burbujas en las venas: una especie de cosquilleo incómodo que daba vueltas y vueltas por mi sistema circulatorio. En esos momentos no deseaba otra cosa más que los animales apuraran sus necesidades y que, rápido, volviese la noche y esta vez sí pudiese dormir bien. Rendido de cansancio, me senté en una banca cualquiera del parque. Las tiendas alrededor de la plaza aún no abrían sus puertas. No pude dejar de observar las largas filas que desde temprana hora se formaban frente a la panadería, el supermercado del barrio y la tienda de frutas y legumbres. La gente llevaba grandes canastos y carritos con ruedas para cargar la mayor cantidad posible de víveres. La chica bonita del dóberman, esta vez sin perro que la acompañara, discutía acaloradamente con un tipo más chaparro que ella que había intentado meterse a la fuerza en la fila. A pocos metros de mi banca pasó un joven, tan flaco como el perro al que paseaba, mirando fijamente los mensajes de su celular. Le pregunté si sabía qué estaba pasando.

—¿No está enterado?

—No.

—Algún cabrón está acaparando la comida. Hasta las Cocas escasean. —Siguió de frente sin decir más. Su mascota, de raza indeterminada, lo jalaba de la correa husmeando el rabo de un labrador que captó su atención.

El celular me vibró en el bolsillo. Creí de pronto que era la temblorina que tenía por el insomnio, pero no, era Marcos. Se le oía con voz de catacumba; tan excitado como se lo permitía una larga noche de desvelo.

—Pensé que seguirías dormido —trató de ser jocoso.

—Apenas pude dormir —le respondí escuetamente para indicarle que no estaba de humor para una conversación innecesaria.

—El pánico ya empezó a circular por las redes sociales. ¿Lo has visto?

—No.

—Estos gringos son muy hábiles, no cabe duda. Probablemente ellos mismos, con ayuda de robots y troles cibernéticos, comenzaron a pasar la voz de que México se quedaría sin alimentos.

—Ahora mismo los veo haciendo fila en el súper y en la tortillería. —La gente seguía llegando a formarse.

—Como notaron —siguió diciendo Marcos— que el gobierno estaba aplicando un cerco informativo para que nadie se enterara de la crisis de los políticos, del juicio y todo lo demás, desde Washington decidieron cerrar la llave de los cereales y las gasolinas que exportan a México. Todavía quedan reservas almacenadas, pero los precios, ya lo verás, se irán por las nubes.

—Las compras de pánico van a terminar rápido con las reservas —le dije. Los perros sintieron que la conversación iría para largo y mejor se acostaron junto a mi banca, la lengua expuesta a la mañana.

—Ahora sí, Andresito, no va a haber poder humano que pueda evitar que la gente sepa que algo muy grave está pasando. Hasta hace unas horas el gobierno apostaba, como de costumbre, al olvido de la gente. Pensaban que el escándalo de los enjuiciados se iría perdiendo en la memoria. Pero con esto...

—La gente puede empezar a culpar a los gringos del hambre, ¿no?

—En efecto, corren ese riesgo. Si el gobierno tuviera buenos reflejos, podría explotar el sentimiento antiyanqui. Pero quién sabe qué traerán en la cabeza el presidente y sus asesores en estos momentos. Ya ves que nunca piden opinión a nadie.

Me quedé pensando en la escena que estarían viviendo en Los Pinos en esos instantes. ¿Tendrían una especie de cuarto de guerra para analizar los distintos escenarios o estaría cada quien pensando en la mejor manera de salvar el pellejo?

—Vamos a ver qué pasa, Andrés —dijo de salida—. Entiendo que esta noche habrá un mensaje presidencial. Si me prometes poner bajo llave el whisky y los vinos, igual lo vemos juntos, ¿va?

—Va —le dije sin mucho convencimiento. Ya me imaginaba que, si el discurso del *Chairman* se ponía interesante, Marcos sería el primero en demandar un buen pelotazo de whisky.

El resto de la mañana estuvo plagada de información contradictoria, rumores de todo tipo que resultaba imposible confirmar. Las redes sociales, Twitter y Facebook principalmente, entraron en una competencia de tremendismo, difundiendo mensajes cada vez más sensacionalistas y disparatados. Se decía que el presidente preparaba un mensaje a la nación y que, después de darlo, haría maletas para irse a vivir a Venezuela. Se hablaba de la renuncia masiva de los gobernadores y del misterioso silencio del secretario de la Defensa, que ya se preparaba para asumir el poder. Corría la versión de que los empresarios habían dejado de pagar impuestos. Esto no era un rumor; de cualquier manera, gran cantidad de ellos llevaban años sin pagarlos. En fin, eran puras especulaciones pero daban un buen pulso del grado de psicosis que comenzaba a imperar entre la población.

Trascendió, eso sí con veracidad, que el Congreso se reunía esa mañana en sesión de emergencia. Pasé un buen rato saltando de la radio al internet y la televisión, buscando alguna señal que transmitiera los debates. Al final, encontré una modesta estación de AM que daba cuenta de las deliberaciones parlamentarias. Me recordaba las transmisiones clandestinas de las guerrillas centroamericanas, solo que se trataba del

Congreso de México, la voz del oficialismo. Mi curiosidad fue en ascenso.

Los diputados y senadores que tomaban la palabra sonaban más alarmados que la gente común en la calle. Entre una molesta estática de la transmisión escuché a una docena de legisladores. Más allá de los llamados a morirse en la raya por la patria, llamaba la atención que ninguno se expresaba a nombre de su partido, sino a título individual. En el caso de los congresistas del partido en el poder, la nota importante es que nadie hablaba de defender al presidente o al gobierno. Su defensa era de un México imaginario, sin rostro ni identidad específica. Era evidente que en esos momentos de tensión ninguno de ellos quería ser identificado con el descrédito de los partidos políticos. De pronto, los congresistas se habían convertido en personajes independientes.

Tuve que apagar la radio porque, para mi gran sorpresa, el rabino, don Isaac, me estaba marcando al teléfono.

—Hola, Bernardo —me llamó por el nombre con que me conocían entre la comunidad—. Necesito verte. ¿Nos podríamos encontrar lo antes posible?

—Por supuesto —le respondí en automático. Las clases en la universidad estaban suspendidas y tenía tiempo de sobra para reunirme con él. Me vestí con lo primero que encontré en el ropero y les dejé comida a los perros. Noté que mis reservas de alimento canino no eran muy elevadas y pensé que yo también debería hacer algunas compras de pánico. Lo haría después de verme con el religioso.

Nos vimos, de común acuerdo, en la sinagoga. Los muros y la banqueta mostraban unas pintas en color rojo con amenazas a los judíos, como si algo tuvieran que ver con lo que ocurría entre México y los Estados Unidos o con la repentina escasez de alimentos. Esta vez el rabino salió a recibirme. Me tomó de un brazo y me encaminó al interior del templo.

—No le des importancia. —Notó que me quedaba mirando los mensajes en los muros—. Es el cuento de siempre. Cuando se presenta alguna crisis, somos los primeros a quienes se culpa. Es parte de ser judío —dejó resonando la frase para indicarme el tipo de insultos que recibiría si decidía convertirme.

—Entonces, ¿cuál es la urgencia? —le pregunté, mientras cerraba los portones del templo—. ¿Es por las pintas?

—En parte —respondió—. Siéntate Bernardo. —Me indicó una butaca en la salita de espera. Guardó un silencio incómodo mientras se frotaba las sienes. Tomó un largo respiro y soltó sus preocupaciones—. Si hay alguien bien conectado con los Estados Unidos es la comunidad judía, tú lo sabes. En Israel vive un mayor número de paisanos y todos por acá tienen algún pariente o algún amigo que vive en Nueva York. En las últimas horas, la comunidad ha estado recibiendo llamadas desde el otro lado con el mismo mensaje: ¡prepárense porque los Estados Unidos van a anexarlos! Así de directo. —Volteó a mirarme para registrar mi reacción. Permanecí callado.

Se estiró hacia adelante con dificultad para tomar el control remoto de la televisión. Al hacer ese movimiento me pareció que don Isaac había envejecido varios años desde el día en que lo visité por primera vez. Dejó que la pantalla hablara por sí misma. Se trataba de un video, tomado con las cámaras de vigilancia de la sinagoga, al momento en que unos individuos, con mallas negras en el rostro, pintarrajeaban las paredes del templo.

—Dime qué cosas te llaman la atención en el video —me ordenó con suavidad. Robé el control de su mano y pasé las imágenes en cámara lenta. El acto vandálico, según lo marcaba el reloj de la pantalla, había ocurrido a las 2:37 de la madrugada. Llegaban dos camiones de carga, descendían unos tipos totalmente ataviados en ropas oscuras y en forma extrañamente ordenada se repartían sectores de la fachada y la banqueta de la sinagoga. Con latas de *spray* pintaban metódicamente suásticas nazis y mensajes inflamatorios: «saqueadores, acaparadores, abusivos, asesinos de Jesucristo, hambrean al pueblo, Adolfo tenía razón», en clara referencia al *Führer*. El video terminaba cinco minutos más tarde, con los vándalos trepando de nuevo a los camiones y desapareciendo de la escena. Uno de ellos, que parecía ser el líder del grupo, tiró una ráfaga de ametralladora sobre el muro principal y desapareció de inmediato en la penumbra. Fue esa descarga de fuego la que despertó al rabino a mitad de la noche.

—Eran o trataban de identificarse como anarquistas —le dije como primera reacción ante lo obvio: en sus máscaras mostraban una letra A dentro de un círculo. El color negro de sus vestimentas completaba el cuadro—. Buscan culpar a los judíos de la escasez de alimentos y comestibles. —Me miró con aburrimiento y ahora fue él quien me arrebató el control remoto de las manos.

—Observa con detenimiento —su voz sonaba a regaño. Congeló la imagen en un recuadro que mostraba el momento en que los anarquistas descendían de los camiones—. Mira la puerta del camión. Se le ha desprendido la cartulina con que intentaban cubrir la identidad del vehículo. Con claridad podía verse el emblema tricolor del partido en el gobierno. Asentí levemente con la cabeza, la mirada fija en el televisor. Podríamos pensar —prosiguió— que siendo un grupo de anarquistas se hubieran robado los camiones. Pero entonces no tendría sentido que taparan el logotipo del partido, ¿verdad?

—Son empleados del gobierno, disfrazados de anarquistas —respondí y el rabino asintió.

—Por si faltara alguna confirmación, observa con cuidado la hora y la fecha de la grabación. —Miré esta vez con mayor atención.

—El ataque sucedió hace dos días —apunté de inmediato— cuando nadie, ni en las redes sociales, hablaba de que habría escasez de alimentos. Es curioso que estos tipos supieran antes que nadie. El gobierno ¿qué gana con esto? —solté la pregunta.

—Es para descubrirlo que te he llamado. —Con un movimiento ágil de la mano apagó el televisor—. Debes tener una buena hipótesis, Bernardo. Como podrás imaginarte, mi gente está muy alterada con los acontecimientos recientes, lo que oyen desde los Estados Unidos y el ataque al templo —era evidente que todas las dudas de la comunidad buscaban en él una respuesta. Sopesé lo importante que resultaba darle una respuesta acertada. De ello dependía, creo que los dos lo sabíamos, que fuese aceptado como judío por la vía rápida, en una de esas exonerándome de la circuncisión, por aportar méritos excepcionales a la causa. Me animé.

—Son acciones desesperadas del gobierno —comencé—. Los juicios contra los políticos mexicanos los han metido en un callejón sin salida. Está en marcha un juego de traiciones: los arrestados en los Estados Unidos ya no tienen más que perder. Saben que sus colegas en México no pueden garantizarles ninguna impunidad y su único recurso es denunciar a quienes se mantienen en el gobierno para reducir de alguna forma sus sentencias. Me imagino que, entonces, se les ocurrió meter a los judíos en la ecuación, para que la gente se crea que todo esto parte de una conspiración más amplia. Que todo tiene que ver con un golpe del imperialismo yanqui, auspiciado por los intereses económicos de los judíos norteamericanos y, por tanto, poder vender la idea de que los juicios contra los corruptos no son más que un montaje barato —terminé apresurado mis conjeturas y volteé a mirarlo. Sus ojos azules de caracol enroscado giraban ahora con el resplandor de quien ve claro.

—Fue un acierto haberte llamado esta mañana —dijo lacónico, detrás de una sonrisa que mezclaba la satisfacción de haber encontrado una respuesta y saber las decisiones que debía tomar para proteger a su comunidad. Estuvo mirándose las uñas de los dedos por largos minutos hasta que rompió el silencio—. No habrá más remedio que emprender un nuevo éxodo. —Bajó los hombros en señal de fatiga, dando a entender que a los judíos les impactaba cualquier crisis.

En su mente se agolpaban imágenes en blanco y negro de otras épocas, subiendo a barcos atestados de gente, de familias caminando con maletas a los lados de una vía del tren y ahora, ya en impresiones a color, su comunidad emigrando de México; todo porque a los gringos se les ocurrió apresar a un puñado de corruptos. El gobierno, en un acto desesperado, trataba ahora de promover la unidad de los mexicanos urdiendo una conspiración internacional que confundiera a la población.

Fue así, mirando a aquel hombre abatido a mi lado, que saqué un balance rápido de mi vida reciente: primero perdí al más grande amor de mi vida, se avecinaba el fin de mi país y ahora, con este nuevo éxodo, me quedaría sin la posibilidad de conocer la sanación del duelo judío. A últimas fechas, concluí, todo a lo que me acercaba o tocaba, lo estaba destruyendo. Y esto de sentirme una especie de cáncer contagioso comenzaba a calarme.

16

MY FELLOW AMERICANS

Las cámaras de televisión mostraban una toma impresionante desde el aire. El quinto tribunal de circuito con sede en Nueva Orleans estaba rodeado por manifestantes que exigían las penas más severas para los corruptos arrestados. Letreros en español y en inglés demandaban el decomiso de las propiedades y las cuentas que tuviera cualquier político mexicano en los Estados Unidos. Eso no fue lo que me impactó más; las imágenes mostraban a grupos enormes de paisanos ondeando una bandera nunca antes vista: las mismas barras y las mismas estrellas, solamente que esta tenía el fondo del recuadro en verde olivo y una estrella más grande, una sola, en el ángulo inferior derecho. Era la estrella de México, incorporado ya a los Estados Unidos de Norteamérica, Mexamérica o como sea que fuera a llamarse el nuevo país. El diseño que me habían mostrado por primera vez en Dallas ya se desplegaba en una manifestación pública. Fui a la cocina y me serví un vaso de agua. Sentí que no me pasaba bien por la garganta. La anexión avanzaba a todo vapor. Recogí el celular que había dejado a un lado de la estufa y con tan solo tocarlo la pantalla de inicio mostró que estaba saturado de mensajes.

«¿Ya viste la bandera que están ondeando los paisanos?», preguntaba Marcos. «Tiene que apoyarnos, doctor Rico», demandaba la Asociación de Empresarios Mexicanos, establecida en Houston. «Es hora de crear un gran país y quitarnos a estos parásitos para siempre de encima», rezaba el llamado de la Federación de Mexicanos de Chicago, una de las organizaciones más numerosas. «Hay que reconocerlo, doctor Rico —me escribía Ted Villaseñor, un académico de Notre Dame, experto en migración—, estamos pagando el precio de no haber sabido gobernarnos». «Nosotros iniciamos la invasión y ahora los gringos se nos han adelantado», decía mi amiga Ana Moreno de San Diego, la primera mexicana que le vendió electricidad a California para, según ella, hacerlos dependientes de nosotros. Ya no quise leer más mensajes. Mejor regresé a la televisión.

Fox News tenía un regimiento de reporteros entre la muchedumbre, entrevistando a gente de todos los colores y sabores. Un paisano, con la camiseta recortada a media panza, bigotes falsos de Zapata y un sombrero con la leyenda «*One Nation for North America*», se proclamaba como vocero de «los primeros binacionales» y declaraba que la suma de México y los Estados Unidos formaría el país más poderoso del mundo para los próximos dos siglos. Este individuo, tan folclórico como simpático, mostraba sus dos pasaportes frente a las cámaras y los convertía en uno solo como por arte de magia. Atrás de él, perfectamente coreografiado, se observaban mantas con las leyendas: «*The most powerful country ever*». Me llamó especialmente la atención un letrero que rezaba «*For a United States with a Soul*», dando a entender que México le pondría alma al poderío seco y pragmático de los Estados Unidos. Vaya combinación.

Los paisanos, arremolinados junto al tribunal de justicia, sentían que estaban escribiendo la historia de la fusión entre los vecinos más dispares del mundo. Tomado de los brazos se abría un contingente que llevaba un letrero enorme que rezaba, con una rima en español: «Un México sin corrupción es una gran nación». Las cámaras se paseaban entre los rostros de los manifestantes, excitados ante la posibilidad de dejar de ser ilegales a los ojos de los Estados Unidos y unos pochos y traidores a la patria a los ojos de muchos mexicanos. La gente portaba camisetas (¿a qué hora las habían imprimido?) con la cara de Lincoln y la de Benito Juárez, sonriendo por primera vez en su lúgubre vida; el águila del escudo estadounidense con nopales en las garras; en vez de las fechas tradicionales, los rostros del Chicharito Hernández y de Landon Donovan, los dos mejores delanteros del futbol de ambos países, festejando un improbable gol de la nueva selección de Norteamérica contra el equipo alemán. La plaza era una extraña fiesta de sincretismo binacional. Señoras mexicanas habían montado puestos de comida donde ofrecían, gratis, chiles rellenos con *pie* de manzana, elotes de Nebraska preparados con chile y limón, *hot-dogs* con achiote y hamburguesas al chipotle. «¿Cómo sabían estas personas de los planes de anexión de Estados Unidos?», me pregunté y, sin meditarlo, concluí que aquel acto era parte, un eslabón más en los planes de fusión que unas semanas antes me habían anunciado.

Las cadenas de los Estados Unidos anunciaban que la presidenta Nancy Gibson emitiría un mensaje a la nación esa misma tarde, mientras que en México el presidente seguía brillando por su ausencia. El anuncio estaba puesto en los dos idiomas para que nadie perdiera detalle de lo que se transmitiría.

Sonó el timbre del departamento y antes de levantar el auricular observé en la pantalla de quién se trataba. Debían ser al menos seis, todos conocidos, mis colegas y estudiantes de la universidad que parecían pedirme posada; cometí el error de abrirles la puerta. Apenas me dieron tiempo de meter a los perros a mi habitación cuando ya estaban entrando al departamento con bolsas de chicharrones, *six* de cervezas y una botella de tequila. La última vez que había sucedido un episodio similar fue el día que la Selección Mexicana jugó en el Mundial contra Holanda y prácticamente rompimos el televisor cuando el árbitro decretó un penalti inexistente en contra del equipo tricolor. No acababan de acomodarse en sus asientos y darme los abrazos de rigor cuando volvió a sonar el timbre de la entrada. Era Marcos. Traía una botella de bourbon, «qué mamón», dijeron algunos, y lo más importante: traía el discurso que en unos minutos daría la presidenta de los Estados Unidos. Quizá ni siquiera fuese un borrador genuino, pero debo admitir que a todos nos impresionó. No sacó los papeles de debajo del brazo hasta que comenzó la transmisión del discurso. Los compañeros se sentaron en el suelo frente al televisor, mientras yo sacaba reservas de vasos y hielo de la cocina. La única que me ayudó en la faena fue Silvia Andrade, maestra de historia que en esos momentos me pareció divina con sus jeans ajustados, en vez del atuendo gris y monótono que utilizaba para ir a dar clases a la facultad. En un impulso extraño sentí ganas de abrazarla, pero se salvó porque yo tenía las manos ocupadas con la hielera. Finalmente apareció en pantalla la conocida cara de la primera presidenta de los Estados Unidos, en su escritorio de la Oficina Oval.

Se le veía, según algunos, de buen humor y, según otros, con cara de pilla antes de cometer una gran travesura. Marcos se colocó los lentes para ir cotejando las palabras del discurso contra el texto que tenía entre las manos; sudaba por el nerviosismo, como si lo que pasara en los próximos minutos fuese a tener un impacto directo sobre él. Algunas semanas más tarde sabríamos que sí le afectaría directamente. Gibson empezó su mensaje y el silencio se apoderó de la sala. Nancy aparecía impecablemente peinada de salón, con un vestido rojo que contrastaba con la decoración en tonos suaves de la Oficina Oval. Desde la calle llegaban los ruidos de siempre, como si el país continuara con una normalidad desprovista de preocupaciones. Una lluvia fina comenzaba a caer sobre las baldosas. Salí brevemente al balcón y allá abajo divisé a la chica del dóberman caminando igualmente despreocupada. Ahora sí podíamos confirmar que no era una agente encubierta de la CIA. Regresé a colocarme de pie en una esquina de la sala, por falta de asiento. Las palabras de Gibson fueron, por decir lo menos, desconcertantes.

Primero hizo un recuento del juicio entablado contra el grupo de políticos mexicanos que robaron a su país. «Tengo el deber de informarles que todos, sin excepción, han sido hallados culpables», abrió así su discurso. Dependiendo de su grado de colaboración con el gobierno estadounidense, sus penas correrían entre los quince y los cuarenta años en prisión. De vez en cuando, la cara de la presidenta desaparecía de las pantallas para mostrar imágenes de los inculpados en Nueva Orleans con la vestimenta naranja de los convictos y tomas de las pancartas de los paisanos afuera del juzgado.

—*My fellow Americans* —dijo con solemnidad—, durante la Segunda Guerra Mundial, México fue un aliado fiel a los Estados Unidos, en contra del fascismo. Como ese país nunca ha sido una potencia militar de importancia, su contribución esencial consistió en enviar trabajadores mexicanos a los campos agrícolas de los Estados Unidos. Los braceros alimentaron a nuestras tropas y mantuvieron funcionando al país mientras conducíamos la guerra contra Japón y Alemania. Su contribución al esfuerzo de guerra siempre será recordada con aprecio por el pueblo norteamericano —la curtida política de Missouri se acomodó un rizo del cabello teñido de rubio y enfocó la mirada en el *teleprompter* que tenía a los costados del escritorio. Detrás de su cabeza, por una ventana de la oficina, se alcanzaba a ver el obelisco iluminado del Monumento a Washington—. Sin embargo —siguió diciendo—, cuando terminó la guerra, esos primeros mexicanos se quedaron en nuestro país y después llegaron más y más, hasta convertirse en la décima parte de la población de nuestro país. En efecto —mostró una gráfica que tenía sobre la mesa—, actualmente viven más de treinta millones de mexicanos en los Estados Unidos, muchos de ellos sin papeles ni autorización de nuestro gobierno. Ningún país del mundo tiene tanta población en otro como la tiene México en los Estados Unidos —hizo una pausa bien estudiada.

Miré de reojo a Marcos, que seguía con atención las notas que había traído de forma misteriosa. Gibson volvió a mirar de frente a la cámara y sentenció:

—Entre los dos países se ha producido lo más semejante posible a una invasión silenciosa. Somos un país de inmigrantes: a nuestras costas han llegado irlandeses y alemanes, italianos, chinos y vietnamitas, pero nada se compara a la migración mexicana. Tenemos extensas zonas del país donde ni siquiera se habla inglés y ya hemos incorporado a la cultura estadounidense costumbres netamente mexicanas. Ningún país influye en los Estados Unidos en lo cotidiano tanto como México —levantó ligeramente el texto que leía sobre el escritorio—. Muchos llegaron en busca del sueño americano, en busca de mejores oportunidades de empleo y mayores ingresos; la mayoría, hay que decirlo, salieron del vecino país, por lo que acabamos de ver en las imágenes que nos llegan desde Nueva Orleans, por la corrupción de sus gobernantes y niveles tan altos de impunidad que impiden el progreso de su gente. —Después de una breve pausa pronunció la frase que haría los titulares de los periódicos al día siguiente—. Sin duda, México sería ya una de las grandes potencias económicas mundiales de no ser por la corrupción rampante y los malos manejos de sus dirigentes.

Desde mi esquina miré la reacción de mis colegas en la sala. Todos ellos tenían la mirada fija en la presidenta de los Estados Unidos y asentían, dándole la razón.

—Con estos juicios —volvieron a poner imágenes de los arrestados—, los Estados Unidos comienzan a defenderse de los efectos que ha generado la corrupción de la clase política mexicana. Si México no ha sido capaz de poner tras las rejas a un solo funcionario de alto nivel, en adelante nuestro sistema judicial los perseguirá dentro y fuera del territorio norteamericano. Estamos convencidos de que solamente combatiendo la impunidad en México lograremos disminuir el flujo migratorio que ha inundado a nuestro país. Este es un acto de legítima defensa —sentenció, levantando ligeramente la voz. Noté que la maestra Andrade se tomaba el rostro con las manos y agitaba su torso de atleta como si hubiese perdido control de sus movimientos. Giró la cabeza buscando mi mirada y encontré unos ojos enrojecidos por una emoción mezclada entre vergüenza y felicidad.

—*My fellow Americans* —prosiguió Nancy Gibson, en lo que se anticipaba como la conclusión de su discurso. Marcos, levantando la mirada del texto que tenía en las manos, nos dijo con voz apurada:

—¡Pongan atención a lo que viene!

—En los últimos días hemos escuchado muchas voces que piden la fusión de ambos países. Importantes agrupaciones mexicano-americanas en Chicago y en Los Ángeles, en San Antonio y Nueva York, han solicitado formalmente que los Estados Unidos adopten a nuestro querido vecino del sur. En México, asociaciones de la clase media, exprimidas (*squeezed*, fue la palabra que usó) por políticos y empresarios coludidos con el poder, nos han transmitido el deseo de que nuestros dos países se fusionen en una gran nación, la Patria Grande de América del Norte, como ellos empiezan a llamarla. Comprendemos este anhelo —puso las manos sobre el pecho, indicando que de corazón lo entendía como una petición bien fundada—. Lamentablemente no será así —dijo lapidaria. Marcos me miró desde su asiento con ojos de interrogación, como si yo tuviera una mejor interpretación de lo que acabábamos de escuchar—. Sabemos que los mexicanos son un pueblo orgulloso de su cultura y pasado; muchos de ellos se opondrían a crear esta gran confederación, muchos de ellos prefieren seguir siendo gobernados por una pandilla de corruptos que por un gobierno conjunto de nuestros dos pueblos. Como presidenta de los Estados Unidos de América no podría considerar esta opción en tanto la gran mayoría de los mexicanos no esté de acuerdo. Estoy consciente de que también hay muchos americanos que se oponen a formar una sola familia con nuestros vecinos del sur. Por eso, esta noche no hago más que un llamado a nuestros amigos mexicanos a que resistan con mayor fortaleza a los gobernantes que los traicionan. Quiero que sepan que, al igual que ustedes nos ayudaron durante la Segunda Guerra Mundial, al norte del Río Bravo tienen a un aliado que les ayudará a combatir la corrupción y la impunidad que les ha impedido sumarse a la comunidad de las grandes naciones del mundo, como ustedes lo merecen —y por primera vez en la historia, un presidente del país más poderoso del mundo terminó un discurso público con la frase: «*May God bless the United States of America and our Mexican Friends*».

Vinieron los anuncios en la televisión y alguien atinadamente tomó la decisión de apagar el aparato. Un silencio pesado se apoderó de la sala. Cosa extraña entre los compañeros de la universidad, que invariablemente se robaban la palabra para comentar cualquier asunto político o de interés general. Uno a uno, como autómatas, fueron pasando a la barra a prepararse un trago. Al parecer nadie quería abrir primero la boca con algún comentario fuera de lugar. Marcos y yo intercambiamos miradas. Era evidente que teníamos un bocado demasiado grande para digerir de un tirón. Todas las miradas se posaron sobre mí, supongo que por ser el anfitrión, forzándome a romper el silencio.

—El texto que te enviaron —me dirigí a Marcos—, ¿coincide con el que pronunció Gibson?

—Idéntico —dijo lacónico.

—¿Por qué o para qué tuvo que decir que no están dispuestos a anexarnos? —irrumpió Silvia Andrade, con una mezcla de curiosidad y decepción. La pregunta taladró el cerebro de todos los presentes. Silvia, al igual que la mayoría de los colegas universitarios, creció en la izquierda ideológica, con una interpretación clara de que los Estados Unidos eran el imperio maldito, el causante de todos los males de México y de América Latina. Matías Esquivel, un sonorense de barba desarreglada, ropa de mezclilla rigurosa y morral cargado de libros al hombro, era uno de los productos más químicamente puros de los movimientos populares y progresistas del país. En esos momentos sintió una necesidad compulsiva de hablar:

—Hay que ver lo cabrones que pueden ser esos gringos —todavía era incierto el sentido de sus palabras—. Primero nos animan con la idea de que van a romperles la madre a los corruptos y luego nos piden que «resistamos» todo lo que sea posible. Tanto que presumen de su CIA, FBI y de todas las demás siglas mamonas con que nos asustan y no parecen darse cuenta de que llevamos décadas resistiendo. Es clásico que siempre dejen las cosas a medias —concluyó para el asombro de todos, dada su fama como militante de izquierda. Quienes lo conocíamos desde hace tanto tiempo jamás habríamos imaginado que Esquivel, que había hecho una vida entera, una auténtica profesión de criticar al imperialismo yanqui, ahora viniera a quejarse de falta de intervencionismo. Se dio cuenta de lo que acababa de decir y, recuperando parte del bagaje revolucionario, remató con una broma—. Así han de dejar de insatisfechas a las gringas... por eso vienen tantas de *spring break* a México, para que les completemos la faena —se rio solo, tratando de aligerar el peso de sus opiniones.

La maestra de historia lo miró con desprecio ante el comentario misógino. A falta de mayor imaginación y con el cerebro congestionado por el mensaje de Gibson, todo el mundo recurrió al expediente infalible de tomar un sorbo de su bebida. Muchos de ellos que a lo largo de sus vidas académicas me habían criticado por estudiar a los Estados Unidos y no a las grandes gestas populares o a los movimientos revolucionarios de América Latina, ahora me miraban intensamente para que les aclarara el panorama. Matías fue quien concretó la exigencia que todos tenían en mente.

—A ver, Andrés —me dijo de frente—, tú que los has estudiado más que nadie en este país, dinos qué chingaos se traen entre manos los gabachos.

Intenté aclarar la garganta, que tenía medio cerrada desde la mañana. Los perros empezaron a ladrar dentro de mi cuarto. La distracción fue aprovechada por Marcos, que no había hecho más que observar con cuidado la escena.

—Son más listos que lo que pensábamos —dijo misteriosamente—. Ya lograron el efecto que esperaban —siguió en plan enigmático.

—¿Cómo dices? —lo interrumpió de nuevo Matías, que a esas alturas ya no acertaba a saber si estaba a favor o en contra de los yanquis—. Si en verdad fuesen listos, acabarían de tajo con los corruptos que nos tienen ahogados y en una de esas hasta les perdonábamos las pendejadas que hicieron en Nicaragua, en Chile, en Cuba y hasta en nuestras tierras de Texas y California. —La ira que le generaban los abusos del poder en México era por vez primera superior al odio que traía acumulado en los huesos por el bloqueo al régimen de

Fidel Castro o por el golpe de Estado contra Salvador Allende. Detrás de sus espejuelos redondos podían verse unos ojos inyectados por el coraje. Marcos retomó el hilo de sus ideas—: Si esta sala es un reflejo, aunque sea tenue, de lo que está sintiendo el resto del país —su voz era doctoral ahora, imprimiendo tintes de autoridad—, confirmo lo dicho: nuestros vecinos han logrado su objetivo. —Todos quedamos atentos a que ampliara sus conjeturas—. Primero nos acercan el plato suculento de terminar con la corrupción, nos dibujan el panorama tan ansiado de un México convertido en potencia mundial y, al final, nos lo retiran de enfrente de las narices para que seamos nosotros quienes ahora les exijamos que, por favor, no nos dejen desamparados. —Se sirvió un pequeño chorro de bourbon—. Matías tiene razón, están dejando incompleta la tarea —bebió, apenas mojándose los labios. Las manos le temblaban al llevar el vaso a la boca cubierta de barba.

Mariano, el más joven del elenco, revisaba las redes sociales como parte de las costumbres de la nueva generación.

—¿Qué están diciendo por ahí? —le preguntó alguien. Todos queríamos saber.

—Miles de ocurrencias —dijo Mariano, sonrojado—. Todas apuntan a lo mismo: nos dejaron a medio cocinar. Los arrestos de Nueva Orleans a todo el mundo le parece poco. Quieren que los gringos los metan a todos a la cárcel, también a los de acá, que terminen de barrer —se pasó una mano, acomodándose el pelo que le caía sobre la cara. Aún no nos decía lo más importante. Otros alrededor de la sala comenzaban a consultar los mensajes de Facebook y Twitter. Las miradas se intercambiaban de un rincón a otro de la sala—. La mayoría está pidiendo la anexión —dijo Mariano con la cara enrojecida. Su lenguaje corporal indicaba claramente que solo estaba informando de lo que veía en las redes y que no necesariamente era lo que él pensaba—. Claro — matizó lo que acababa de decir—, esto es lo que piensan los que tienen computadoras y celulares... quién sabe qué estén opinando los ejidatarios o los vendedores ambulantes que no utilizan redes sociales.

—Van a brincar de gusto cuando se enteren —dijo en tono sarcástico Emilio García Tejada, profesor de antropología—. Sentirán que les ahorraron el esfuerzo de emigrar, de contratar un pollero y de cruzar la frontera a salto de mata. —El ambiente era denso en el departamento. Abrí de par en par las puertas corredizas del balcón para dejar que el aire se limpiara.

—Nos han creado un síndrome de abstinencia enorme —interrumpí. Todos asintieron, mirándome al mismo tiempo. Percibí que no podía haberlo dicho mejor. Desde su sofá, Marcos levantó el dedo pulgar en dirección mía. No era mi intención, pero aquellas palabras surtieron un efecto más poderoso que poner la escoba de cabeza detrás de la puerta para que los invitados se retiraran de la casa. Lentamente, como si tuvieran dolor acumulado en las articulaciones, uno a uno se incorporaron, terminaron sus tragos de un tirón y se despidieron en silencio con un leve gesto de la mano.

—Voy a formarme para sacar mi pasaporte gringo —dijo irónico Matías, antes de tomar el elevador.

Silvia se me acercó y me dio un largo abrazo, pegando sin temor su pecho respingado a mi cuerpo.

—Haz como que te despides —le susurré al oído—. Sé que te gustan los perros y tengo dos en mi habitación —me salió decirle. Ella asintió, mirando al suelo.

17

EL ELEGIDO

La historiadora me ayudó a llevar las copas y los vasos sucios a la cocina. Mientras los acomodaba dentro de la lavadora de trastes no pude más que sorprenderme de lo distraídos que podemos ser los hombres. Esta mujer no solamente era una eminencia por sus conocimientos del periodo postrevolucionario mexicano, sino uno de los torsos más espigados y sensuales de toda la academia nacional. Miré, como hipnotizado, la manera en que aquella espalda perfecta subía y bajaba colocando vasos, caballitos y copas. Se me ocurrió por un momento pasarle de plano toda la vajilla, las ollas y las cazuelas de la casa con el único afán de que aquel movimiento no terminara nunca.

—¿Qué? —me sorprendió al voltear. Seguramente tenía en la cara un gesto de un angelito en retablo barroco, mirando hacia el cielo. Ella me veía de otro modo.

—Nunca había visto a un intelectual con una cara de tarado como esa —esbozó una risa traviesa y cerró la puerta de la lavadora. Con un ligero gesto le indiqué que aún quedaba una copa sucia, al lado del lavabo—. Esa la lavas tú, a mano. —Echó la cabeza hacia atrás y la sacudió levemente de lado a lado. Tenía un cuello largo y bien esculpido, de princesa etíope.

Hice un rápido repaso de la cantidad de veces que la había visto cruzar el patio de la universidad, a paso veloz, con zapatos planos y pantalones holgados de lino gris, sin percatarme de aquellas formas que tenía de corredora de ciento diez metros con vallas. Me la imaginé en una pista de carreras haciendo sus estiramientos, mientras yo, calzado con una gorra de entrenador y un cronómetro colgado al cuello, sonaba el silbato y le daba consejos para mejorar sus tiempos. La imagen se disipó cuando se encendió la lavadora. Regresó a paso veloz a la sala. Sin mucho afán arrastré los pies detrás de ella.

Marcos permanecía inmóvil en su asiento, escribiendo notas en el dorso del discurso que le habían enviado de Washington. En esos momentos yo sentía una mayor urgencia de anexarme amorosamente con la maestra Andrade que de seguirle la pista a los designios estadounidenses, pero así es la política, pensé, el antídoto más eficaz contra la libido. Silvia se sentó en un extremo del terno y cruzó la pierna. Fui hasta el fondo del pasillo a liberar a los perros. Contrarios a su costumbre, me ignoraron del todo y salieron corriendo a moverle la cola a mi invitada. Mientras les acariciaba la cabeza y las orejas, Marcos me hacía señas, pidiendo que sacara de la casa a la maestra. Lo mandé a volar. Lo conocía a la perfección. Cuando nos ocupaba algún de tema de importancia, las mujeres, los amigos o los primos le resultaban un estorbo, pero cuando se ponía en plan coqueto, podía iniciarse la Tercera Guerra Mundial y no soltaba a su presa. Paradojas de la personalidad. Por la abertura de la camisa mostraba el cuello salpicado de sudor. Olvidó que Silvia estaba con nosotros y me pidió que me sentara enfrente de él.

—Me enviaron el discurso de Gibson hace un par de días —reveló lacónico.

—¿Pedían algo? ¿Tu opinión? ¿Explicaban por qué te lo mandaron? —me interesé de inmediato. Miró de reojo a Silvia, que estaba tan intrigada como yo. Volvió a lamentar con un gesto su presencia; alzó al mismo tiempo los hombros dando a entender que no importaba demasiado que nos escuchara. Leyó el encabezado del correo electrónico:

—*Dear doctor Beltrán, for your eyes only. Get ready.* Es todo lo que dice —guardó silencio deliberadamente para medir si llegábamos a las mismas conclusiones. Para ganar tiempo, prendí una lámpara de la mesilla y accioné el control de la música. Entraba la noche y las notas de un concierto empezado de Berlioz transformaron la atmósfera de la sala. Silvia pasó por encima de los perros que estaban echados a sus pies y, sin consultar, trajo tres vasos chaparros para servir el bourbon de Marcos. La cara de mi amigo se relajó, dando a entender que quizá no había sido tan mala idea que se quedara la maestra. «Agradécele», le urgí con un movimiento de la mano. «No es tu mesera personal», quise agregar, pero no encontré un gesto adecuado para transmitírselo.

—Prepárate, ponte listo, *get ready* —solté las dos posibles traducciones para ir encuadrando el tema.

—Te van a pedir alguna cosa, está claro —acotó el sexto sentido femenino, sin dejar espacio de duda. Los perros volvieron a acomodarse al lado de sus pies. El vaso giraba entre mis manos, como si estuviera haciendo chocolate a la antigua.

—Es una cortesía exagerada que te hayan mandado el discurso por anticipado. Silvia tiene razón; está claro que este envío es parte del plan. —Ninguno de los dos me interrumpió—. Te están midiendo —dije finalmente—. Te dieron margen suficiente para saber si los denunciarías o no. El silencio que has guardado las últimas cuarenta y ocho horas debe confirmarles que eres confiable... para sus propósitos, quiero decir. A estas alturas ya sabrán que al menos tienes dudas sobre lo que debe ser mejor para México. —Sentí que estorbaba la música y apagué el aparato. Me pasé el licor de un solo trago. Para mí era claro que Marcos estaba plagado de dudas sobre el futuro del país, igual o más que yo. Nos miramos unos a otros, esperando que alguien disparara el siguiente tiro.

—Eres el elegido —afirmó Silvia, con una seguridad que nos dejó helados. Los tres pensábamos lo mismo, pero ella lo soltó con una irreverencia que despejaba todas las sospechas. Me levanté hacia la puerta del balcón y prendí un cigarro para tomar aire. Marcos y Silvia se acercaron con sus vasos en la mano, pusieron los codos sobre el barandal y miraron hacia la calle. La gente paseaba tranquila. Los enamorados tomados de la mano, los amigos contando chistes y riendo. Era viernes y era el México de siempre, pensé y después corregí: «o es el México de antes, el que está a punto de desaparecer».

—Eres el hombre de la transición, Marcos —le dije sin rodeos. Imaginé aceleradamente los pasos que se sucederían a partir de aquel momento—. Cuando la gente exija que los gringos vengan a capturar a otra media docena de gobernadores, cuando les pidan que no dejen la operación a medias y que se lleven al presidente a explicar a los paisanos por qué tuvieron que irse de su país, entonces México quedará acéfalo y no habrá más que dos opciones: o de una buena vez nos proponen una fusión entre los dos países o pondrán a un mexicano, así sea de manera transitoria, para que se encargue de gobernar mientras se aclara el panorama.

—Eres el elegido —repitió Silvia, mirando de frente a Marcos—. ¡Y me da mucho gusto! —remató, propinándole un abrazo que él, seco como era para el afecto, no esperaba—. ¡Con el simple hecho de que nos gobiernen personas honestas, el país va a despegar como un cohete a la luna! ¡Ya estuvo bueno!

—Es verdad —repuso Marcos—, todos estamos hasta la madre. El país está hundido en un mar de corrupción, de ineptitud, de inseguridad, de falta del mínimo interés de los gobernantes por la gente.

No era momento para andarnos por las ramas, así que intervine:

—De ser cierto que seas el elegido, significa que de una u otra forma los gringos te van a colocar en el poder, cuando menos por un periodo de transición. Y ese papel de colaboracionista, de servidor de los intereses extranjeros, es poco honorable, por decirlo de manera suave.

—Depende de cómo llegue —interrumpió Silvia—. Si la gente te elige, cambia todo, ¿no es así?

—Le toca al Congreso decidir quién entraría como presidente interino —acotó Marcos.

—Pero ya no hay Congreso —lo corrigió Silvia—. El grueso de los diputados y senadores ha salido corriendo. Acuérdate de que los políticos —apuntó— son como los niños pequeños que creen que cuando se tapan los ojos los demás dejan de verlos. —Marcos esbozó una sonrisa ligera que en el acto desapareció de su rostro.

—*Get ready* —me salió repetir con naturalidad. El excanciller recibió aquel breve mensaje como una pedrada en la cabeza. Se levantó inquieto del sillón, aventando el texto del discurso. Daba la impresión de que las hojas le quemaran los dedos.

—Vamos haciéndonos cargo y dejarnos de rodeos. —Se inclinó hacia la mesa a tomar su bebida—. Si alguien en este país está hasta la madre, frustrado por los malos gobiernos, por no ser la potencia internacional que pudiéramos, como dijo Nancy hace unos minutos, soy yo. —Silvia y yo asentimos para darle cuerda, para que de una vez por todas ventilara sus temores y sus dudas—. Mi escenario ideal sería que no necesitáramos de los gringos ni de los marcianos para construir un país a la altura de su potencial, pero pasan los años, cambian los partidos en el poder y nos damos cuenta de que todos son la misma basura. ¿Por qué será que los alemanes o los canadienses tienen la cochina suerte de tener buenos gobernantes, unos tras otros, mientras que nosotros tenemos la mala fortuna de que nos sale uno más malo que el anterior? ¿Qué tenemos que hacer? Hemos intentado, ustedes lo saben bien, grupos de reflexión, grupos de presión, marchas callejeras y cruzadas por las redes sociales y... se siguen burlando de nosotros. Algún día tenía que pasar algo como esto —apuntó con el dedo hacia el discurso impreso de Nancy Gibson—. Mi ideal —prosiguió— es que pudiéramos gobernarnos solos, sin perder nuestra esencia.

—Aprovechando nuestra esencia —recalcó Silvia, historiadora a fin de cuentas.

—Exactamente —repuso Marcos—. Tenemos uno de los países más originales y con más personalidad en el mundo y mira el tiradero en que nos hemos convertido.

—Llevamos años en la raya de que nos califiquen como Estado fallido —me salió decir.

—Así las cosas —retomó el aliento Marcos—, hemos llegado a esta situación impensable en que para salvar al país debamos perderlo. Los Estados Unidos nos están dejando una alternativa extrema: dejar de ser un país para poder tener un futuro. —La frase nos incomodó a todos, hasta al mismo Marcos. El bourbon me supo ácido en la boca.

—No es tu culpa, Marcos. —Lo tranquilizó la maestra. Noté la preocupación en el semblante de mi amigo. Yo debía tener la cara igual de consternada. A fin de cuentas, había sido a mí a quien habían elegido primero para compartir la noticia de la anexión de México. Aunque fuese de rebote, las decisiones que tomaran en Washington me afectarían más que al promedio de los mexicanos.

—No hay mucho margen. ¿Apoyamos o no la anexión? Este es el tema de fondo.

—¿Tú lo tienes claro, Andrés? —me reviró, con un sesgo de desesperación en la voz.

—Me encanta observar —finalmente lo saqué del pecho— que estén procesando a estos bandidos que han dejado al país en la miseria; a la vez me apena que hayan tenido que ser los gringos quienes los metieran tras las rejas. Es una muestra de que no podemos solos, pero igualmente me perturba la idea de que México desaparezca. Siempre dimos por descontado que México sería eterno, que estaría para siempre, pero ya ven —los escenarios de una posible desaparición me congestionaban ahora la mente—. Llevo días pensando que, a lo mejor, con este susto, con el discurso de hace rato, con la escasez de alimentos y gasolinas, el país reaccione y no sea necesario que nos anexen. No lo sé —y honestamente no lo sabía.

—Creo que ya no depende de nosotros —intervino de nuevo la historiadora—. Las cartas están echadas en Washington y a ustedes dos no les queda más que definir su papel en el libreto armado.

—Si tan solo hubiera una buena alternativa —musitó Marcos, casi inaudible.

18

LA HISTORIA EN TIEMPO REAL

Las horas y los días siguientes se fueron directamente a las páginas de la historia. El Parlamento Centroamericano, en sesión especial, envió un sorpresivo comunicado al gobierno de los Estados Unidos en que le pedían: «Si se materializa la anexión de México, los países de América Central solicitan formalmente fusionarse a la nueva confederación. Es cosa de añadirle estrellas y colores a la nueva bandera», externó el delegado de Costa Rica. La cancillería canadiense emitió una declaración, como ya me lo habían anticipado los gringos en la cena de Dallas, en la que dejaban en claro que siendo los únicos otros vecinos de los Estados Unidos, tendrían que ser consultados sobre cualquier cambio en las fronteras de Norte-américa. «En su momento —decían desde Ottawa— fijarían su posición respecto de la participación que desearían tener dentro o fuera de la nueva república».

Los paisanos en los Estados Unidos seguían con la fiesta alrededor del tribunal de Nueva Orleans. Grandes pancartas pedían la cabeza de expresidentes, congresistas y gobernadores, todos con sospechas de manejos turbios. Cada organización de oriundos mostraba las caras de sus villanos favoritos, unos de Oaxaca, otros de Veracruz, de Puebla y Quintana Roo. «Salven a nuestro Estado, salven a nuestro país», rezaban algunos de los mensajes. «Fue por ti que estoy aquí», afirmaban las cartulinas de los manifestantes, con la foto de algún funcionario que había dejado en la miseria a su localidad de origen. Agrupaciones de salvadoreños y guatemaltecos ya acompañaban a los contingentes de mexicanos con mensajes y demandas parecidas. A manera de protección, el Departamento de Justicia de los Estados Unidos instaló mamparas de vidrio blindado en la sección que ocupaban los inculpados. No pude más que recordar los juicios de Sadam Husein y de Slobodan Milosevic, igualmente protegidos tras barreras de cristal.

En distintas regiones de México los supermercados fueron vaciándose ante las compras de pánico. Las gasolineras cerraban una a una por falta de combustibles. El país entró en una situación peligrosa de incertidumbre y crispación. El hambre no entiende de razones. Así, si los Estados Unidos no aceleraban el paso de la anexión, el malestar y la zozobra podrían revertirse en su contra. Todas aquellas manifestaciones espontáneas a favor de formar un gobierno común podrían derrumbarse si la gente comenzaba a identificar sus desgracias como un castigo de los Estados Unidos.

En Washington tenían bien calibrada esta eventualidad. Después supimos que habrían preferido que pasara más tiempo entre el discurso de la señora Gibson y la toma del control del país, pero debieron adelantar los plazos debido al enojo que causaba la falta de alimentos. Sabían que cualquier mexicano con el estómago vacío es un guerrillero en potencia, según lo asentaba un despacho confidencial de la CIA.

Como parte del plan y con gran despliegue mediático, tropas del ejército de los Estados Unidos se acercaron a la frontera escoltando un largo convoy de camiones con víveres y pipas de gasolina que portaban la leyenda: «*From the American people to Mexico*». En Tijuana, en Matamoros y Ciudad Juárez la gente hizo una enorme valla humana, dando la bienvenida a los soldados norteamericanos, entregando flores a los choferes de los camiones que habrían de atenuar la escasez de víveres y combustibles. En un acto inesperado, el gobernador de Chihuahua anunció que se sumaba a la recepción de los uniformados estadounidenses «como una muestra más de la fraternidad que une a nuestras dos naciones», dijo en breve intervención desde un templete improvisado sobre el puente internacional. Segundos después tuvo que bajar atropelladamente, rodeado de escoltas, ante los llamados de una turba enardecida que pedía que se le enviara también a ser procesado en Nueva Orleans. Cumpliendo una de sus últimas órdenes, el Ejército Nacional fue instruido a impedir la entrada del convoy norteamericano; en una muestra de habilidad política, los vehículos militares de los Estados Unidos se detuvieron justo en la línea divisoria, dando el paso únicamente a los camiones cargados de verduras, granos y diésel, que eran recibidos entre muestras de júbilo por las comunidades fronterizas. La valla humana contenía la acción de los militares mexicanos y de los agentes de aduanas que intentaban impedir su ingreso al territorio mexicano. Los primeros soldados que entendieron de qué lado se estaba escribiendo la historia desoyeron las instrucciones que les llegaban desde la Ciudad de México y, arrancándose las insignias castrenses, se unieron a la gente que vitoreaba el ingreso de cada cargamento. La televisión de los Estados Unidos y las redes sociales daban cuenta puntual de cada deserción.

En un acto poco reflexionado y con escasa visión de los tiempos que se avecinaban, el presidente de México salió a dar un mensaje en cadena nacional. Visiblemente descompuesto, con la cara deslavada y los ojos encogidos por la tensión, apareció detrás de un atril con el escudo nacional, a su lado algunos miembros de su gabinete; muy visibles y en forma prominente, los secretarios de Defensa y Marina.

En pocos minutos, el disminuido mandatario cubrió lo que parecía más un trámite burocrático que un llamado enérgico a que la nación reaccionara ante la inminente desaparición del país. «Mira qué grande le queda la camisa o cómo se le ha encogido el cuello», me dijo Silvia Andrade por teléfono. Todas las frases esperadas fueron mencionadas por el jefe del Ejecutivo: «la patria está amenazada», «solo la unidad nos mantendrá como un país libre y soberano», «el imperialismo vuelve a mostrar su cara violenta y expansionista; mejor vivir con hambre y libres que de rodillas y esclavizados». «Unos cuantos traidores y corruptos no pondrán fin a la República», dijo en referencia a los condenados en Nueva Orleans. Antes de terminar su atropellada alocución, hizo algunas referencias básicas a Cuauhtémoc, Benito Juárez, Hidalgo, Morelos y, al final, lo que todo mundo esperaba: la decisión personal de defender con su vida, si fuese necesario —pero si era posible evitar esa parte, mejor—, la independencia y la libertad de los mexicanos.

Los millones que lo mirábamos por televisión nos quedamos esperando ansiosamente el plan de contingencia que aplicaría a México. Por medio de las redes sociales corría la sorpresa de que el presidente no hubiese planteado alternativas a la altura de las circunstancias: quizás el inicio de conversaciones con el gobierno de Washington, el compromiso de enjuiciar en México a los personajes más señalados por la sociedad, la oferta de convocar a elecciones inmediatas o la creación de un pacto nacional en el que el gobierno asumiera sus responsabilidades y cediera el paso al nacimiento de un país diferente, ofrecer su renuncia si es que eso abonaba a recobrar la estabilidad. Nada.

Ante la gravedad de los acontecimientos, todo el mundo sabía que una de las pocas acciones que podría detener o al menos retrasar el fin de México como país independiente era que, voluntaria y abiertamente, el presidente ofreciera someterse a un juicio. Él mismo debía poner el ejemplo para que ningún otro político, líder sindical o empresario corrupto pudiese sustraerse de la mano de la justicia. Nada de eso sucedió. Resultaba más fácil envolverse en la bandera del patriotismo y denunciar una conjura internacional que poner la propia cabeza en juego.

Por la noche de ese fin de semana del mes de mayo, la confusión y las versiones más descabelladas se apoderaron de México. Corría el rumor de que el presidente se había refugiado, primero en Cozumel para encabezar desde ahí la resistencia —nadie entendía por qué desde ahí— y después que había pedido asilo político a la República Bolivariana de Venezuela. Los medios gringos se encargaron de mostrar tomas indiscretas del primer mandatario abordando el avión presidencial sin destino conocido.

México se sumergió en un torbellino de sentimientos encontrados. La sensación evidente y en la que todos estaban de acuerdo era que el régimen, como lo habíamos conocido desde el fin de la Revolución, había llegado a su fin. Había conciencia de que el gobierno de la República sería incapaz de revertir el golpe letal que aplicaban los Estados Unidos. Algunos especulaban que, para lograrlo, habría sido necesario que el grueso de la clase política se entregara voluntariamente, cada uno con un inventario de sus propiedades mal habidas en la mano, dispuesto a devolverlas a la nación y con la promesa de jamás volver a ocupar un puesto público.

Este presidente, como muchos otros, nunca se había interesado genuinamente por la política exterior, salvo para realizar giras de corte ceremonial a los sitios más glamorosos del mundo. Ahora le faltaban elementos de entendimiento, y sobre todo tiempo, para tejer alianzas internacionales que pudieran mantener con vida al país. De cualquier forma, resultaba retórico intentar detener el tsunami de la anexión con la solidaridad de países de sello antiimperialista como Nicaragua, Irán, Cuba o Corea del Norte. Sus problemas no se agotaban ahí: eran los mexicanos, en primer lugar, los que querían verles pasar la vergüenza de haber llevado al país de manera tan insolente a la ruina. Los paisanos en los Estados Unidos, envalentonados por las palabras de la presidenta Gibson, hacían eco de su discurso, asegurando que más que perseguir el sueño americano, habían llegado a los Estados Unidos huyendo de la pesadilla mexicana.

Un vacío de poder se hizo sentir en México. En medio de aquel remolino pensé por un momento que, ahora sí, S. me llamaría para compartir sus sensaciones, para pedirme consejo, para buscar una reunión de emergencia conmigo. Miré de reojo la alacena de la cocina y pensé que, sumando mis latas y conservas con las que ella tendría guardadas, podríamos pasar buena parte de este cataclismo político resguardados en mi departamento, abrazados bajo una cobija y comiendo directamente de un frasco en tanto el país desaparecía frente a nuestros ojos, pero S. estaba más callada que el mismo gobierno. Temí por su vida y su seguridad. En el fondo, como muchos otros, pensaba que el país no tenía más remedio que reconocer que no tenía remedio. Seguramente, calculé, ni siquiera había hecho compras de emergencia. Yo tampoco, debo reconocer, había sido especialmente precavido; desde que comenzó la crisis no había comprado más que cuatro bultos de comida para los perros, una dosis generosa de ron y Coca-Colas, alguna botana dispersa y hasta ahí. Si la crisis arreciaba, terminaría comiendo alimento para perro e hirviendo granos de café varias veces.

Los medios de comunicación parecían no inmutarse ante la crisis. En su lectura, los graves sucesos que vivía el país eran una bendición para elevar el *rating* de sus programas. La cobertura era incesante a lo largo y ancho del país. Los entrevistados, supuestamente elegidos al azar, revelaban en su mayoría que querían tener un país como los Estados Unidos, pero sin perder las costumbres y las tradiciones mexicanas. «¿Y no le importaría que nos gobernaran los gringos?», preguntaban mañosamente los reporteros. «Si lo hacen con honestidad y el país mejora, ¿por qué habría de importarme?», era la respuesta más o menos común. No podía descartarse que las televisoras omitieran difundir las expresiones contrarias a una anexión; si así era, quedaba claro que los dirigentes y los dueños de los medios de comunicación ya habían decidido apostar por la fusión con los Estados Unidos.

En las mesas de análisis se hacían las preguntas básicas de cómo y por qué habíamos llegado a este punto culminante de nuestra historia. Los comentaristas mejor enterados aseguraban que no se trataba de un acontecimiento aislado o de un error, un solo error muy grande del gobierno. Era la acumulación de vejaciones, el hecho de que los políticos se manejaran con tanta impunidad, como si México no fuera otra cosa más que un rancho de su pertenencia donde tenían derecho a hacer lo que se les viniera en gana. Los más nacionalistas, o quizá los que menos entendían lo que se cernía sobre el país, indicaban que debíamos estar agradecidos con los Estados Unidos por el susto que le habían metido a nuestros políticos y por la huida, cada día más confirmada, del presidente. Que a partir de ese momento los mexicanos deberían encargarse de una refundación de la República, basada en los principios de honestidad, oportunidades similares para todos y estado de derecho. Apagué la televisión sin atinar qué debía hacer. Bajé las escaleras lentamente con los perros, dispuesto a dejar transcurrir esa tarde de domingo tirándoles la pelota en el parque.

La calle estaba desolada, en silencio. Se respiraba un ambiente de toque de queda. Las cortinas de los establecimientos y de las casas estaban echadas. Algunos escasos coches se escuchaban a la distancia. Cafés y bares estaban cerrados o desiertos. Me senté en una banca dejando que los perros me lamieran las manos y exigieran que les lanzara la pelota. Me invadió una sensación de derrota: por más que trataba de convencerme de que vendrían tiempos mejores, de que al fin, aunque con medidas extremas, lograríamos sacudirnos a las rémoras que asfixiaban al país, no sentía gusto ante la perspectiva de que México fuese borrado del mapa. Había dedicado una gran parte de mi vida, como diplomático o como académico, a lograr lo que dijo la presidenta Gibson: que México fuese una gran nación. Entre árboles y silencio hice un repaso rápido de lo que ocurría en el país y en mi vida. Pensé en los niveles de inseguridad que habíamos alcanzado: asaltos en cada esquina, miles de desaparecidos, incontables secuestros, temor a dar parte a las autoridades y unos niveles de desigualdad social que hacían brotar la risa cuando escuchábamos al presidente llamar a la unidad de los mexicanos. ¿De cuáles mexicanos? Si parecía que entre la miseria y la opulencia tuviéramos al menos dos países totalmente distintos.

Después de pasar varias cuadras sin encontrarme a nadie en el camino entré en una especie de trance, pensando en mi propia vida, desde los días al lado de S. hasta episodios más recientes, siguiendo los consejos del rabino, soltando las anclas que me ataban a mí mismo y, a últimas fechas, sintiendo que la caída del teatro nacional sería en parte una responsabilidad mía. Regresé a paso lento por la ciudad desierta, pensando en cómo se vería todo aquello a la vuelta de algunos años, cuando ondeara en las ventanas la bandera de las barras y nuestra estrella.

19

LA CORTINA DE HAMBURGUESAS

Tenía los ojos entreabiertos y la mandíbula caída cuando me despertó el teléfono. La llamada me puso de mal humor; siempre me pareció vulgar tener que levantarme antes de dejar de soñar.

—¿Doctor Ricou? —hasta dormido habría reconocido el acento gringo.

—*Yes, it's me* —respondí en forma automática.

—*I apologize for calling you so early, but we need to talk.* —Acto seguido, quizá para asegurarse de que no perdiera detalle de sus palabras o por pensar que me encontraba todavía medio dormido, cambió al español—. Soy el embajador Carlsson. Necesitamos hablar urgentemente con usted. —La química corporal me cambió de inmediato. Salté con velocidad de la cama. Los perros se me acercaron, presas de una excitación contagiosa.

—Hola, embajador. ¿Qué se le ofrece? —Sentí que las primeras palabras del día me brotaban con dificultad.

—*We need to talk* —repitió—. Se trata de su sexta pregunta y algunos otros detalles —dijo lacónico—. Es hora de responderla

Me citó en un restaurante de hamburguesas a tres cuadras de mi casa. Me advirtió que ya estaban esperándome. No sé cuántas veces había pasado frente a ese sitio sin atreverme a entrar. Sentí que el ritmo cardiaco se me aceleraba. Me lavé la cara y los dientes sin pensar mucho en lo que me esperaba. Me vestí rápidamente, como si el edificio estuviese a punto de incendiarse. Dejé un recado en la cocina para que mi asistente sacara a pasear a los perros y tomé el elevador. Sabía que había llegado la hora de la verdad. Por alguna extraña razón, en esos instantes, mientras el elevador descendía, me vino a la mente la idea de sumarme, ahora sí, al movimiento de Promiscuidad con Responsabilidad que me había sugerido Fernando Villa. El cerebro en verdad es una máquina extraña. En el fondo, aquel pensamiento me decía que quería huir, que no quería acudir a la cita con los gringos, que yo no tenía vela en el entierro que planeaban ejecutar. Quizá por eso me asaltó la idea de hacerme miembro honorario de PRAC. A todas luces me resultaba más atractivo cambiar de pareja cada noche que participar en la anexión y desaparición de mi país. Sin embargo, ahí iba yo, con pies ligeros, atraído por la curiosidad de conocer, otra vez, de primera mano los planes de Washington, como un ratoncito que sabe que el queso puede estar envenenado y de todos modos se ve atraído.

La cortina metálica del «Texas Grill: Hamburguesas Indecentemente Grandes» estaba echada. Por una pequeña rendija podía verse que las luces interiores estaban encendidas. Una mano blanca con el anillo azul de las fuerzas armadas de los Estados Unidos me atrajo hacia el interior del establecimiento, abriendo una portezuela. Era el general Wesley Clark, con una chamarra de cuero y pantalones vaqueros, pero con los mismos labios finos, entrenados para dar órdenes a las tropas. Apenas dibujó una sonrisa al momento de recibirme. El interior del restaurante estaba iluminado con unas groseras lámparas de neón, pósters en las paredes con ofertas de combos y hamburguesas rellenas de tocino y grandes porciones de papas. Mis anfitriones habían transformado el restaurante en un improvisado salón de juntas, uniendo varias mesas de plástico. El olor a grasa acumulada, cátsup y mostaza me resultó especialmente desagradable a esa hora de la mañana. Un hombre musculoso con el pelo cortado al ras y un discreto micrófono tras una de sus orejas cerró tras de mí la puerta metálica y asumió posición de firmes. Bajo esa luz fría y apagado el silencio que provenía de la calle, el modesto local me recordó las cámaras de Gesell, donde interrogan a los convictos con agentes mirando a través de un espejo falso. El general Clark hizo de nuevo las presentaciones:

—Recordará usted a su colega y amigo el embajador Keith Carlsson. —Este sí, afable, me estrechó por los hombros con una amplia sonrisa—. Nuestra experta financiera, Susan Klein. —Cómo olvidarla; con ese pelo rojo de rebelde irlandesa, la cara perfectamente maquillada y su traje de ejecutiva, de dos piezas de casimir y una falda que inevitablemente llamaba a mirarle las piernas, me hizo pensar a qué hora se habían levantado esos gringos para estar tan alertas, tan despiertos. Notaron mi cara aún estragada por el sueño y me sirvieron café en un vaso de plástico. Susan, muy atenta, me acercó los sobres de azúcar y un removedor. Qué lejos estábamos de los vinos de colección con que intentaron seducirme durante la cena en Dallas, pensé para mis adentros.

Se sentaron frente a mí, alisándose la ropa, todos al mismo tiempo.

—Otra vez buenos días, doctor Rico —me dio la bienvenida Keith Carlsson—, y muchas gracias por acudir a esta cita sin darle previo aviso.

Hice un pequeño ademán con la cabeza, tratando de transmitirles que para mí era lo más normal que me sacaran de la cama a las seis de la mañana para meterme como testigo protegido a un miserable restaurante de hamburguesas. El funcionario del Departamento de Estado miró hacia una de las paredes y me preguntó a quemarropa:

—¿Cómo avanza su proceso de convertirse al judaísmo?
—La pregunta, por demás inesperada y fuera de lugar, me hizo derramar un poco de café. Al poner en evidencia el nivel al que se habían metido a estudiar mi vida, advertí que esa mañana se me quedaría grabada por el resto de mis días. Me limpié la boca con el dorso de la mano y puse el vaso a un costado. Después de aquella pregunta sobraba la necesidad de

algún estimulante. La adrenalina ya galopaba por mis venas. Prendí sin rubor un cigarro, más a manera de rechazo hacia ellos que por ganas de fumar. Me habían puesto en guardia.

—Todavía no termino de decidirme —respondí con desgano—. Eso de mutilarme el pene innecesariamente me llena de dudas. —Miré directamente a los ojos de la especialista en finanzas. La mujer bajó la mirada, fingiendo buscar algo en su bolso. Carlsson no pareció inmutarse y volvió a la carga.

—Andrés, ¿qué importancia puede tener una pequeña operación cuando puede sanarse el mal de amores?

—¿Vinimos a hablar de eso? —respondí malhumorado, con un amago real de levantarme de la silla y salir disparado a la calle. Estaba claro que deseaban intimidarme divulgando secretos de mi vida. En el fondo, más allá de saberme espiado, ¿de qué podría arrepentirme?, ¿de intentar consolarme con el duelo judío?

—No es nuestro interés inmiscuirnos en su vida privada, doctor Rico —intervino el general Wesley Clark con cierto cinismo—. Para nosotros, el dato importante de su decisión es que revela que es un hombre abierto al cambio. Y ahora se avecinan cambios de la mayor importancia entre nuestros dos países. Grandes cambios.

—Estoy al tanto de lo que ocurre. —Miré con fastidio una oferta de hamburguesas de triple carne molida clavada en la pared. Carlsson se acomodó en la silla y asumió una actitud más conciliadora.

—Los comentarios que nos hizo en Dallas han sido de una enorme utilidad, doctor Rico. La suavidad con que avanza el proceso de fusión se debe en gran medida a sus atinadas opiniones y dudas.

—La presidenta Gibson —lo interrumpí— dijo claramente que los Estados Unidos no estaban en condiciones de fusionarse con México.

—Y es totalmente cierto. Aún no. Es necesario hacerlo con paciencia, esperar a que la idea de la unión vaya asentándose en la conciencia de la gente. Esta enorme transformación debe ser aceptada de buen grado en ambos países. Idealmente, deben ser los mexicanos quienes pidan la anexión —hizo una larga pausa que me llevó a recordar el síndrome de abstinencia que intentaban provocar—. Tenemos planeado celebrar un referendo, debidamente orientado, para que nuestro pueblo exprese en las urnas su decisión de formar un nuevo país. Lo mismo deberá hacerse en México pero hasta que la fruta esté completamente madura. —Con un movimiento de la mano cedió la palabra a Susan Kline, el cerebro financiero.

—Con la información que nos han proporcionado los detenidos en Nueva Orleans hemos podido asegurar bienes de procedencia inexplicable de funcionarios mexicanos por varios miles de millones de dólares. —Tan pronto empezó a hablar el pecho se le enrojeció, presa del nerviosismo—. Hablamos de cifras importantes —aclaró, mientras revisaba unas tablas y diagramas que tenía desplegados sobre la mesa. Me distrajo un momento saber que aún conservaba la capacidad de ruborizarse—. Estos bienes serán devueltos a su país en un acto que celebraremos en el Banco de México. Como supondrá, faltan por realizarse muchas investigaciones de lavado de dinero, depósitos oscuros y compras de bienes y propiedades en los Estados Unidos; sin embargo, vamos por buen camino. A partir de las detenciones en Luisiana, cada dato que nos aportan los inculpados nos abre una nueva veta de información, lo cual nos ha permitido congelar cuentas apócrifas e incautar cientos de inmuebles.

—La entrega de estas fortunas será un día muy feliz para nuestros amigos mexicanos —terció el embajador Carlsson, con una sonrisa que parecía genuina. La idea, debo reconocer, también me entusiasmó; tan solo pensar que México recibiera parte de la riqueza sustraída por malos manejos me llevó a imaginar un país próspero de la noche a la mañana.

—Las cantidades de las que estamos hablando —continuó Susan, ahora con más aplomo— permitirán la implementación de una especie de Plan Marshall para México, administrado por el Departamento del Tesoro norteamericano.

—Hemos calculado —intervino el general— que en menos de cinco años, con una buena administración de los recursos,

México tendrá niveles de desarrollo similares a los de España o Corea del Sur y después los rebasará con facilidad.

—Después de entregar esta riqueza, que pertenece a los mexicanos —explicó Carlsson—, vendrán los plebiscitos para convocar a la fusión de ambos países. Al momento de votar, los norteamericanos sabrán perfectamente que estos recursos no provienen de sus impuestos, sino de las fortunas mal habidas de los propios mexicanos. Eso los tranquilizará. Por su parte, los mexicanos comenzarán a percibir el nivel de desarrollo que tendrían, de no ser por la corrupción y los malos gobiernos que han tenido. Será un *win-win* —dijo en ánimo celebratorio—. Después vendrá el trabajo fino de redactar la nueva constitución, aprobar la nueva bandera que, por cierto, está siendo muy bien aceptada por los mexicano-americanos, —precisó—, el himno bilingüe y decidir qué hacemos con los centroamericanos. Pero hay que ir paso a paso —remató, frotándose las manos.

Me serví otro café y encendí mi segundo cigarro de la mañana. Sentí la necesidad de ponerme de pie. Al acercarme a la puerta, pensativo, el marine que la custodiaba se limitó a cambiar el peso de un pie a otro, dando a entender que aún no era hora de retirarnos. El aire pesado, con olor a hamburguesa, comenzaba a agobiarme. Decidí ir al grano:

—Esto es de lo más interesante. Como académico —les dije— imagínense lo valioso que es conocer de primera mano un cambio de estas dimensiones, pero no creo que me hayan despertado esta mañana para que escriba un libro sobre cómo se cocinó esta fusión, ¿verdad? —Los tres movieron la cabeza al mismo tiempo, con una sonrisa nerviosa.

—No vendría mal que lo escribiera —dijo Walker, que era aficionado a la historia, sobre todo del periodo del general MacArthur en Japón.

—Nos interesa resolver la sexta pregunta del doctor Rico —Carlsson abrió una pequeña libreta de apuntes—. Usted nos preguntó en Dallas —y fue pasando el dedo sobre el cuaderno— si algún día un mexicano podría llegar a ser presidente del nuevo país.

—La democracia lo decidirá —respondió Walker, con la facilidad de quien suma dos más dos—.

También nos preguntó si vamos a exterminar a los narcos o crear una nueva versión de Las Vegas en territorio mexicano... Las Vegas del sur es la respuesta —contestó el general, en un ejercicio que a leguas se notaba previamente ensayado—. El crimen organizado no se termina a balazos, sino haciéndolos parte del sistema. Esto nunca lo entendieron en México. Por cierto —añadió—, los dueños de nuestros casinos están muy entusiasmados con la idea. A nosotros nos funcionó a la perfección en Nevada para poner en orden a la mafia... Nos cuestionó cómo pensamos terminar con la corrupción. Es más —añadió Carlsson—, su pregunta exacta fue si no teníamos temor de que pudiéramos adoptar estas malas prácticas en los Estados Unidos. Después de la lección que les hemos propinado en Nueva Orleans, ¿cree que habrá muchos que se arriesguen? —preguntó el general—. Hizo una pregunta que, según la tengo apuntada aquí, planteaba dudas sobre el surgimiento de algunos grupos de resistencia, de nacionalistas trasnochados o hasta de guerrilleros que se opusieran a la fusión.

—Los mexicanos son muy prácticos —dijo esta vez la representante de Wall Street—. «No hay quien resista un cañonazo de cincuenta mil pesos», dijo alguno de sus revolucionarios.

—Obregón —le ayudé.

—Creemos que con el dinero que estamos obteniendo, los ánimos patrióticos se irán desvaneciendo ante la perspectiva de convertirse en un país rico. Alcanzará para todos. —Vio con semblante de tranquilidad las cifras que tenía frente a ella.

—La comida, las tradiciones y la Virgen de Guadalupe serán parte del patrimonio común —dijo Carlsson, en un intento de ser gracioso—. Sitios de hamburguesas como este desaparecerán o asimilarán las recetas de la cocina mexicana —siguió en plan chistoso. Hizo una pausa y dijo en forma enigmática—. Entremos ahora en su sexta pregunta, ¿le parece?

El aire se tornó denso, más allá del olor a fritanga.

—No tenemos claro, nunca hemos acertado o hemos sido justos para lidiar con los indígenas, con los pueblos originarios.

—No hay mejor indio que un indio muerto era la frase que usaban ustedes, ¿no es cierto? —lo interrumpí.

—En efecto —repuso Carlsson—, y a los que no alcanzamos a matar en las épocas del general Custer los metimos en reservaciones que no son más que centros de vicio, auténticos prostíbulos de mala muerte, con cigarros y alcohol barato —se detuvo ahí—. México es un país con una gran población de pueblos autóctonos, más organizados, orgullosos y sofisticados que nuestros apaches y cheroquis. La verdad no sabemos qué hacer, no sabemos cuál es la receta correcta. —Se quedó pensativo. Así es que eso era, pensé. No era tema menor.

Después de la ocupación de Texas expulsaron a todo el mundo. En las planicies del centro de los Estados Unidos los mataron de hambre, terminando con los búfalos que les daban sustento. A muchos otros los eliminaron con alcoholismo o dejándolos sin caballos. En México, por contraste, los habíamos hecho los héroes de la historia oficial, construyendo un pasado idílico en el que los mayas y los aztecas vivían en el paraíso terrenal hasta que llegaron los españoles y fueron expulsados del Edén. También era cierto (a lo mejor los gringos no lo sabían) que la historia les había dado todo, hasta el Museo de Antropología, pero en la práctica no les había dado nada. A pesar de los murales de Diego Rivera y los monumentos y avenidas dedicadas a Cuauhtémoc y a Cuitláhuac, lo cierto es que nuestros indígenas eran los más pobres y los más marginados. Preservar sus lenguas y promover sus artesanías no eran soluciones de fondo. Probablemente eran mejores medidas que las aplicadas en los Estados Unidos, pero a todas luces insuficientes.

—Una idea que nos han ofrecido nuestros antropólogos —Carlsson hizo una mueca de estar poco convencido de ella— es que fijemos la nueva frontera del país en los márgenes de Oaxaca y el sur de Veracruz y que ellos se encarguen de esa zona como un país independiente, pero sabemos de antemano que la idea no funcionaría. Al rato tendríamos olas de migrantes desde esas regiones hacia el nuevo Estados Unidos, como ha pasado por décadas entre Juárez y El Paso. No funciona. —Se rascó la cabeza sin dejar de mirarme. Yo no me sentía muy animado a proporcionar alternativas. No contaba con un conocimiento serio del tema indígena. Sentí que una pregunta que había lanzado al vuelo en la cena de Dallas en efecto podría dar al traste con toda su estrategia. Mi silencio los provocó más.

—Es una duda legítima —solté de pronto. Los tres asintieron en un pesado silencio. El júbilo que mostraban hace unos segundos se tornó sombrío.

—Ya veremos cómo resolverlo —apuntó Susan Kline—. En ningún lugar del mundo se opone la gente a tener la cartera llena. Quizás esa sea la vía.

—Estamos estudiando con cuidado a los oaxacalifornianos y a las comunidades de Pueblayork, a ver qué aprendemos de ellos; cómo se han asimilado a los Estados Unidos. Quizás ahí encontremos las respuestas —Carlsson cerró su libreta de apuntes y puso las manos sobre la mesa. Miró al general.

—En pocos días —informó el militar— con gran despliegue publicitario derrumbaremos el muro que actualmente separa a Tijuana de San Diego. No servirá de mucho, pero enviará el mensaje simbólico de que ya no hay barreras que nos separen. Por lo demás, a pocos les interesará irse de mojados a los Estados Unidos cuando ya seamos un mismo país —reflexionó para sí mismo.

Sin revelar mis sensaciones, no pude más que reconocer el nivel de detalle al que habían llevado el plan de anexión. Sin tirar un solo balazo, sin someter a nadie, se irían adueñando de México. La estrategia pretendía mostrar una cara generosa y justiciera, apoyándose a la vez en los prejuicios y vergüenzas que acosaban a los mexicanos. Al mismo tiempo, en el discurso oficial dirían a los ciudadanos de los Estados Unidos que todo esto lo hacían en ejercicio de la legítima defensa, para terminar con la invasión silenciosa de los migrantes. Al contrario de lo que hizo el gobierno de Moscú en Ucrania, donde tomaron el territorio habitado por los rusos, los estadounidenses anexarían al país que les enviaba el mayor número de migrantes. Un puesto mugroso de hamburguesas no era el sitio adecuado para estar pensando en estas cosas; miré las paredes llenas de grasa, la cocina desierta al fondo del local. Me levanté con una impaciencia mezclada con incomodidad y me acerqué a la puerta con intenciones de irme. Carlsson me atajó:

—Una última cosa, doctor Rico —voltee a mirarlo, buscando terminar con la conversación—: Siendo un especialista tan connotado en nuestras relaciones bilaterales, ¿qué piensa de todo esto, de la fusión de nuestros dos países? ¿Le gusta la idea? —Los tres me miraron fijamente.

—Creo que a estas alturas poco importa mi opinión, ¿no creen?

—Las masas nos tienen sin cuidado —replicó el general—. Son opiniones como la suya las que nos interesan.

—¿Qué pensarían ustedes, qué sentirían si supieran que su país está a punto de desaparecer? —les devolví la pregunta. Carlsson respondió con la velocidad de un pistolero que desenfunda el arma en un instante:

—Doctor Rico, nuestro país también está a punto de desaparecer... al menos de la manera como lo hemos conocido —hice una mueca de desacuerdo—. ¿O usted no cree que muchos norteamericanos no temen que la asimilación de México pueda modificar irremediablemente a los Estados Unidos? Muchos piensan que la anexión terminará por robarle la esencia a nuestra nación. Nuestro pueblo también está plagado de dudas, pero en el fondo sabe que es mejor hacerlo ahora, de una vez, antes de que la invasión silenciosa de sus migrantes termine por dominar al resto de los americanos. Es mejor tomar la iniciativa y conducir el cambio desde Washington que esperar a que la demografía termine haciéndonos minoría.

—¿No le entusiasma la idea de que los mexicanos sean una nación próspera, libre de la corrupción que los ha venido ahogando? —intervino incisiva la pelirroja. Esa era la pregunta clave. Volví a ocupar mi asiento de plástico. Decidí usarlos, aprovechar sus preguntas para resolver mis propias dudas.

—Lo que en verdad me gustaría es que México, por sus propios medios y con sus propios esfuerzos, diera el gran salto hacia el desarrollo. Quisiera pensar que el susto que se han llevado nuestros políticos con los arrestos y la confiscación de sus fortunas es la medicina amarga que se necesitaba para hacerlos recapacitar. Quisiera que los paisanos regresaran a México a cumplir con el sueño mexicano. Quisiera pensar que los mexicanos hemos aprendido la lección y entendido el riesgo extremo al que podemos llegar si no cambiamos a fondo: el riesgo de perder el país, ni más ni menos —guardaron un prudente silencio en señal de respeto. Tomé mi vaso de café. Estaba frío.

—Eso supondría, Andrés —comentó el embajador, sumándose a la reflexión—, que los nuevos gobernantes de México, quienes sustituyan a los que han arruinado a su país, ahora sí lo harán bien, con limpieza y bajo un código de ética radicalmente distinto. ¿De verdad lo cree posible? —preguntó con interés genuino. Me sentí sacudido. Planteaba una cuestión que yo no había sido capaz de responder.

—En el proyecto original que trabajamos —intervino de manera enigmática el general—, nuestros expertos en Washington se plantearon este escenario. Valoraron si el miedo a la cárcel y a perder sus fortunas, la aplicación de la justicia por parte de los Estados Unidos, podría dar nacimiento a una nueva generación de políticos mexicanos que, por temor o por convicción, corrigiera el rumbo y se dedicara a gobernar con decencia.

—¿Y? —dije sin pensarlo.

—Fue una larga discusión. —Ahora fue el militar quien se puso de pie para servirse más café—. La conclusión, resumiendo, fue que sería cuestión de tiempo para que la nueva clase gobernante volviese a caer en las viejas mañas y engaños. Los Estados Unidos tendrían que mantener un dispositivo de disuasión permanente, de monitoreo de actos. El gobierno norteamericano tendría que establecer una suerte de protectorado. Los mexicanos son los que tienen menos confianza en sus instituciones, usted lo sabe. —Pensé que era el olor a grasa descompuesta el que me provocaba un principio de náusea, pero había algo más detrás de mis sensaciones. En la mente me rebotaron los episodios en que había tenido obligación de entrar en contacto con policías de tránsito o ministerios públicos y jueces. ¿Tenían remedio?, me pregunté recordando esas imágenes. ¿Sería suficiente el miedo a que los gringos los sometieran?

—Comprenderá, doctor Rico —continuó el general Clark—, que no podemos trasladar a toda nuestra fuerza policiaca y a nuestros magistrados a aplicar la ley en México. Es un país muy grande y mundialmente, aunque hubiese buenas razones, se leería como una ocupación de facto, como una nueva intervención del imperialismo yanqui. Usted conoce bien la historia.

—Como bien dice el general —Carlsson tomó el hilo de la conversación—, evaluamos con mucho cuidado las alternativas a la mano, las alternativas que pudiesen existir antes de la anexión. La conclusión es que la mejor medida, lo más sano para los dos países, era una fusión *à la carte*. Una fusión solicitada por los mismos mexicanos.

—De hecho —intervino ahora Susan Kline—, le confieso que las principales preocupaciones del grupo de trabajo consistían en cómo convencer a los americanos de la idea de crear una confederación con México. Ese es el punto que nos tiene más inquietos.

—En ese aspecto es donde deseamos contar con sus conocimientos y con su apoyo —dijo el militar, acercando su cara bien afeitada a la mía, apenas lavada desde que desperté. Presentí que vendría la propuesta que tanto temía. Me acosó una mezcla curiosa de alivio y preocupación. Alivio porque finalmente sabría las razones que tenían para compartirme aquellos secretos y sabría al fin qué es lo que querían de mí; preocupación de que me plantearan alguna colaboración inaceptable.

—Sus conocimientos de ambos países son invaluables, doctor Rico —prosiguió el militar—. Por ello, queremos pedirle que encabece al equipo mexicano que redactará la nueva Constitución de Mexamérica. —En un reflejo automático encendí otro cigarro y tomé café, al mismo tiempo.

—El equipo de los Estados Unidos, para el mismo propósito, ya está formado. Está compuesto de juristas, diplomáticos e historiadores muy destacados —añadió Carlsson—. La idea es que redacten el documento por separado y más adelante se reúnan a consolidar una versión única. Va a ser un ejercicio muy interesante, apasionante diría yo, conocer las dos visiones sobre un mismo futuro —esbozó una sonrisa pícara.

Me estaban pidiendo, ni más ni menos, que me convirtiera en una suerte de Jefferson tropical. La primera preocupación que me vino a la mente consistía en saber si el proyecto de Constitución en verdad sería el resultado del trabajo de los dos grupos de trabajo o simplemente serviríamos de comparsas a lo que escribieran en Washington. La cabeza comenzó a llenárseme de pensamientos, ideas, proyectos y, sobre todo, de dudas.

—Los dos países estamos plagados de desconfianza mutua —dije.

—Lo sabemos —me interrumpieron—. Además, procedemos de tradiciones jurídicas distintas.

—Pero —acotó Carlsson, sin quitar la cara que ponen los niños que han logrado descubrir el truco de un mago—, *in God we trust.*

—¿Qué tiene que ver Dios en todo esto? —le pregunté, desconcertado.

—Estamos seguros de que a muchos mexicanos les encantará que en sus billetes y en los discursos políticos se invoque a Dios. La idea de Dios será el pegamento que una a los dos países, ya lo verá. —Le devolví una mirada plagada de dudas.

—Y la economía —intervino Susan para no quedarse atrás.

—Y el fin de la impunidad —insistió el general.

Ya no estaba seguro de cuántas horas ensayaron estas conversaciones, pero me quedaba la sensación de que hablaban como Hugo, Paco y Luis, los tres patos de las caricaturas de Walt Disney que construían juntos cada frase. Lo que sí era cierto era que iban con todo hasta concluir el proyecto de anexión, que cuidaban hasta el último detalle y que, para lograrlo, dependían de gente como yo.

—Tengo la impresión de que ya están a punto de empezar a servir hamburguesas en este sitio —dije a modo de evasiva y para poner punto final a aquella conversación.

—Estaremos en contacto, doctor Rico —advirtió Carlsson. El general hizo un solemne saludo militar, llevándose una mano a la sien a modo de despedida. La experta financiera se limitó a cerrar sus apuntes con las sumas y restas del dinero que reintegrarían a México y cerró sus ojos azules con un gesto que no logré descifrar.

Al fin logré salir a la calle, con la cabeza congestionada de pensamientos y sensaciones encontradas. Me despedí sin mucho afán, miré el reloj y calculé que mi asistente todavía estaría paseando a los perros en el parque. Me enfilé hacia allá. Mientras caminaba recordé, más bien los gringos me hicieron recordar, que había abandonado mis intenciones de hacerme judío o, mejor dicho, de resolver mis dilemas amorosos con S. Estaban locos estos gringos, pidiéndome que alterara el curso de la historia nacional cuando no era capaz siquiera de cambiar mi pequeña biografía.

20

EL PACTO DE LA SINAGOGA

Dos días después de mi reunión en el sitio de las hamburguesas me acerqué caminando hasta la sinagoga. Algunas familias judías, de riguroso blanco y negro, transitaban a pie por las aceras cercanas. Miré los jeans que traía puestos y calculé que no estaba acertando en mi intento de acercarme al judaísmo; aunque nadie más que el rabino y ahora los gringos sabían que tenía intenciones de integrarme a la comunidad, sentí una especie de rubor por mi falta de atención a los detalles. Llevaba pantalón de mezclilla y una camisola Lacoste, enviando señales de cristiandad, de agnosticismo o de cualquier cosa menos de pertenecer al pueblo hebreo. Pasé a un quiosco y compré al azar cuatro o cinco diarios para simular mi entrada en el templo como un improbable repartidor de periódicos. Al tocar el timbre pude observar que ya habían borrado las pintas de los vándalos.

El rabino Isaac abrió la puerta con cara de distraído. Al verme intentó cerrarla de inmediato; metí a tiempo el fajo de periódicos en el resquicio. Abrió lentamente con un gesto de aprehensión.

—Sé a lo que vienes —me dijo con preocupación.

—A lo de siempre —le respondí—. A continuar mi camino hacia la sanación. Respiró hondo. Entramos a la pequeña recepción de la tele y los sillones grises donde nos habíamos encontrado anteriormente. Me ofreció agua en esos vasos esmerilados que daban ganas de donarlos a un bazar de anticuarios. Acepté de cualquier manera; esa mañana estaba en plan dócil.

—Ya estoy enterado de que algunos agentes del vecino del norte pasaron a visitarlo —le dije para romper el silencio, solo por iniciar la charla. Otros temas más importantes me llevaban hasta él. Para mi sorpresa, el agua que empezaba a beber se le atoró en el pescuezo, lo hizo toser y quitarse los lentes como de rayo. Tenía la cara colorada y no se atrevía a levantar la mirada.

—Me sentí muy presionado —respondió, sin alcanzar a recuperar la compostura. Exhibía una vergüenza conmovedora. Yo no le daba mayor importancia al asunto, pero observando su incomodidad decidí aprovechar su debilidad para mis propios fines.

—Lo entiendo —traté de serenarlo—. Esos gringos pueden ser muy toscos cuando se lo proponen.

—Pensé que venían a alertarme, a alertar a la comunidad sobre los peligros que se avecinan, que nos ofrecerían algún tipo de protección o de respaldo. En esos días, recordarás, tuvimos el incidente de los enviados del gobierno. —Asentí con la cabeza, sin dejar de mirarlo—. Les interesaba saber —confesó finalmente— qué es lo que te traía tan frecuentemente a la sinagoga sabiendo que no eres judío.

—¿Y?

—No estoy acostumbrado a mentir —dijo a manera de disculpa, consciente de que mentía con la misma cuota que todos los demás—. Decidí contarles, sin mayor detalle —prosiguió—, cómo nos conocimos, tus opiniones sobre el presidente y el sistema político, el gusto que tienes por las muchachas de la comunidad, tus intenciones de convertirte al judaísmo y tus deseos de someterte al duelo tradicional.

—¿Cómo que nada más eso? —¡Vaya resumen de mi vida les hizo!

—Sin mayores detalles —trató de defenderse—. Es tan extraña tu vida que pensé que contándoles la verdad los confundiría más. —Se rascó la barba en un tic nervioso—. Eres un hombre muy enredado, Andrés —y rápidamente corrigió—; perdón, mi querido Bernardo —esbozó una sonrisa. Los dientes no son la característica más fuerte de los rabinos, así que volteé la cabeza hacia un letrero con inscripciones en hebreo—. No les mencioné nada de lo que pasó en Durango —remató a manera de dispensa.

—Tranquilo, don Isaac. —No podía apartar ahora la vista de la pared—. No vine a reclamar nada —respiró de nuevo, aunque todavía con incomodidad. Era cierto. Mi única intención al visitarlo era pedirle que fungiera como una suerte de confesor personal, alguien que me ayudara a resolver, siquiera a comprender, esta personalidad dual que llevo a cuestas y ya me tiene harto, esta especie de bipolaridad en la que todo el mundo confía en mí para resolver los problemas más intratables (como ahora, que me piden redactar la Constitución del nuevo país de Norteamérica), pero en mi vida íntima soy incapaz de mantener una relación normal, amistosa con las personas que más me importan.

—¿Qué es lo que trae entonces por aquí? —inquirió el rabino. Sentí que lo tenía a mi merced y aproveché la ocasión. Tomé el vaso esmerilado entre los dedos.

—Dos peticiones que espero resulten muy simples —le dije—. Primeramente, que me acepten en la comunidad sin necesidad de practicarme la circuncisión. De todos modos, nadie habrá de enterarse si me hice el corte ritual o no. Hasta podríamos fingir una operación —sugerí. Don Isaac hizo un gesto de duda.

—¿Qué más? —exigió, a manera de asentimiento a mi primera petición. Respiré, ahora yo, aliviado. No saben cuánto.

—No sé a ciencia cierta si en el judaísmo tienen alguna práctica parecida a la confesión. —Movió la cabeza de manera inquisitiva—. En todo caso —continué—, sus consejos y recomendaciones me han resultado muy valiosos —me salió una especie de gemido que lamenté, pues le mostraba innecesariamente debilidad de mi parte—. Quiero que me acepte para consultarle algunos dilemas de la vida que no he sido capaz de resolver. Con eso quedamos a mano —me atreví a decirle. No sabía con quién me estaba enfrentando. Los judíos, es bien sabido, son excelentes negociadores. De inmediato captó el rabino que el tablero se estaba emparejando, que sus indiscreciones sobre mi vida con los agentes norteamericanos pasaban a un plano secundario.

—Muy bien, Bernardo —respondió, ahora sí, dueño de total compostura. Pude ver nuevamente sus pupilas azules, con ese efecto de tornillo al que me tenía acostumbrado—. Tengo las facultades necesarias para concederte ambos deseos. Podemos fingir tu operación y, por la amistad que hemos cultivado, estoy dispuesto a brindarte mi consejo cuantas veces sea necesario.

—Eso de vivir a plenitud, sin miedos —lo interrumpí—, me ha funcionado bastante bien. —Me vino a la mente la promisoria oportunidad que se me abrió con la maestra en historia. El rabino no lo sabía, por supuesto. Sonreí sin querer. El viejo rabino no perdía detalle de mis gestos.

—A cambio voy a pedirte algo yo —retomó la palabra, dejando la sensación de que mi visita no lo había sorprendido sino que estaba preparado—. En primer lugar, te haré una sencilla proposición: olvida de una buena vez tus intenciones de convertirte al judaísmo.

—¿Funcionará? —le pregunté—. Me parece que sería mejor buscar la conversión completa, ¿no cree? —Se limitó a mover la mano en el aire con un gesto de impaciencia. Deseaba pasar al tema que en verdad le interesaba.

—Necesito tu ayuda con una tarea muy especial. —Lo miré con atención—. En el papel que te han pedido desempeñar los gringos, que entiendo es de mucha importancia, quisiera que tomes en cuenta los intereses y la situación de la comunidad judía. —Cruzó las manos sobre el regazo, como me tenía acostumbrado.

—Mis capacidades son muy limitadas, don Isaac —respondí mirando hacia el techo para no sentirme aludido. ¿Cómo sabía que los gringos me habían pedido alguna tarea? Estaba claro que había muchos juegos dentro de la gran estrategia de los yanquis que simplemente desconocía. ¿Qué podía hacer?

Si rechazaba la oferta de ser el redactor en jefe de la nueva Constitución me enteraría menos de los planes de anexión y de todos modos alguien más lo haría en mi lugar, pensé con rapidez. Ya tendría tiempo para madurar lo que acababa de escuchar de boca del rabino.

—Sé bien que vas a tener una función muy destacada en la creación del nuevo país —no tuvo que decir más—. Como persona cercana a nuestra comunidad —abrió la puerta de manera sutil— hazlo por ti y por mi gente. —Bebí agua y le mostré mi cajetilla de cigarros, a ver si aceptaba salir a la banqueta. Levantó los hombros, exigiendo una respuesta inmediata.

—Cuente conmigo, don Isaac —respondí por lo bajo, sin sopesar plenamente el compromiso que estaba haciendo. El país, el mundo estaban tan enredados que lo mismo daba consentir a su petición que ignorarla. Acercándose una mano a los labios, me dio la indicación de que había llegado el momento de salir a respirar a la banqueta. Nos dimos un abrazo sellando nuestros acuerdos y salimos a fumar.

21

EL CHEQUE MÁS GRANDE DEL MUNDO

Recibí una invitación urgente de la Embajada de los Estados Unidos. Al prender la computadora, el mensaje parpadeaba en el buzón de mi correo electrónico para que no hubiese manera de pasarlo por alto.

La Embajadora de los Estados Unidos de América —decía la tarjeta electrónica, con el águila americana grabada en dorado— *tiene el honor de invitar al doctor Andrés Rico a la ceremonia de entrega de bienes y activos pertenecientes al pueblo de México por parte del secretario del Tesoro, el Excmo. Sr. David Goldberg. La cita es en la sede del Banco de México. Vestimenta:* Business attire.

Miré el reloj y calculé que el acto comenzaría dentro de tres horas. Los perros me movían la cola con ganas de salir a pasear; tuve que desairarlos. Escribí nuevamente una nota para mi asistente personal, la pegué en el refrigerador con instrucciones de darles de comer y sacarlos a la calle y me di a la tarea de buscar mi mejor corbata y el traje que estaba todavía en el plástico de la tintorería. Regresé a la computadora a confirmar mi asistencia y me metí a la ducha.

Pedí al taxista que me dejara a mitad de La Alameda para llegar a pie hasta el Banco de México. El antiguo edificio del Centro Histórico estaba cubierto con grandes mantas que escondían letreros que serían develados al final del acto. «Una sorpresa más en la coreografía minuciosa de los gringos», pensé. Me detuve a prender un cigarro en la esquina de Bellas Artes. Traía el pulso acelerado y la cabeza llena de preguntas. Me distrajeron las acrobacias de un niño, de unos seis años, con la cara pintada de payaso y dos grandes globos a manera de enormes nalgas. Los automovilistas lo veían pero no lo miraban, evitando darle una pequeña recompensa. Saqué una moneda, le pasé la mano por el pelo y sentí un ataque de rabia. Pensé en el tren de vida que llevaban nuestros líderes y representantes de la clase trabajadora y no pude despegar la vista del payasito que amenizaba en los semáforos.

Crucé las puertas de acero y bronce del Banco de México. Me impresionó el interior: adusto, frío, de arquitectura y decoración perfectamente calculadas. Es la catedral del otro dios, el del dinero. Todos suponíamos, dentro de la mitología nacional, que ahí abajo yacían unas bóvedas blindadas con puertas como una gran alcancía de combinación. Ahí supuestamente se guardaba el oro de la nación, el respaldo metálico de cada billete y moneda que usábamos a diario. Hablando con los expertos confirmé que las bóvedas existen, pero el oro nacional lo guardan y protegen en sitios ocultos en el territorio de los Estados Unidos, en Fort Knox y en los alrededores de Houston. Les pagamos una buena renta mensual por resguardarlo.

Al entrar al Banco de México me recibieron dos edecanes: una güera que llevaba una lista de asistencia en las manos y una morena, debía ser veracruzana y bilingüe, que escoltaba a los invitados hasta sus asientos. Caminó frente a mí suficiente tiempo como para que, por razones diferentes, volviera a pensar en las nalgas de globo del payasito. El salón de actos estaba prácticamente repleto.

Encontré mi silla, en la primera fila, con mi nombre pegado al respaldo entre las banderas de México y los Estados Unidos. Agradecí a la veracruzana y comencé a observar a la concurrencia. Conocía, aunque solo fuera de vista, a más de la mitad de los asistentes: empresarios, intelectuales, artistas, banqueros y activistas sociales. Se respiraba un ambiente singular porque faltaba un ingrediente que siempre estaba presente en este tipo de actos: no había políticos ni funcionarios del gobierno. Puse atención y no pude identificar a ningún miembro del gabinete, congresista o gobernador. Los gringos daban a entender que no cabían en esta ceremonia. En esos momentos entró al salón Marcos Beltrán, precedido de la misma edecán veracruzana y, sin poderlo asegurar, noté que se hacía una especie de silencio en el recinto. Era el único o uno de los pocos invitados que había incursionado en las lides políticas, como efímero canciller que había sido del país. Trató de acercarse a saludarme, pero lo interceptó un grupo de representantes de la sociedad civil que le dieron un recibimiento de celebridad. Sonrió hacia los cuatro costados. En mi cálculo de la estrategia que fraguaban los gringos, pensé que esa escena también estaba contemplada para que les fuese de utilidad en la transición. Querían explotar la conocida vanidad de Marcos para que asumiera el papel de ser el último presidente de México, el arquitecto de la anexión. Ahora no tenía dudas: era el elegido, como se lo dijo con todas sus letras mi historiadora favorita.

Las edecanes liberaron globos azules, verdes, rojos y blancos que de inmediato invadieron el salón. En pocos segundos cubrieron el techo del recinto. Era el anuncio de que los notables del evento ingresaban a la sala. La embajadora de los Estados Unidos, con los ojos sumidos por el cansancio, tomó el micrófono e hizo las presentaciones de rigor. Primero al gobernador del Banco de México, que no dejaba de limpiar sus lentes con un pañuelo y, acto seguido, al secretario del Tesoro de los Estados Unidos. Se ahogó el bullicio y comenzó el acto.

Cuatro marines, con guantes blancos y una estatura de jugadores de la NBA, rodeaban en perfecta simetría al funcionario norteamericano. «¡Estos gringos!», volví a pensar. No hay duda de que el *show business* es parte de su naturaleza. Me senté concentrando la mirada en el estrado, registrando la electricidad que se sentía en el recinto. Jamás, ni con el anuncio de una revaluación del peso o el pago de la deuda, se había vivido tal expectación en ese viejo edificio. Todos, no niego mi parte en esto, parecíamos ser miembros de una granja psiquiátrica, esperando la droga liberadora que nos tranquilizara. De pronto sentí que una mano femenina, peligrosamente cerca de mi miembro todavía intacto, me sacaba súbitamente del trance. Nadie reparó en ese detalle, concentrados como estaban en el desarrollo de la ceremonia. Volteé instintivamente hacia mi izquierda, siguiendo la ruta del brazo hasta la cabeza que lo movía, y me encontré con los ojos color aceituna de Susan Kline, la experta financiera de los Estados Unidos de América. Sonreímos. Ella adoptó el gesto 34-B del manual de buenas maneras que le habían enseñado en los servicios de inteligencia norteamericanos. La desgraciada no me soltaba el muslo. Su rostro pasó del gesto 34-B al 35 y luego me hizo una indicación con la cabeza para que pusiera atención a lo que se iba a anunciar. Ahora sí muy profesional, ¿no? Yo no sentía mayores deseos de que me quitara la mano de aquella zona estratégica, pero tampoco quería perder detalle de lo que estaba a punto de anunciarse. Para fortuna de todos, la embajadora pidió un aplauso para los oradores y de esa manera, solo así, Susan me soltó la zona norte del pantalón.

En un español francamente espantoso, el secretario Goldberg leyó las notas que le había preparado la embajada estadounidense. Se le agradecía el esfuerzo de comunicarse en un idioma que no dominaba. La intención era clara: quería que su mensaje no se perdiera con la traducción. El silencio irrumpió en la sala.

—Amigos, hermanos mexicanos —comenzó su parlamento en perfecto espanglish—. El día de hoy, los americanos tomamos orgullo —*take pride*— de devolver al pueblo de México parte de la fortuna que les pertenece y que fue invertida o depositada de manera clandestina por funcionarios mexicanos en suelo de los Estados Unidos. Mi país tiene la práctica de investigar las transacciones financieras que realizan los extranjeros. En los últimos tres años notamos que la compra de propiedades y transferencias bancarias provenientes de México crecieron notoriamente. Las alarmas se encendieron en el Departamento del Tesoro porque nuestros analistas pensaban que ese dinero provenía de narcotraficantes. Rastreando el dinero, encontramos que su origen principal venía de contratos de gobierno, de compras simuladas de medicinas, obras inexistentes y desayunos escolares sin comprobación. —Los asistentes intercambiaban miradas con gestos de irritación—. Para la inteligencia financiera de los Estados Unidos —continuó Goldberg— no fue difícil rastrear las verdaderas manos que se encontraban detrás de estas misteriosas transacciones.

De pronto, en un acto de gran efecto psicológico, comenzaron a aparecer imágenes en una pantalla gigante. Los cuatro marines se apartaron hacia los costados del estrado para dar paso a la proyección. El secretario, sin decir más, simplemente apuntó con la mano hacia las fotografías que aparecían ante los ojos de la concurrencia. Parecía el catálogo inmobiliario de Sotheby's. Una a una fueron mostrando propiedades majestuosas en Florida, Colorado, California y Nueva York, con una indicación de su valor, su localización y la verdadera identidad del comprador. Siguieron las fotos de los autos deportivos, las embarcaciones, cavas con los vinos más caros del mundo y decoración de interiores con muebles de diseñador. Antes de retomar la palabra, Goldberg mostró los registros de cheques y transferencias electrónicas que sumaban cientos de millones de dólares, donde figuraban los nombres de las suegras, las sirvientas, los compadres y parientes lejanos de gobernadores, secretarios de Estado y presidentes municipales de todo el país.

Cada imagen mostraba una referencia que decía: *Straw man for*, señalando al que fungía como comparsa y después a su verdadero propietario. Todos los asistentes reconocían y veían con asombro la constante repetición de los apellidos de los funcionarios arrestados en Nueva Orleans y la adición de otros que aún no eran sometidos a juicio. Además de los apellidos más clásicos de la jerarquía nacional, aparecían otros más oscuros de jefes de la policía, líderes sindicales, constructores favorecidos por el gobierno y hasta organizadores de los festejos del bicentenario.

—¡Se van a ir prófugos! ¿A quién se le ocurrió hacer esta estupidez? ¡Parece una alerta para que se escapen! —le dije al oído a Susan. Ella agitó levemente la mano derecha en señal de que no había de qué preocuparse y me dijo:

—Eso solo era posible en el México de antes —respondió lacónica—. Si logramos encontrar a Saddam Hussein y al escurridizo de Osama Bin Laden, ¿cuánto tiempo podrán esconderse estos personajes? —Esbozó una sonrisa diabólica que nunca antes le había visto y volvió a posar su mano sobre mi pierna; con la mirada me indicó que no perdiera atención.

El secretario Goldberg retomó la palabra y, levantándose del asiento, pidió al gobernador del Banco de México que se colocara a su lado.

—Como muestra de la solidaridad que une a los pueblos de México y los Estados Unidos, tengo el agrado de entregar íntegramente el valor de las propiedades y de los depósitos bancarios que pertenecen legítimamente al *taxpayer* mexicano. —Los cuatro marines se colocaron en hilera a sus flancos. Con sus guantes blancos y paso marcial acercaron un cheque del tamaño de una sábana al jefe del banco central. La escena traía a la mente la entrega de premios al campeón del torneo de Wimbledon o del Abierto de Australia. El aplauso surgió espontáneo entre los asistentes. Todo el mundo, incluido yo, fijábamos la vista en el monto que aparecía grabado en el cheque. Con todo lo enorme que era aquel pedazo de cartulina, resultaba complicado contar el número de ceros que contenía. El secretario Goldberg se percató de la ansiedad que nos embargaba y dijo entusiasmado en el micrófono—: La suma que estamos entregando equivale a que México cuente con su propio Plan Marshall. En esta primera entrega, su país está recibiendo una suma —tomó un respiro y lo soltó— ¡equivalente a veinte por ciento del producto nacional mexicano! —La sala estalló en una ovación irrefrenable. Nos levantamos de los asientos y entre vivas y bravos la gente se abrazaba, chocaba las manos en el aire y levantaba el pulgar hacia el secretario del Tesoro. Presa de la emoción, el banquero central levantaba el cheque por encima de su cabeza, como si fuese un Rafael Nadal de las finanzas mundiales. El recinto se llenó con las notas del *Cielito lindo* y *God Bless America*, *You Can Do*

Magic y *Bésame mucho* de Consuelito Velázquez, interpretada por la banda de Ray Conniff. Presa de la emoción, la señorita Kline me propinó un abrazo tan apretado que de inmediato quise interpretar como una expresión más íntima de la nueva armonía que nacía entre los pueblos de ambas naciones. En la confusión, nadie volteaba a vernos y me atreví a darle un beso de pajarito en los labios. También se abrazaban los miembros del presídium.

Empezamos a caminar hacia la salida, mientras se organizaba una porra espontánea a los Estados Unidos de América. Tenía bien tomada de la cintura a la pelirroja cuando por detrás se acercó a saludarnos Jorge Castañeda, un conocido intelectual con afición por la política, que a fuerza de vivir estancias prolongadas en el extranjero había olvidado dar abrazos al mejor estilo mexicano. Normalmente daba una especie de topetazo con el hombro sin palmear la espalda; en esa ocasión memorable, la amnesia emocional lo llevó a abrazarnos a Susan y a mí como si fuésemos auténticos compadres de la prepa. Sus ojos claros estaban enrojecidos por la emoción, dándole la apariencia de un conejo desvelado.

—¡Qué ingeniosos son estos pinches gringos! —Llevaba tantos años manejándose en idiomas extranjeros que ya no medía el poder de las palabras altisonantes en español, pero la euforia del momento lo perdonaba todo. Lo miré sonriente—. Ese cheque representa el acta de defunción del PRI, Andresito —nos dijo en voz alta. Si en verdad supiera lo que estaba a punto de suceder, pensé, sabría que también era el certificado de defunción de México como país independiente.

—Nunca se sabe —alcancé a responderle, recordando la cantidad de veces que habían sepultado al partido tricolor y de alguna manera resurgía.

—¿Después de esto? —Apuntó con el dedo hacia la humanidad del gobernador del Banco de México, que por nada del mundo soltaba el cheque histórico—. ¡A menos que formen el partido de los arrestados y hagan elecciones y asambleas desde la cárcel! —soltó, en medio de una sonora carcajada. El ave de tempestades de la intelectualidad nacional se veía poseído por una suerte de venganza privada. Los intentos solitarios y fracasados que había realizado por terminar con el PRI ahora se materializaban con la ayuda de los gringos, sin posibilidad alguna de revivir. Alguien lo jaló por el hombro y nos dio la espalda.

Caminamos hacia la salida. Ya con más confianza en el tema de las caricias, Susan me dijo sutilmente al oído:

—Acércate, vamos a saludar al ingeniero Delgado. Puede ser interesante.

El hombre más rico de México, elegantemente vestido con un *blazer* azul, camisa blanca y un gazné de seda, irradiaba una alegría más grande que el mismo día en que adquirió el Rockefeller Center. Al reconocernos, y sin pensárselo mucho, se aproximó con paso ligero hacia Susan, posando sus brazos de oso pardo sobre los hombros de mi pareja. Con su barba bien recortada le rozó ambas mejillas con un beso educado.

—Estaba seguro de que mi financiera favorita estaría presente en una ocasión tan memorable. ¡Me da mucho gusto verla! —Empecé a sentirme un poco incómodo porque pasaban los segundos y no la soltaba. Ahí estaba yo, inmóvil a su lado como un nopal, sin que nadie, salvo los guardaespaldas del ingeniero, pareciera percatarse de mi presencia. Finalmente, la pelirroja hizo un hábil movimiento para zafarse de las tenazas del millonario y procedió a presentarme.

—Seguramente conoce a mi amigo, el doctor Andrés Rico.

—Por supuesto. —Me tomó por el brazo con ambas manos y sentí por un breve instante que una corriente de dinero entraba en mi sistema circulatorio—. He seguido de cerca su exitosa carrera diplomática —y luego, haciéndole un guiño a la Kline, añadió—: este señor sí que conoce bien a los Estados Unidos.

—Por eso no lo perdemos de vista —respondió la financiera, con sonrisa traviesa, mientras el cuello volvía a ponérsele colorado. No podría asegurar si el ingeniero pensaba que Susan y yo éramos amantes, novios o alguna variante, pero la acercó hacia mí con un movimiento fino de la mano. Acto seguido, me ofreció una explicación inesperada.

—A la señorita Kline le guardo mucho cariño y respeto. Ella fue la encargada de investigar mis posiciones financieras en los Estados Unidos, antes de la adquisición del Rockefeller Center y los servicios de telefonía móvil. Conoce mis secretos mejor que nadie —hizo una pausa, sonriendo— y fue la encargada de darme el *clearance* para operar en su país.

—Es, efectivamente, una mujer de muchos secretos —me salió decirle con galantería—. ¿Qué le parece lo que acabamos de atestiguar, ingeniero? —le pregunté con interés. Habíamos llegado ya a la banqueta y avanzábamos a paso lento hacia el Palacio de Correos. Hacía una mañana espléndida y despejada que invitaba a dar una buena vuelta, tranquilo, por las hermosas calles del centro. Mi pregunta le causó una inesperada gracia al ingeniero Delgado.

—¿Y la gente pensaba que el rico era yo? —dijo con ironía—. ¡Vaya fortunas llegaron a amasar estos personajes! Muy impresionante —instintivamente se pasó una mano por detrás del cuello.

—Para que usted lo diga... —le respondí y movió la cabeza de lado a lado en señal de desaprobación.

—Esto tenía que terminar. Los excesos de este grupo gobernante no tienen precedente —comentó, mientras uno de sus ayudantes le hacía señas con una mano—. El costo para el país ha sido enorme, pero ahora, gracias a nuestros amigos americanos —dirigió nuevamente la mirada hacia Susan—, México empezará a respirar de nuevo, a ser el país grande que siempre pudo ser.

Nos interrumpió un sonido inesperado y rasposo, como el que producen las velas de un barco al atrapar el viento. Las mamparas que cubrían los letreros en la fachada del Banco de México iban cayendo una a una, dejando a la vista los mensajes preparados por los gringos. Levantamos la mirada.

«Queremos un México próspero y libre de corrupción para siempre: Nancy Gibson, presidenta de los Estados Unidos», rezaba la manta principal. Los listones que pendían a los lados de la puerta central contenían la información más relevante del acto que acabábamos de presenciar: el monto devuelto a los mexicanos, el número de activos, cuentas y propiedades incautadas a los políticos y mensajes de amistad y afecto «del pueblo de los Estados Unidos al pueblo mexicano». De no ser porque aquella mañana la ciudad se encontraba en fase dos de contingencia ambiental, se habrían impuesto unos buenos cohetones y fuegos artificiales. Al menos eso fue lo que se me antojó que ocurriera.

Cuando bajé la vista, el ingeniero Delgado había desaparecido de escena. Nada que yo fuese a extrañar mucho; a cambio, me encontré los ojos verdes, entornados, de la que en esos momentos me pareció la financiera más bella, más capaz y más emocionada del mundo. En un acto reflejo intenté besarla, pero ella alcanzó a esquivar mis avances, acomodándose una discreta tiara con la que se sostenía el cabello.

—*I'm at work, do you remember?* —me recordó, sin que la sonrisa le desapareciera del rostro. De hecho, había sido una imprudencia de mi parte; estábamos rodeados por funcionarios de la embajada, el Departamento del Tesoro y de la crema y nata de México. A mí se me había olvidado. Sentía que el mundo desaparecía a nuestro alrededor y que la Kline y yo habitábamos un planeta aparte. Ella lo percibió y, con una sutileza conmovedora, me impuso prudente distancia.

Salí lentamente de esa especie de trance en que me encontraba. Prendí un cigarro y volví a mirar los cartelones que cubrían el banco central. Un poco apenado, me puse a observar los edificios construidos por Manuel Tolsá, las obras *art decó* y el escondido esplendor que guardaba el centro de la capital mexicana. Muy pronto, con el dinero que está regresando —soñé—, esta zona recobrará su grandeza. Me preguntaba si para la restauración del centro y los cientos de espacios gloriosos con que contaba el país los gringos tendrían también algún plan premeditado. ¿Respetarían estas edificaciones o buscarían derruirlas por no ser parte de la modernidad a la que son tan afectos? Un calambre me recorrió el espinazo. Miré en dirección a la calle 5 de Mayo y se me borraron repentinamente todos esos pensamientos. Tomado de los brazos con algunos de sus colegas, avanzaba hacia nosotros el líder de la izquierda nacional, Arturo Lizardo. Con el fondo de las fachadas coloniales y la bandera mexicana que enarbolaba uno de sus seguidores, aquella escena podría haberla captado el fotógrafo Casasola a principios del siglo XX.

El político tropical caminaba a paso de manifestante bien entrenado, rodeado por un séquito de adeptos y curiosos interesados en conocer sus reacciones ante la entrega de patrimonio nacional decomisado por los Estados Unidos. Tomé a Susan por el codo y le dije al oído:

—*Darling, you can't miss this one!* —así, en inglés para que no perdiera detalle.

—*Who is this guy?* —La pregunta me sorprendió; en México creemos que Lizardo es más conocido que las mismas galletas de animalitos.

—Lizardo —le dije por lo bajo.

—*¿The Lizard?* —entendió Susan. Negué con la cabeza.

—El eterno candidato de la izquierda a la presidencia —le informé escuetamente.

—Pero si ahora mismo no hay elecciones —me dijo con tal ternura política que me dieron ganas de abrazarla, ahora sin el menor dejo de sensualidad, más bien como a un bebito.

—No te preocupes por eso —le dije con suavidad al oído—. Él vive en un estado electoral permanente. Si algún día llega a ser presidente, por costumbre seguirá actuando como candidato. Es una manera de ser. —Ya no quería perder el tiempo con explicaciones porque se aproximaba hacia nosotros y una nube de reporteros comenzaba a rodearlo. Tiré con fuerza de la mano a mi pareja de Boston y nos metimos entre apretujones en el círculo de periodistas.

—¿Qué le parece la entrega de capitales que ha hecho el gobierno de los Estados Unidos? ¿Qué ganan los gringos devolviendo estos recursos? —preguntaron casi al mismo los reporteros de *El Universal* y de *Milenio*—. ¿Es una treta del imperialismo yanqui? —preguntó en simultáneo la corresponsal de *La Jornada*. Lizardo tomó un respiro y movió ligeramente hacia atrás su cabellera blanca.

—Se parece a Bernie Sanders —me dijo Susan en un suspiro. Le respondí que más o menos moviendo simplemente la mano de lado a lado.

—Es una acción que debió realizar México hace mucho tiempo, pero que debemos reconocerle al gobierno de los Estados Unidos como un gesto de amistad entre nuestros dos pueblos —empezó diciendo.

—Con la devolución de este dinero, ¿sigue con sus planes de vender el avión presidencial? —lo atajó el enviado de la revista *Proceso*. Lizardo ni siquiera volteó a mirarlo.

—Lo que ha sucedido el día de hoy es una vergüenza nacional y mundial —prosiguió con su pausado acento sureño. Susan me pedía que le tradujera lo que decía. Arturo Lizardo hablaba un español que mi pareja apenas comprendía. Le hice una señal de que al terminar le explicaría todo—. Sin embargo —siguió diciendo—, nos da mucho gusto que nuestros amigos americanos hayan hecho caso a nuestros llamados para terminar con la mafia del poder y con la corrupción que tanto lastima a nuestro pueblo. Ahora —continuó—, aunque el dinero no lo es todo en la vida, tendremos recursos suficientes para hacer que nuestra patria alcance la felicidad. Al igual que lo hizo el presidente Roosevelt, contaremos con los medios para regenerar al país —concluyó.

De manera anárquica los reporteros le lanzaron una lluvia de preguntas que ya no respondió.

—Ahora vamos a ver al secretario de Hacienda de los Estados Unidos y al gobernador del banco central, para ver cómo se van a utilizar estos recursos que pertenecen a la nación. —Comenzó a abrirse paso, hasta que la nube de reporteros terminó por alejarnos del político más popular del país. Al cabo de unos segundos Susan y yo nos quedamos solos en una esquina, mirando yo, admirando ella, cómo se acercaba la gente de manera espontánea a la entrada del banco, ondeando banderitas de México y de los Estados Unidos.

Para la ocasión, muchos portaban camisolas de los Vaqueros de Dallas, de los Dodgers de Los Ángeles y de algunos héroes norteamericanos de siempre, como Michael Jackson y

Lady Gaga. Clavé mi mirada en los ojos esmeralda de Susan y no hubo mucho más qué añadir. El teatro de operaciones que habían diseñado en Washington avanzaba con perfección milimétrica. La anexión de México era simple cuestión de tiempo.

Le ofrecí mi brazo y, sin rumbo fijo, emprendimos un viaje inolvidable por las calles y por la historia de un país a punto de desaparecer.

22

PAÍS SIN GOBIERNO, PRÓSPERO PAÍS

El valor del peso mexicano arañaba niveles históricos. Era natural: la cantidad de dinero que de golpe había entrado al país no tenía precedente. Bajo la administración conjunta del Banco de México y del Departamento del Tesoro, el impacto sobre el desarrollo nacional pudo palparse rápidamente. Ahora la moneda mexicana era capaz de comprar más bienes extranjeros por la misma cantidad de pesos. A la basura fueron a dar de inmediato los sistemas de transporte obsoleto y contaminante del país. Con eso de que ahora los gringos eran responsables de la forma de gastar el presupuesto público, la gente de manera espontánea empezó a demandar que nuestras carreteras se parecieran a las de California y de Florida. Los ingenieros norteamericanos se dieron vuelo derribando asentamientos irregulares y ciudades perdidas por donde deberían pasar las nuevas arterias y abriendo espacio a las canchas deportivas, zonas habitacionales y áreas verdes. En lugar de organizar asambleas de barrios y plantones para impedir la llegada del progreso, los desalojados exigían ser empleados en las obras y, a la par, que les empezaran a construir casitas al estilo americano. Hasta los más pobres del país habían visto alguna película de Hollywood y ahora querían suburbios y viviendas como las que se mostraban en los cines. El Fondo de Reconstrucción Nacional establecido entre los dos gobiernos garantizaba la transparencia en el uso de los recursos públicos y, lo más importante, daba la impresión de que alcanzaba para financiarlo todo. Parecía (y así se comentó en algunos de los chistes de la época) que los políticos mexicanos, a través de sus actos de corrupción, no hubieran hecho más que ahorrar a favor de los mexicanos, meter el dinero en una gran alcancía para que ahora México despegara para siempre del subdesarrollo.

Todo era contradictorio porque ni siquiera teníamos presidente y, a pesar de ello, el país crecía y florecía como nunca antes. Los políticos más conspicuos habían huido, estaban bajo proceso judicial o escondidos en casas de los familiares que todavía los aceptaban. Ninguno se atrevía a sacar la cabeza por temor a que lo investigaran. México, de pronto, se quedó sin clase política, manejado exclusivamente por administradores profesionales que sabían gastar eficientemente el dinero y esa pareció ser la magia, la medicina que se requería. En pocas semanas una suerte de amnesia colectiva se apoderó del país y prácticamente nadie podía recordar para qué se necesitaban o qué función de utilidad social cumplían anteriormente los políticos.

Los Estados Unidos abrieron de forma preferente su frontera con México. Los días aciagos del desabasto terminaron de golpe conforme entraban alimentos, productos y energéticos desde el país del norte. La fortaleza del peso y el fin de la corrupción atraían ahora inversiones, bienes y servicios de todos los rincones del mundo. La abundancia de circulante y de mercancías gringas pusieron fin al contrabando de forma automática y, con ello, a los vendedores ambulantes que se vieron forzados a ingresar en las filas de la economía formal.

Esto es lo que puedo recordar vagamente de ese periodo inicial en que México gozó de un país sin gobierno. Digo que lo recuerdo vagamente porque mi atención se trasladó de manera casi monopólica a la financiera pelirroja que me había caído desde los cielos de Massachusetts. Les cuento: lo que empezó como una inocente caminata por el centro, después de la entrega del cheque, se convirtió en una aventura de más de una semana. Ese día pasé una de las veladas más maravillosas que haya experimentado, casi rivalizando con aquellas etapas iniciales de mi idilio con S. La Kline resultó tener una mente y una curiosidad intelectual que rápidamente hacía olvidar que su entrenamiento principal fuesen las finanzas. Caminando por el centro de la Ciudad de México, interrumpía cualquier conversación para preguntar sobre la ruta que siguieron Villa y Zapata hasta el Edificio de los Azulejos, los hallazgos arqueológicos en el Templo Mayor y los murales de Diego Rivera. Nos tomamos una copa en una de las terrazas altas del Zócalo y le recordé que algún día, hace como siglo y medio, la bandera de las barras y las estrellas ondeaba en el asta de Palacio Nacional, pero aclaré que aquel episodio había durado muy poco.

—Esta vez será distinto —respondió lacónica—. Y será lo mejor, ya verás.

Sentados junto al barandal mirando la plaza, la Catedral y los domos iluminados de los edificios antiguos, recargó de pronto su cabeza sobre mi hombro, pensativa. Le acaricié una mejilla.

—Se está alcanzando la meta que nos propusimos sin que se haya disparado un solo balazo —se refería a la anexión, a que muy pronto veríamos la bandera del nuevo país ondear a todo trapo en el centro neurálgico de lo que había sido la capital de los aztecas, de la Nueva España y del México independiente—. Nunca creí que funcionara tan limpiamente el plan —confesó hacia sus adentros, como si yo no estuviera ahí para escucharla. Estando en un sitio como aquel, con tanta carga histórica, yo no podía compartir esa sensación del deber cumplido, del éxito total que ella experimentaba. Tenía, más bien, el alma revuelta. Susan lo notó. Me tomó la cara con ambas manos y sin mediar palabra me plantó un beso de calibre superior. Cerré los ojos y me dejé ir con la misma fluidez con que se estaba dando la anexión. Su mano volvió a revolotear por encima de mi muslo y sentí un mareo de marinero en plena tempestad.

—¿Y esto era también parte del plan de fusión? —le

pregunté con una sonrisa, todavía sin lograr abrir los ojos. Llamé al mesero y le pedí dos tequilas derechos. Susan se lo bebió de un solo golpe, sin casi degustarlo. Con un gesto, casi una orden, me indicó que le siguiera el paso. El pelotazo me cayó bien. Ordené dos tragos más y por lo bajo pedí al mesero que hiciera lo necesario para conseguirnos la habitación principal del hotel.

Los ventanales del cuarto tenían una vista magnífica, aunque apenas tuvimos el tiempo o la atención para admirarla. Nos desnudamos como auténticos náufragos, comiéndonos a besos y caricias, con los calzones todavía atorados en las pantorrillas. Susan gozaba de un cuerpo atlético y bien torneado. ¿Qué edad tendría? Sacudí la cabeza. ¿Qué importaba? Al momento de caer de espaldas sobre la cama me susurró al oído:

—Ya somos paisanos, ¿te das cuenta? —Entre risas la volteé, admirando el perfecto valle que se extendía por su espalda. Un vello ligero, con el color de los campos de trigo de Nebraska, le cubría la piel. Me entraron ganas de morderla suavemente por los distintos rincones del cuerpo. Resistió lo más que pudo, hasta emitir un gemido opaco que le brotó desde lo más hondo. Encontré la puerta de entrada a sus secretos, mientras la levantaba con los brazos. Me besó girando la cabeza y fue entonces que vi más fuegos artificiales que en el mismo 15 de septiembre. Ahora fue ella quien me volteó sobre la cama y dejó que sus cabellos rojos me rozaran el pecho. Me obligué a mantener los ojos abiertos para no perder detalle de ese momento. Ahora decía cosas incoherentes mientras me lamía el cuello.

Esa noche fantástica estuvimos fusionando felices a México con los Estados Unidos. La frontera desaparecía con una rapidez vertiginosa, abriendo paso entre los países. Corrí de par en par las cortinas del ventanal que dominaba el Zócalo y, cada uno sumergido en sus pensamientos, pasamos el resto de la noche abrazados, tumbados en la cama, admirando el panorama. Poco antes del amanecer me senté en una silla a mirar la plaza. Pensé que, más allá de la bandera que ahora ondeaba en el asta mayor, lo más probable era que aquella enorme plancha de concreto daría paso a parques, fuentes y pequeños monumentos bajo el diseño tradicional de los gringos. De todos modos, ya no sería necesario preservar aquel espacio para las marchas acostumbradas del desfile de la Revolución, el paso de carros militares y la ceremonia del Grito.

Sin consultármelo, Susan hizo una rápida escala en su hotel de Polanco, metió sus pertenencias en la maleta, hizo *check-out* y pidió que la recibiera en mi departamento.

—Me gustaría conocer tu cueva.

—Espero que te gusten los perros —me limité a responderle.

Los cuatro días siguientes fueron una experiencia que solamente Marcello Mastroianni y Sofía Loren habrían podido emular; Susan y yo lo logramos sin contar con la dirección de Vittorio de Sica. Apenas nos alimentábamos con tortilla de patatas, agua de jamaica y aceitunas rellenas de pimientos. Pero gozábamos de una energía, una vitalidad y un descubrimiento amoroso que parecían decirnos: «¿cómo es posible que no hayan hecho antes la fusión?»

Esos días, la Kline comenzó a fumar igual que yo. Al principio solamente se le antojaba después de hacer el amor. Se quedaba desnuda, enredada en las sábanas y pensativa, mirando cómo subía el humo hasta el techo. Más tarde se le empezó a apetecer con el café de la mañana y, por supuesto, con unas copas. Por mi parte, aprendí a lavar los platos y los vasos cada vez que los utilizábamos. Me enseñó, también, una serie de posiciones y técnicas amorosas que jamás había probado. En ese encierro amoroso fue contándome su vida, desde la escuela para señoritas en los alrededores de Boston hasta la invitación expresa que recibió de la CIA para defender de forma anónima, sin reflectores, la seguridad y el bienestar de los Estados Unidos, convirtiéndose en espía financiera.

—Es una actividad un poco árida, pero de lo más productiva —se justificó, como si hablara con ella misma—. A través del dinero se puede terminar con narcos, empresas fraudulentas y hasta imperios completos. Ahí está el ejemplo de la Unión Soviética; nos infiltramos en sus sistemas financieros y de poco les sirvió su impresionante arsenal nuclear.

—En mí ya te infiltraste —le respondí con coquetería. Me tomó un brazo y comenzó a rozarlo con la mejilla. La sutileza de sus caricias contrastaba con la rudeza que seguramente aplicaba al congelar cuentas e incautar bienes de enemigos políticos y gobiernos indeseables.

Los perros se le acercaban con una familiaridad que empezaba a darme envidia. Los dos animalitos estaban como hipnotizados cuando les hablaba en su acento bostoniano. Atlética como era, salía a correr con ellos por el parque, mientras yo los seguía con la vista y aguardaba en una banca. Entre sexo, historias de vida, confidencias y duchas en pareja comenzamos a imaginar de verdad lo que resultaría de aquella simbiosis que empezaban a construir nuestros dos países.

—Finalmente van a aprender a comer rico —le decía yo.

—Y ustedes aprenderán que las cosas se pueden hacer bien desde la primera vez, sin perder tiempo y dinero.

—Van a ser más alegres y espontáneos —le respondía.

—Ustedes más eficientes; tendrán tiempo para ser lo alegres que quieran. —Los intercambios de ese tipo se prolongaban a veces por horas, entre risas, críticas y reclamos históricos.

—¿Sabes lo que dicen en el Departamento de Estado sobre México? —me preguntó.

—¿Sobre qué tema en particular?

—Respecto de Santa Anna, el dictador.

—Es quizás el personaje más odiado de nuestra historia, así que puedes criticarlo cuanto quieras. Estaré de acuerdo contigo.

—En efecto, dicen que es el más odiado porque solamente vendió la mitad de México a los Estados Unidos. ¡Debió venderlo todo! —Vaya broma de los gringos. La ironía estaba llegando a su fin. La colección de pequeños Santa Annas a lo largo de las últimas décadas culminaría en la anexión definitiva de México.

Algo me llamó la atención sobre la posible simbiosis que se daría al hacernos un solo país. Como he descrito, llegamos a mi departamento directamente del cuarto que conseguí frente al Zócalo. Solamente hicimos esa breve parada en su hotel para recoger su maleta e instrumentos de trabajo. No tuve oportunidad de limpiar, de comprar algunas botanas y mucho menos de esconder mi vida privada. Aunque no hubiera sido entrenada por los servicios de inteligencia de los Estados Unidos, Susan o cualquier otra mujer medianamente curiosa habría podido detectar los rastros de mis pasados amoríos, desde las huellas indelebles de S. hasta las pretendientes y amantes ocasionales que habían visitado mi alcoba recientemente. La financiera registró puntual todas esas huellas y una mañana, los dos con cigarro en mano y desayunando cualquier cosa, me dijo:

—Puedo ver que el doctor Rico, además de estudiar a los americanos también estudia con mucho interés al sexo femenino —me sonrojé sin poder articular palabra. Inevitablemente tenía el condicionamiento mexicano de esconder otros romances por temor al regaño, a una escena de celos o al abandono. Ese día aprendí algo de las mujeres norteamericanas: me confesó que era un honor que me hubiese fijado en ella, dado el éxito comprobado que tenía con otras mujeres, según ella más atractivas. Pensé que se trataba de otra treta perversa del rabino o bien de una trampa inventada por ella para que le confesara que en realidad me habían roto el corazón o algo por el estilo; nada de eso, se desprendió de la bata de baño, la arrojó en cualquier lado, rodeó la mesa del desayunador y, todavía con una taza de café en la mano, vino a sentarse sobre mis piernas. Era inevitable mirarle el triángulo color durazno, pero fingí estar pensativo.

—Estoy muy contenta de que un hombre tan exitoso, no solo como intelectual sino también en el amor, se haya interesado en mí. —Me miró fijamente con sus ojos verdes, de marea baja. Me abrazó la cabeza, de forma que respiraba entre la franja de sus senos. Me hizo muy feliz escucharla, pero me produjo un inevitable *shock* cultural. En vez de recriminarme en tono mexica que «claro, ya sé que no soy la única, me has de tomar como a una de tantas viejas con las que te acuestas», esta gringa desprendida o muy evolucionada me premiaba por el hecho de ser exitoso con el sexo opuesto.

Eso le confirmaba, me explicó, que ella no era la única lunática a la que le gustaba yo. Pensé fugazmente que la integración de los dos países traería sorpresas que nos sacudirían en lo más íntimo.

Al quinto día de aquella memorable estancia amorosa, despertó inquieta. Miró rápidamente los mensajes acumulados en el celular. Me dio un beso despistado y se metió a la regadera. Al salir del baño vestía un traje de dos piezas, camisa de seda clara, zapatos de tacón alto y unos lentes que no necesitaba para ver, pero le daban un aire de mayor seriedad.

—*I've got to go, honey* —dijo escuetamente. Acarició a los perros en cuclillas, rodeó la cama, me tomó la cara con ambas manos y solamente me miró—. *It's better this way.* Pronto lo comprenderás, cariño.

Lamenté que mi cerebro fuese tan lento para reaccionar por las mañanas; cuando me di cuenta, ya no la alcancé al elevador. Desde el balcón le grité cuando ya caminaba a paso veloz sobre la banqueta. Volteó hacia arriba, puso una mano sobre los labios y me sopló un beso a la distancia.

Con carraspera le grité algo así como: «¿Hice algo mal? ¿Te ofendí?» Ni siquiera volteó; a cambio me puso un mensaje por WhatsApp:

«No hiciste nada mal; todo lo contrario. ¿Cuándo se les quitará a los mexicanos ese complejo de culpa?»

Pasarían largos e importantísimos meses antes de que volviera a verla. La espera se me hizo eterna y empecé a sentir una prisa incontrolable porque se diera una nueva fusión con la pelirroja.

23

LA MIRADA DE LA HISTORIADORA

El cambio en el funcionamiento del país era sorprendente. La Administración Unida (AU), como se denominó al ente binacional que ahora manejaba los recursos públicos, mostraba todos los días un resumen de la forma en que se iba gastando el dinero incautado a los políticos. En cada obra, en cualquier calle podía verse un letrero de la AU, con las banderas de México y los Estados Unidos, donde se detallaba el costo de los trabajos, quién estaba a cargo de realizarlos y el día en que deberían terminarse. En el mejor estilo gringo, se tiró a la basura todo lo inservible y se hizo nuevo. Así, se derrumbaron escuelas obsoletas, se empezaron a rehacer desde cero municipios enteros que carecían de planeación urbana. Ante las oficinas de la AU desfilaban contratistas y empresarios ofreciendo sus productos y servicios. Acostumbrados como estaban a que los funcionarios les pidieran sobornos y regalos para obtener los contratos, ahora se sentían raros al poder presentar sus proyectos a valor real. El resultado inmediato fue que se construyeron clínicas mejor equipadas y campos deportivos con alumbrado, mientras que las calles lucían extrañas sin baches, vendedores ambulantes o basura. La gente dejó de tirar papeles y acumular bolsas de plástico en las esquinas, siguiendo la costumbre de todos los mexicanos que milagrosamente se convierten en ciudadanos obedientes tan pronto cruzan a los Estados Unidos. La frontera mental ya se había movido.

Entre los cambios más sorprendentes que se dieron en aquellos primeros días de administración conjunta estuvieron los de la policía. Los gringos estaban conscientes de que este era uno de los rezagos más perniciosos de México, una de las razones por las que nada funcionaba correctamente. Sin preguntarle a nadie, sustituyeron a los mandos principales por policías gringos, la mayoría bilingües, y cambiaron las reglas de operación. El mensaje fue sencillo para los uniformados: en lugar de extorsionar a la población, en adelante su misión sería ayudarla y protegerla. Los sometieron a un curso intensivo donde les enseñaban protocolos de acción, técnicas para investigar delitos y restablecer el orden. Al principio, muchos policías locales se sentían extraños y hasta incómodos en su nuevo papel de guardianes de la justicia. Decenas de ellos renunciaron y otros más fueron destituidos al resultar incapaces de cumplir con sus nuevas encomiendas; a cambio, fue formándose una nueva generación de cuadros policiacos, con jóvenes que desde chicos habían visto series de televisión gringas donde el bien siempre vence al mal y los policías son los héroes.

La Embajada de los Estados Unidos recibió la instrucción de iniciar la campaña nacional «Retira tu barda», con la intención de transmitirle al público que habría nuevos niveles de seguridad en el país. Se hicieron virales los videos de la embajadora estadounidense acompañando a un grupo de albañiles que demolían la pared protectora de su propia residencia diplomática en Lomas de Chapultepec. Los gringos estaban convencidos de que si todos derrumbaban su barda, los ciudadanos se involucrarían directamente en vigilar sus calles y velar por su seguridad, como había ocurrido en los países más avanzados; por lo demás, estaban seguros de que las clásicas bardas mexicanas, más que proteger de asaltantes y amenazas externas, estaban diseñadas para que nadie supiera qué pasaba dentro de las casas. En la medida en que todo el mundo pudiera observar lo que hacían los vecinos, el comportamiento de las familias tendería a volverse más civilizado. Esta fue la receta aplicada para reducir la violencia doméstica que después se reproducía en las calles. Muchos mexicanos se resistieron a derribar sus muros bajo el argumento de que no podían dormir por temor a ser asaltados; la verdad, temían que se criticara su manera de vivir, de gastar, que se exhibieran sus *hobbies* y costumbres. En esto, curiosamente, los gringos no cedieron. Fueron implacables en avergonzar a quienes se resistían a quitar las rejas y paredes que les alejaban del ojo público. Al cabo de unos meses, la campaña de «Retira tu barda» provocó una profunda transformación social que iba acompañada de preguntas capciosas como «¿Qué tienes que esconder?» Mientras se fueron quitando los muros, las casas de los políticos fueron destacándose por mantener en pie las paredes que las alejaban del escrutinio público. Como en las ciudades bombardeadas de Europa, podían distinguirse claramente las casas de aquellos que podía comprobar su nivel de vida, de las de empresarios, funcionarios y políticos que simplemente no podían justificarlo.

A principios del otoño invité a Silvia Andrade a dar una vuelta por la ciudad. Más que un paseo entre dos personas que se atraen, deseaba aprovechar la sensibilidad especial de esta profesora para analizar los cambios que se estaban registrando en el país. Resulta complicado (o por lo menos para mí así era) situar en su justa dimensión los acontecimientos que nos toca vivir. Siempre me pregunté si los soldados que acompañaban a Napoleón se daban cuenta de que pasarían a las páginas de la historia o si quienes vieron a Pancho Villa y a Emiliano Zapata echando balazos y tequilas en la cantina de La Ópera pensarían que sería un momento memorable de la vida nacional. Qué mejor que poder preguntar este tipo de cosas a quien, con base en desayunos en la cama y conversaciones interminables, empezaba a convertirse en lo más cercano que había tenido a una pareja de verdad desde la pérdida de S. No estaba enamorado de Silvia; los dos lo sabíamos y hasta llegamos a hablar de ello. Deliberadamente teníamos puesto el freno de mano para evitar involucrarnos sentimentalmente, pero era indudable que gozábamos inmensamente del contacto, de intercambiar ideas, de estar juntos. Como era claro que no queríamos formalizar una relación (y hasta nos daba miedo tenerla), hablábamos y nos tocábamos con una soltura que se parecía al amor maduro. Sin temor ni recato podía comentarle de la aventura erótica que tuve con Susan Kline, de mis intenciones de hacerme judío y del vacío existencial en que me había dejado S. Con esos ojos oscuros y misteriosos que tenía, la historiadora recogía mis comentarios con una simpática sencillez que me enternecía.

—Perdí muchos años —me decía como en un reclamo íntimo, para sí misma— buscando al hombre perfecto. No más... Tú podrías estar muy cerca de ese hombre que siempre busqué —me confesó—, pero estoy consciente de que te resistes a enamorarte, a enamorarte perdidamente.

—Tú también —le respondí seguro, mientras nos traían un *espresso* doble en una terraza de Polanco. La tarde comenzaba a meterse entre los árboles, la gente paseaba en carriolas a sus bebés y en las mesas circundantes todo era risas y chistes a costa de los personajes de la vida pública que habían desaparecido de este México nuevo.

—Entonces tenemos un acuerdo. Nada ideal, pero acuerdo al fin. —Me miró Silvia, detrás de un vaso con agua mineral. Me levanté de la mesa y la besé. Estábamos descubriendo una forma distinta de amor, sin la intensidad y los requiebros de lo que ella había vivido en sus etapas anteriores ni el fuego que yo había experimentado con la mujer de mi vida, pero cariño al fin. Volví a mi asiento.

—¿Qué es lo que ve mi historiadora favorita? —pregunté coqueto, curioso, apuntando hacia la calle. Ella se quedó pensativa, el pelo color caoba le caía impecable sobre sus hombros descubiertos—. ¿Cómo van a retratar los historiadores del futuro el momento que estamos viviendo? —Con un ligero movimiento de mano llamó la atención del mesero. Pidió, sin preguntar, un par de tragos para darnos valor.

—Por una parte —respondió tranquila—, es un reflejo del fracaso que hemos sido como país. México tiene cosas maravillosas, podemos presumir nuestro legado histórico y cultura, nuestra capacidad para sobrevivir. Hasta podemos presumir —dijo en tono irónico— que hayamos resistido tantos años las intenciones de conquista de los gringos. Fuimos durante muchos años el orgullo de América Latina por esa capacidad de resistencia, que se terminó o, más bien, nos acabamos nosotros mismos. Es poco mérito de los gringos que ahora nos estén ocupando. Fuimos los mexicanos los que les dejamos campo abierto. —De pronto volteamos la mirada hacia el parque y nos pusimos a reír como si estuviéramos sincronizados. La gente caminaba por las banquetas como si estuviera borracha, como si tuvieran una pierna más larga que la otra. Algunos, en el extremo, hasta arrastraban los pies.

—¡Tantos años nos acostumbramos a caminar sobre banquetas desniveladas y rotas que ahora todo el mundo parece cojo! —me dijo muerta de risa—. ¡Esto sí que es para la historia! —El mesero nos puso enfrente los tragos y se contagió con la risa.

—Hemos visto gente que se cae al suelo —nos compartió—. Caminan como si estuvieran mareados, como si acabaran de bajarse de la montaña rusa —puso un chorrito adicional de ginebra en el vaso de Silvia. Chocamos las copas y seguimos mirando alrededor. Las televisiones del bar atrajeron nuestra atención: mostraban las imágenes de Hillary Clinton y Donald Trump, los candidatos a la presidencia de los Estados Unidos, en pleno debate en Las Vegas, el último que sostendrían.

—Si por lo menos se quedara otros cuatro años la presidenta Gibson —le dije por lo bajo a Silvia. Asintió con el gesto de quien asiste a una desgracia—. En estos momentos en que la anexión de México está tan próxima, quedar en manos de cualquiera de estos dos...

—Estamos entre una manipuladora y un engreído, el tipo más ególatra que hayamos visto —me tomó el antebrazo con las dos manos—. ¿Y sigues adelante con el trabajo de la nueva Constitución? —me preguntó.

—Tanto gringos como mexicanos lo llevamos a fuego lento. Mucho depende de lo que pase en las elecciones y la postura que asuma el nuevo presidente —apunté hacia la pantalla. En esos momentos el periodista Chris Wallace, moderador oficial del debate, les preguntaba precisamente si compartían la visión de la señora Gibson de que los Estados Unidos no estaban listos para asimilar a México. Hillary respondió como siempre, es decir, sin responder: «Sabemos que el interés de Donald —dijo sin mirarlo— es poder agarrar a las mexicanas por sus genitales, al igual que lo hacía con las concursantes de Miss Universo». Wallace y todo el público notaron que la señora Clinton no se había atrevido a decir *grab them by the pussy*, que era la cita exacta de las palabras de Trump.

—Otra vez no dijo nada —me comentó al oído una Silvia exasperada ante las respuestas de la ex secretaria de Estado. A la historiadora le irritaba la representación que hacía Clinton de las mujeres metidas en la política. Sentía que cada vez que ella patinaba, debilitaba las posibilidades de que las mujeres fuesen tomadas en serio como líderes.

—También está la señora Merkel. —La reconforté, para que dejara de pensar que el futuro entero de la mujer en la política dependía de Hillary Clinton.

—Todo en ella es falso, mírala —me insistía, apuntando a la pantalla.

Tocó su turno a Donald Trump. En ese debate, las órbitas se le veían más pálidas a fuerza de procurarse un bronceado perfecto de cremas y rayos infrarrojos con los ojos cubiertos.

—Parece un mapache invertido —se me salió decir. Silvia me pasó la mano sobre el muslo. No quería perder detalle de la respuesta del Donald.

—Desde que tengo uso de razón —comenzó diciendo, con su corbata roja de siempre—, los Estados Unidos han sido objeto de una invasión silenciosa por parte de los mexicanos. Lentamente han ido conquistado territorios, estados enteros de nuestro país. Al principio nos enviaban gente trabajadora y honesta. Ahora no llegan más que políticos desprestigiados y gente ligada a los carteles de la droga —hizo una pausa y levantó dos dedos de sus manitas, con los codos pegados a las costillas—. México no nos ha dejado alternativa: o los anexamos pronto y les llevamos la civilización o terminarán por asimilarnos a su cultura y sus costumbres inferiores. Los mexicanos me aman —*they love me very much*, repitió varias veces—. Van a ser los más felices al formar parte de la potencia más grande que haya conocido la humanidad. —Con sus manos diminutas acentuaba cada frase que traía escrita en unas notas de apoyo—. A partir de mi toma de posesión iniciaremos, junto con los mexicanos, la construcción de un gran muro en la frontera con Guatemala y daremos un paso que habíamos postergado por muchos años.

—Donald no quiere otra cosa más que ampliar sus negocios inmobiliarios a las playas mexicanas —lo interrumpió Hillary.

—Los mexicanos van a ser los más felices —insistió Trump—. Yo les llevaré riqueza y crearé buenos empleos, cosa que tú (miró de frente a la señora Clinton) no has logrado hacer en treinta años de vivir de la política.

—¿De veras crees que este tipo pueda ganar? —me preguntó Silvia, con voz ansiosa. Asentí con la cabeza varias veces—. Será como asistir al fin del mundo.

—Es un tipo repelente, pero muy hábil. A pesar de ser tan rico, sabe conectarse con los gringos de poca educación, con los más pobres. Y también nos pone a nosotros un anzuelo —le expliqué—. Al decir que vamos a construir un muro en la frontera con Guatemala, manda la señal de que los mexicanos somos superiores a los centroamericanos. Con ello busca ganarse nuestra simpatía y, cuando venga la anexión, aceptarlo como nuestro nuevo presidente. —Silvia metió la cara entre las manos.

—¡De veras que estamos salados! —movió la cabeza con desconcierto—. No es que vaya a extrañar a nuestra clase política, pero esto de que Trump vaya a gobernarnos me parece *too much* —casi nunca usaba palabras en inglés, pero esta vez le salió del alma.

—Cuatro años se pasan rápido —le respondí, como consuelo—. Si pudimos sobrevivir a los presidentes que nos han tocado, este güero nos va a dar un material interminable para hacer chistes políticos. —La comparación no le acabó de convencer—. Ante todo, es un hombre de negocios —cambié a un tono más serio—. Verá a México como una empresa que hay que rescatar de la bancarrota. Sus expresiones y sus frases fuera de lugar serán simples anécdotas. No hay que prestarles demasiada atención. —La tomé por la cintura y le arrimé el rostro hacia el cuello.

—Espero que pierda —me retiró la cabeza suavemente.

24

NUESTRO PRESIDENTE

Ante la victoria electoral de Donald Trump, México entró en una etapa de zozobra e indefinición. El país se sentía huérfano, sumergido en una paradoja. No teníamos gobierno propio, los partidos políticos habían desaparecido y, mientras tanto, el dinero seguía entrando al país como una llave de agua enloquecida. Obras de todo tipo cambiaban el rostro de regiones enteras y la gente vivía un auge económico nunca antes conocido. Los bolsillos llenos animaban a mucha gente a sumarse a los planes de anexión, pero el nuevo ocupante de la Casa Blanca metía temor en muchos otros. «Este tipo nos va a esclavizar», aseguraban algunos analistas. Por primera vez, desde que la Administración Unida se encargó de las inversiones y el gasto público, surgieron brotes de violencia contra símbolos de los Estados Unidos. Fueron acontecimientos aislados que reflejaban las dudas sobre la nueva presidencia norteamericana. Un agente consular de los Estados Unidos fue asesinado cuando regresaba de pescar en Cancún. Comenzaron a proliferar letreros como: «Ninguna fusión sin negociación», hechos por organizaciones civiles que exigían conocer los términos exactos en que se daría el matrimonio entre ambos países. Busqué a Susan Kline y a Marcos Beltrán para tomar el pulso de lo que estaba ocurriendo.

Mis conversaciones con ambos me dejaron bastante confundido. Susan estaba preocupada de que el rechazo hacia Trump pudiera descarrilar la ruta de la anexión.

—¡Íbamos tan bien! —me dijo con un lamento en el teléfono—. Ahora está despertando el México nacionalista. Nuestros diplomáticos reciben amenazas de muerte, los ataques contra negocios estadounidenses van en aumento y crecen las protestas contra la construcción de la nueva embajada.

—¿La que están haciendo en Ciudad Slim? —le pregunté desconcertado. No sabía que la nueva sede diplomática hubiera sido atacada. Los gringos fueron especialmente prudentes al construir su nueva embajada bajo la mayor discreción.

—Sí —dijo Susan—. Grupos de izquierda comienzan a impedir el paso a los trabajadores, diciéndole a la gente que esa no será una embajada, sino el nuevo ministerio de colonias.

Fiel a su costumbre, Marcos Beltrán prefirió que nada de esto lo hablásemos por teléfono. Nos vimos en un Starbucks de la Condesa, lleno de nerds de gafas, pegados a sus computadoras portátiles.

—Con la señora Gibson —me dijo de entrada, aflojándose la corbata— la anexión se estaba dando de manera sutil, inteligente. La estrategia implicaba lograr que los mexicanos, casi implorando, abrazaran la idea de la fusión; en cambio, el nuevo presidente, con lo histriónico que es, está dejando la impresión de que la civilización será llevada a los bárbaros, de que el poderoso dominará al débil. Ya sabes cómo somos los mexicanos, Andrés: eso de que nos hagan sentir que nos están dando una buena cogida no nos va bien.

—Sí —recordé mis charlas en la secundaria—. Cuando menos que nos den unos besitos antes de pasarnos por las armas, ¿no? —Asintió con una sonrisa discreta.

—El problema es que nadie en Washington controla las reacciones de este personaje. Como ganó las elecciones contra todos los pronósticos, contra el *establishment* entero, siente que posee la verdad suprema sobre cualquier tema —hizo una pausa—. Va aplicar la fuerza, en vez de la persuasión, para mostrarse fuerte ante el mundo. Para él, México no es más que un campo de entrenamiento antes de enfrentarse con China y Europa.

—¿Qué calculas que vaya a pasar? —Sobraba un poco mi pregunta porque normalmente llegábamos, sin proponérnoslo, a las mismas conclusiones.

—Ahora sí habrá brotes de violencia y movimientos de resistencia —respondió en automático—. Y aunque terminará dándose la anexión, les saldrá más caro; tendrán que abrir su chequera cuando se agoten los recursos de la corrupción, los ahorros de nuestros políticos —guardamos un prolongado silencio, fumando y sorbiendo café. Miramos a nuestro alrededor. La Condesa siempre había sido cosmopolita. A los europeos y sudamericanos les gustaba especialmente irse a vivir a esa zona. Ahora, me llamó la atención, la mayoría de los extranjeros en el café eran gringos, mezclados en las mesas y los sillones con arquitectos y financieros mexicanos, nuestros *yuppies*. Por encima de la oreja podía oírlos, con los ojos clavados en la pantalla de la computadora, analizando inversiones y nuevas construcciones y proyectos. Al mirarlos, daba la impresión de que la fusión de los dos países ya se hubiese dado. Presentí que era una visión del futuro.

—Estoy citado en Palacio Nacional dentro de dos semanas —Marcos sacó las palabras con una voz pastosa que a leguas mostraba preocupación.

—¿En Palacio Nacional? —le pregunté extrañado—. Si ni siquiera tenemos presidente. ¿Quién les abrirá la puerta? —traté de suavizar el aire con un poco de ironía.

—Estoy prácticamente seguro de que vendrá el grandote —así le decía a Trump desde los días de campaña—. Hay mucho hermetismo; el *show* que están montando me hace sospechar que será él. —Me quedé callado deliberadamente, esperando que sacara todo lo que traía dentro. Finalmente, acercó la cara al centro de la mesa—. ¿Te han invitado también a ti? —Negué rápidamente con la cabeza. Noté su desazón—. ¿Entonces —preguntó ávido—, para qué me quieren ahí?

Nuestras dudas se despejarían en un par de semanas. Hasta los capitalinos más distraídos se percataron de que las obras de pavimentación, alumbrado y remodelación de parques se suspendieron para concentrar todos los recursos, trabajadores y máquinas de limpieza en el primer cuadro de la ciudad. Como si estuviéramos viendo una película antigua en cámara rápida, las cuarenta y dos manzanas del Centro Histórico fueron ocupadas por la fuerza pública. Sin mediar palabra, el primer día del operativo retiraron a los vendedores ambulantes que quedaban, en seguida entraron unas enormes máquinas orugas con ocho o diez llantas que limpiaban aceras y adoquines con arena disparada a presión. Desde la filmación de la película de 007 no se observaba un despliegue así en el Centro. Una cuadrilla de trabajadores, enfundados en trajes de lona amarilla y cascos de acrílico, aplicaban sus mangueras de arena, ácidos y agua a presión para sacar de las banquetas chicles, manchas y mugre acumulada desde los días de la Revolución. Al paso de las máquinas, el contraste era tan marcado que parecía que el sol pegara de un lado de la acera y dejara sombras en las partes que aún no limpiaban. Un ejército de restauradores y especialistas en limpieza levantaron andamios en Cinco de Mayo y Madero, frente a los edificios del Zócalo y el Templo Mayor. Iglesias, palacios, hoteles y comercios sufrieron una transformación digna de tarjeta postal. Al ver aquello, los vecinos de la Plaza de Santo Domingo, Tacuba y Vizcaínas comenzaron a poner retenes en las calles. Con sus manifestaciones intentaban desviar la ruta de los restauradores y expertos en limpieza para que llegaran primero a sus barrios y remozaran sus casas. Las cuadrillas de trabajadores, que con su atuendo parecían astronautas recién salidos de una cápsula espacial, retiraban sin miramientos a los manifestantes y con altavoces les anunciaban el día en que pasarían por sus calles para sacar la suciedad ancestral. Con esos anuncios la gente se calmaba. Corría la versión, a nivel de chisme, de que especialistas de Hollywood llegarían a cambiar las fachadas de los edificios de los años cincuenta, cuando la arquitectura mexicana logró el milagro de transformar la antigua Ciudad de los Palacios en la ciudad de los changarros. El rumor se hizo realidad, al menos en parte; con el apoyo de historiadores y urbanistas mexicanos, un grupo de escenógrafos de la Metro Goldwyn Mayer de Los Ángeles se dio gusto cubriendo fachadas infames con una retícula que recreaba los edificios de antaño y el esplendor perdido del Centro. Un discreto letrero, colocado en la puerta de acceso de estos edificios, prometía a sus residentes que próximamente dejarían de vivir en aquellas pocilgas abandonadas a fuerza de décadas de renta congelada y de jefes de delegación más interesados en abrir antros de vicio que en remozar esa zona de tanto valor histórico.

Atraído por la curiosidad, me puse unos jeans y subí a los perros a la camioneta. Recogimos a Silvia frente a la glorieta de Colón y empezamos a caminar por Avenida Juárez. Mientras avanzábamos por la banqueta de La Alameda y hasta donde alcanzaba la vista, el Centro me recordaba a Shanghái en plena expansión económica china. No sé por qué me vino a la mente esa imagen; jamás he estado en China y mucho menos en Shanghái, pero sí que he visto fotos de esa joya del oriente, con el horizonte repleto de grúas y plumas de construcción trabajando a todo vapor. Así se veía el centro de la capital mexicana. Trabajadores trepados en el domo del Palacio de Bellas Artes sacando los colores *art decó* originales, otros con mangueras enormes limpiando las fachadas del Museo Nacional de Arte y del Edificio de Correos.

—Mira —me tomó del brazo Silvia. Volteé hacia un costado de Bellas Artes. Estaban demoliendo el llamado Edificio Guardiola, un adefesio cuadrado, sin gracia, inspirado en el modernismo arquitectónico de la posguerra. A medida que unas bolas de acero iban derribándolo, emergía detrás, con todo su oculto esplendor, el edificio de Los Azulejos. El letrero de la Administración Unida mostraba una vista en Photoshop de cómo se vería en breve esa cuadra, con un parque en el solar que ocupaba el Guardiola y la vista franca hacia Los Azulejos. Silvia se emocionó con su mente histórica y los retablos que conocía de la época. Hasta ahí llegamos pues estaba cerrado el paso a cualquiera que no fuese vestido como astronauta o trajera casco de constructor y unos planos enrollados bajo el brazo. Nos metimos a tomar un refresco al Hotel de Cortés, al otro costado de La Alameda y apenas nos salían las palabras.

—¿Qué estarán tramando? —preguntó lacónicamente Silvia, mientras mimaba a los perros junto a la fuente de piedra tallada en el centro del patio. Las macetas con geranios y el rumor del agua hacían una bonita estampa de mi historiadora favorita—. Ese ya tiene que ser dinero gringo —apuntó con un dedo hacia la zona de obras—. No alcanzaría para tanto con el dinero recuperado, ¿o sí?

—Se viene algo fuerte —respondí igualmente parco, sin revelarle detalles de la extraña invitación que había recibido Marcos. Tomamos agua mineral y café negro mirando las arcadas coloniales del hotel, los equipales y las flores que colgaban de los muros. Reinaba una paz inquietante, al lado de aquel frenesí de obras en que se había transformado el Centro. Mientras ella mimaba a los perros me levanté para tomarla del cuello y acariciarle los hombros. Sentí confianza para tocarla sin recato. Me pareció muy lejano el día en que le pedí que me aceptara un beso pequeñito en los labios, temiendo el peor de los rechazos. Aceptó aquel beso ingenuo y después de tres o cuatro más, igualmente modestos, fue ella quien me tomó por la nuca y me dejó sin respiración. Sus lentes de marco grueso se me clavaban en la cara, pero no quería dejar de sentirla y de quedarme con el recuerdo de aquel momento. Ahora me daba cuenta de que apenas habíamos convivido unas cuantas semanas como pareja, pero teníamos una relación sólida, estable y feliz. Pagué la cuenta y regresamos a Shanghái.

25

EL ÁGUILA QUE CAE

A finales del siglo XVIII se anunció a los habitantes de Guanajuato que el rey Carlos IV iría a visitarlos. Por primera vez un monarca español viajaría a la Nueva España. Dos enviados de Su Majestad se trasladaron al corazón del Bajío para anunciar que el soberano tenía un vivo interés por conocer la mina de La Valenciana, que en aquel entonces era la más profunda del mundo. Animados por la noticia, los guanajuatenses redoblaron el esfuerzo para hacer todavía más honda la mina. Se impusieron la meta de empedrar la avenida principal de acceso a Guanajuato con lingotes de plata para que, al entrar a la ciudad, Carlos IV quedara maravillado como nunca antes en su vida. Pensaban que cuando cabalgara por aquel bulevar plateado, el monarca quedaría tan fuertemente impresionado que decidiría mudar la capital del imperio desde Madrid a esa bella ciudad mexicana. Durante cinco largos años, con sus días y noches, el Camino Real fue cubriéndose de lingotes grabados con el símbolo de la Corona. En las mañanas soleadas resultaba difícil transitar por la avenida ante los reflejos tan intensos que proyectaban los adoquines de plata. La obra magnífica fue terminada a tiempo, cuatro meses exactos antes de la llegada del monarca. Entre los pobladores y mineros aumentaba la expectación y un comprensible sentimiento de orgullo. Una mañana de abril, quienes habitaban en las colinas que rodean el valle pudieron divisar una caravana de caballeros, con lanzas y banderas reales que parecían anunciar el esperado arribo del rey de España; se equivocaban. La delegación de emisarios reunió a todo el pueblo en la Alhóndiga de Granaditas y, después de ver aquella maravillosa calle de plata, con voz entrecortada les informaron que Su Majestad había cambiado de opinión y ya no los visitaría. La decepción que sintieron los guanajuatenses sembró la semilla de lo que, veinte años después, sería la Independencia de México, iniciada a pocos kilómetros de ahí. Fue irónico que la efigie ecuestre de Carlos IV fuese la única estatua que quedara de un soberano español en suelo mexicano. Como una especie de venganza involuntaria, el famoso Caballito ha sido trasladado constantemente de una plaza a otra en la Ciudad de México, obligándolo a recorrer los kilómetros que hace siglos esperaban los guanajuatenses.

A casi tres siglos de aquel acontecimiento descubrimos que los gringos eran el opuesto exacto de los españoles. Sin invitación y sin anuncio de por medio, los mexicanos nos enteramos del arribo del presidente Donald J. Trump cuando unas cámaras instaladas en un avión de la Fuerza Aérea registraron la imagen del mítico Air Force One surcando los cielos nacionales. Los noticieros de la mañana interrumpieron sus transmisiones para dar cuenta de que el Boeing 747 del mandatario estadounidense aterrizaría en el Aeropuerto Internacional Benito Juárez al filo del mediodía. Busqué de inmediato a Marcos para indagar qué estaba pasando; no contestaba el teléfono. Le puse un WhatsApp y cuando las palomitas se pusieron en color azul respondió: Voy en camino a Palacio Nacional. No pierdas detalle.

Intenté reunir más información, pero ya no respondió mis mensajes. Desperté con sutileza a Silvia que se había desvelado leyendo *La Silla del Águila*, reescrita ahora por Enrique Krauze, y después le puse un mensaje colectivo a los colegas de la facultad: Viene algo grande. Nos vemos a las 11:00 en Bellas Artes.

Mientras Silvia se arreglaba revisé que la cámara tuviera baterías frescas y suficiente memoria, puse comida a los perros y recalenté el café del día anterior. La televisión ya anunciaba oficialmente el arribo del presidente de los Estados Unidos. Daban como una nota para la historia que fuese la primera vez que un mandatario norteamericano viniese al país sin que nosotros tuviéramos un presidente en funciones. Las especulaciones de los comentaristas, de haber tenido tiempo, merecían grabarse. Unos afirmaban que venía a entregarnos otro cheque. Otros aseguraban que en el avión viajaba su hija, la bella Ivanka Trump, quien sería instalada como presidenta provisional de México, y otros más, por ganar la nota, confirmaban que en la aeronave presidencial venían los políticos arrestados en calidad de reos para que los mexicanos cobraran venganza. Yo miraba de reojo la televisión mientras preparaba una mochila con agua embotellada y unas galletas de granola, ante lo que suponía que sería una larga jornada. Si habían convocado a Marcos a Palacio Nacional, me parecía remoto que fuese para presenciar la entronización de Ivanka como nueva emperatriz de México y mucho menos que montaran todo ese aparato para entregar a un puñado de gobernadores y funcionarios esposados.

Al llegar a Bellas Artes, auténticos ríos humanos desfilaban hacia el Zócalo. Los jóvenes policías, luciendo uniforme nuevo, ordenaban el paso y despojaban de pasamontañas a los anarquistas que buscaban sembrar el caos. Muchos llevaban banderas mexicanas y entonaban por lo bajo el Himno Nacional con una conciencia del momento que los comentaristas de la televisión no captaban. En la explanada del Palacio de Bellas Artes nos topamos con un grupo de muchachas gringas vestidas como terratenientes sureñas, con sus sombrillas de encaje, lazos rosas en sus cabellos, escotes que realzaban sus pechos y faldas amplias con motivos florales. Todas ellas, de una belleza extraordinaria, parecían salidas de una plantación de Georgia o de Carolina del Sur, de un libro de William Faulkner o de Mark Twain. Las chicas se acercaban a los transeúntes con una sonrisa radiante y les entregaban pequeñas banderas que recordaban la insignia de los Estados Unidos, con sus barras y sus estrellas, pero con el recuadro en color verde olivo. Adicionalmente repartían un folleto explicativo del significado de la nueva bandera que simbolizaba la hermandad y la integración de dos grandes países en una sola nación. Al recibir estos pequeños regalos, muchos paisanos se ponían eufóricos. Más que la fusión, les entusiasmaba imaginar que, en adelante, México se llenaría de *southern belles*, de chicas tan hermosas como aquellas. Cuando se acercaron a nosotros, Silvia mostró un pequeño arranque de celos. Dijo fríamente que la presencia de aquellas jóvenes le parecía un «ardid de mal gusto para convencer a los mexicanos». El resto de los maestros y colegas de la universidad comenzaron a burlarse de ella, diciéndole con sorna que era una estrategia más amable que si nos torturaran o nos metieran en campos de concentración. Silvia se puso roja como un tomate y a manera de respuesta rechazó la banderita que intentaban regalarle.

Entre muchas filas y empujones llegamos a sentarnos en una de las tribunas instaladas dentro del Zócalo, en la esquina de 20 de Noviembre. Empezábamos apenas a admirar la apariencia renovada de la plaza cuando se nos aproximó un agente del Servicio Secreto de los Estados Unidos. El hombre, de estatura enorme, pelo recortado y una chamarra blanca con la nueva bandera cosida en la espalda, se acercó amable pero seco hasta donde me encontraba.

—¿Doctor Rico?

—Sí, señor —alcancé a responderle. Silvia y el resto del grupo me miraron con preocupación.

—Acompáñeme, por favor. Usted es un invitado de honor —apenas esbozó una sonrisa que me recordó la boca del general Walker.

—Somos ocho —le señalé a mis compañeros. No dijo más, simplemente nos hizo una indicación con la mano para que bajásemos la escalinata. Con su fisonomía de jugador de futbol americano nos iba abriendo paso con facilidad. Nos condujo hasta la plancha misma del Zócalo, a una zona acordonada a pocos metros del asta bandera monumental, con una magnífica vista de frente a Palacio Nacional. Nos recibió una rubia con el uniforme azul de la Marina norteamericana, medallas discretas sobre la solapa y una pequeña gorra blanca con un ancla bordada en dorado. Empecé a sentirme un poco absurdo con la mochila negra al hombro, mis pantalones de mezclilla y una camisola de Lacoste, con lo mal que le caen los franceses a los gringos. Mis colegas no se quedaban atrás: iban impecablemente vestidos para asistir a una manifestación en la UNAM o a un mitin de Morena. El que venía mejor vestido apenas traía los tenis limpios, pero ya nada podía hacerse. Nos quedaba sonreír mucho y dar las gracias por las atenciones brindadas. En todo caso, la marinera no mostró señas de rechazo por nuestra apariencia.

—¿Doctor Andrés Rico? —Miró una lista que traía sobre una paleta de madera. Asentí sin atreverme a mirar en sus papeles qué otros nombres tenían inscritos—. Es un honor que asista a este acto —hizo una pausa y agregó—, y de manera tan espontánea. —Agradecí con un movimiento leve de cabeza.

Ocupamos sillas contiguas en las dos primeras filas del área reservada. De inmediato quedamos maravillados ante el espectáculo que presenciábamos. Con el telefoto de mi cámara quería comerme cada rincón, cada vista. Desde la fila de atrás, Matías, el izquierdista profesional, me puso una mano en el hombro y metiendo la cabeza entre Silvia y yo nos dijo por lo bajo:

—¿Ya vieron cómo quedó el Zócalo? Tan solo espero que a este señor no se le ocurra rebautizarlo como *Trump Plaza*. —Me limité a mirar hacia la calle de Moneda con sus balcones restaurados, las cúpulas de los palacios cubiertas por azulejos de talavera y finalmente, en un acto personalísimo, hacia la habitación del Gran Hotel de la Ciudad de México, donde unos meses antes había experimentado el amor al estilo americano. Los edificios lucían pendones de tela con los colores de México y de los Estados Unidos. A pesar de la enorme cantidad de gente, reinaba un orden y un silencio que nos invitaba a hablar en voz baja. Con mi cámara me puse a estudiar los rostros de la gente que ocupaba tribunas y azoteas; las expresiones reflejaban una mezcla de deslumbramiento y expectación. La lente me permitía identificar agentes del Servicio Secreto apostados en las cornisas de Palacio Nacional, sobre la Suprema Corte de Justicia y en la Jefatura de Gobierno de la Ciudad. La Catedral, como una señal de respeto, no contaba con la presencia de agentes norteamericanos. Quizá, lo pensé de nuevo, no se trataba de una manifestación de respeto sino de prudencia. Desde que la presidenta Gibson había deslizado la posibilidad de que México fuese anexado, la Iglesia Católica puso el grito en el cielo. Con o sin instrucciones de la Santa Sede —nunca lo sabremos con certeza—, el Arzobispado instruyó a todos los sacerdotes del país para que desde el púlpito expresaran su rechazo a una fusión entre ambos países. Su reacción era comprensible: México seguía siendo uno de los reductos más numerosos y devotos del catolicismo a nivel mundial. En caso de materializarse la anexión, los católicos pasarían a ser una minoría frente a los protestantes, los mormones y las decenas de sectas extrañas que dominaban el escenario religioso de América del Norte. Al mirar el anfiteatro de la Catedral, ocupado exclusivamente por obispos, sacerdotes y monaguillos, me reclamé a mí mismo que no hubiera pensado en la resistencia que opondría la Iglesia cuando presenté mis dudas y preguntas en aquella cena de Dallas. El asunto de la Iglesia y la fe de los mexicanos debió ser mi séptima pregunta. Sentado ahí en el Zócalo, mirando el despliegue fastuoso con que habían organizado la visita del presidente Trump, supuse de inmediato que los gringos habrían tomado en cuenta el factor religioso. En señal de conciliación y respeto hacia los fieles mexicanos, los decoradores norteamericanos habían colgado algunas imágenes de la Virgen de Guadalupe; sin embargo, la actitud que podía observar con mi cámara detrás de las rejas de la Catedral revelaba que la Iglesia sería el obstáculo más formidable que enfrentaría el proyecto de crear una sola nación desde los Grandes Lagos hasta la Sierra Lacandona. Formados como si fueran bolos de boliche, al frente se encontraba el cardenal Miranda, ataviado con una sotana verde que resaltaba el color distintivo de México y un enorme báculo dorado en la mano que recordaba a un lancero listo para la batalla. Deliberadamente, las campanas de la Catedral competían con las notas musicales de la banda militar que había llegado desde la Academia de West Point. Con la gente enmudecida, la plaza estaba invadida por una confusión de sonidos que reflejaban la riña que vendría entre la Iglesia y el Estado que estaba a punto de nacer.

Desde nuestra última visita al Centro, cuando me pareció estar en medio de Shanghái, la transformación era impresionante. Las grúas y los andamios habían desaparecido, las tareas de restauración estaban concluidas y ahora todos los edificios parecían una estampa de historia recobrada. No cabía un alma más en la Plaza de la Constitución. Me levanté de mi asiento con la cámara. En las calles aledañas, en Bolívar, en la Plaza de Santo Domingo y en las terrazas de San Ildefonso se habían instalado pantallas gigantes para que la gente siguiera paso a paso los acontecimientos. No era para menos: asistíamos ni más ni menos que a la desaparición de México.

En breves minutos quedarían atrás, para los historiadores y los melancólicos, los episodios de la fundación de Tenochtitlan, la conquista y la Colonia Española, la Independencia, la Revolución, el reinado del PRI y, también, los corruptos que creyeron que México era un rancho de su exclusiva propiedad. Imágenes y reflexiones se agolpaban en mi mente. Por unos momentos me recliné en la silla y miré absorto el asta, todavía con la bandera tricolor, con su águila y su serpiente, que había ondeado ahí por más de doscientos años. La tela enorme proyectaba una agradable sombra sobre nosotros. Crucé las piernas y cerré los ojos. Frente a mí pasaron súbitamente los recuerdos de esta etapa reciente e incomparable de mi vida: desde mi ruptura con S. y mi decisión, que ahora veía tan distante, de convertirme al judaísmo, hasta la aventura de Durango, las conversaciones con el rabino, la cena en que los gringos me revelaron sus intenciones de anexarnos, las conversaciones y las dudas compartidas con Marcos Beltrán, mi descubrimiento de las praderas de trigo dorado en el cuerpo de Susan Kline y este momento preciso en que vería la extinción de mi país en primera fila. Sentí que la cabeza me iba a estallar; pero en vez de ponerme nostálgico me entró una suerte de paz inexplicable.

A través de la diplomacia había dedicado una vida entera a defender esa quimera, esa promesa que era México, el México que soñábamos y que cada día que despertábamos nos anunciaba que no sería más que eso: un sueño inalcanzable. Ahora, en el corazón mismo de la mexicanidad, en ese sitio tan impregnado de historia, todos los mexicanos que abarrotábamos el Zócalo guardábamos silencio pensando en lo mismo: que habíamos llegado a presenciar la verdadera medida de nuestro fracaso, de nuestra incapacidad ancestral para darnos buenos gobiernos, buenos líderes. Este acto representaba la culminación de décadas inmemoriales en que solapamos la corrupción y un manejo mañoso de los asuntos públicos, en que dejamos a partidos políticos y a sindicatos que nos vieran la cara sin enfrentarlos con la contundencia que merecían. Una mano, la de Silvia, me tomó de la barbilla para devolverme a la realidad.

—Ya no pienses más, querido. —Era la primera vez que me llamaba de esa forma—. Es culpa de todos —parecía estar leyendo mi mente. En tres o cuatro palabras condensaba los pensamientos que me acosaban, que tanto me dolían. Intenté sonreír vagamente y le di un beso en la mejilla. Me tallé los ojos, como si acabara de despertar. En la garganta tenía el sabor ácido del fracaso y la vergüenza.

Los helicópteros *Black Hawk* de la Marina estadounidense revoloteaban sobre la plancha del Zócalo. Silvia no me soltaba la mano. La tensión que percibía le hacía clavarme las uñas en la carne. Le pedí que se pusiera enfrente de mí para poder liberarme de su mano y tomarle algunas fotografías. De pronto, en un espacio cuadrado que resguardaba un pelotón de infantes de Marina estadounidenses, altísimos, con sus gorras blancas y uniforme guinda y negro, descendió mansamente el *Marine One*, el helicóptero que solamente puede usar el presidente de los Estados Unidos. Al momento en que el aparato tocó el suelo mexicano, la multitud liberó la tensión acumulada con un rugido incomprensible. La banda militar comenzó a tocar las notas de *Hail to the Chief*, con la que se acostumbra recibir al hombre más poderoso del mundo en sus actos oficiales. Algunos iniciaron una rechifla y las campanas de la Catedral repicaron nuevamente en señal de protesta; el estruendo de la música en las bocinas ahogaba cualquier sonido disidente.

Al abrirse la escotilla del helicóptero la primera en descender fue Ivanka, ataviada con un vestido verde, blanco y rojo de china poblana: escote, hojuelas de chaquira, calcetines de encaje y falda con ribetes plateados; la habían peinado con un par de trenzas, como nunca se le habían visto, sostenidas con listones de colores de ambas banderas. La gente aplaudió sin reserva por el gesto de vestirse a la usanza mexicana. Segundos después emergió la inconfundible cabellera dorada del presidente Donald Trump. Con un traje azul y su famosa corbata roja, se aproximó a la escalinata del helicóptero y levantó los brazos con los pulgares en alto. Miró a su alrededor y dio muestras, reales o fingidas, de impresionarse genuinamente ante el escenario majestuoso que lo recibía. Tomó con una mano a su esposa Melania, impecablemente vestida con un conjunto de dos piezas en seda blanca, y subió a un pequeño templete. Encañoné mi cámara sobre el personaje que concretaría la anexión definitiva de México. En mi lente podía ver su rostro pigmentado de naranja y los ojos de lince de su mujer eslovena. Trump sonreía con mayor soltura que el mismo día que tomó posesión de la presidencia frente al Capitolio de Washington. Melania mantenía esa actitud inescrutable, de esfinge de portada de revista. Después de una pequeña reverencia hacia el público, colocaron las manos a los costados y enderezaron la espalda. Sin mayores anuncios ni protocolos, la banda militar comenzó a tocar el Himno Nacional Mexicano. Un coro de niñas y niños traídos de todos los rincones de la República entonaron por última vez la música de Jaime Nunó y la letra de Francisco González Bocanegra. Los curas, detrás de la verja de Catedral, sumaron sus voces al sonoro rugir del cañón. Entre lágrimas contenidas y una emoción electrizante, los cientos de miles de asistentes al acto comenzaron a cantar las estrofas del himno con más sentimiento que José Alfredo Jiménez y Vicente Fernández combinados. Terminaron las notas y la plaza se cubrió por los gritos de «¡Viva México!», mientras una nube de sombreros charros y zapatistas se alzaba en el aire.

Todo el mundo estaba ahora de pie, con la mirada clavada sobre Donald Trump. Cuando amainó el clamor de la gente, el nuevo mandatario, en un gesto inédito, se llevó ambos brazos hacia el pecho en señal de que abrazaba y reconocía el momento que vivíamos los mexicanos. Para sorpresa de todos nosotros, cuando esperábamos que se tocara el himno de los Estados Unidos, la banda comenzó a interpretar el *Huapango* de Moncayo. Ivanka subió al estrado y se colocó a un lado de su padre. Trump volteó hacia un general del Ejército Mexicano que se encontraba a un costado, lo miró de frente con un prolongado saludo militar, la mano recta sobre la sien, y comenzó a caminar detrás de él hacia el asta bandera. Al llegar a ese punto, el jefe del Estado Mayor Conjunto de los Estados Unidos, el militar de más alta graduación de las fuerzas armadas, flanqueó al presidente en posición de firmes. La música se detuvo y fue sustituida por el lánguido sonido de una corneta de mando.

Trump dio una ligera indicación al general mexicano y después hizo lo propio con el estadounidense. Ambos se cuadraron a su lado con la mano sobre la visera de sus gorras y, lentamente, comenzó a descender la bandera mexicana. En ese momento se produjeron algunos gritos aislados, pero no menos desgarradores, de despedida a nuestro lábaro patrio. Todos, por lo menos yo, sentíamos que nos faltaba la respiración, que las costillas iban a estallarnos dentro de la camisa. Un pelotón combinado del Ejército y de la Armada de México fue recibiendo la bandera en su descenso final. La extendieron por última vez, tomada por los bordes, e iniciaron la maniobra de doblarla hasta quedar como una enorme banda tricolor. En silencio marcharon hacia la entrada de Palacio Nacional para depositarla en un recinto que desde ese día se llamaría el Salón de la Bandera. Los portones se cerraron detrás de los soldados en perfecta simetría. Trump recordaba una figura de cera. Permanecía inmóvil y serio en el corazón del Zócalo, solo acompañado por los dos militares. De nuevo sonó la trompeta de mando y vimos abrirse nuevamente las puertas de Palacio.

Con mi cámara pude captar la fuente del Pegaso en el centro del patio y un contingente de militares de muy alta graduación de ambos países, entremezclados, portando la nueva bandera de Norteamérica. En atención a sus distintas tradiciones castrenses, marchaban a la usanza de cada nación. El estandarte doblado mostraba los mismos colores, verde, blanco y rojo, de la bandera que acababa de retirarse. El pelotón se acercó al asta y, con un leve movimiento de cabeza por parte de Trump, comenzaron a izarla al ritmo que les marcaba un tambor militar. Atentos como son los gringos al detalle y al espectáculo, al momento en que la nueva bandera llegó a la punta del asta, a nuestro lado se encendieron unos ventiladores de gran potencia que desplegaron la tela hasta quedar en una posición perfectamente horizontal. Ahora podía admirarse el nuevo diseño en todo su esplendor. La gente, como hipnotizada, clavaba la mirada en la estrella mayor del recuadro, la estrella que simbolizaba lo que había sido y había quedado de México.

Un sonido, como el de una estación de radio que no está bien sintonizada, invadió la plaza. Algunos comenzaron a señalar las pantallas gigantes de donde provenía el ruido. Las imágenes mostraban una toma aérea del Monumento a Washington y la Casa Blanca, donde en esos mismos instantes se izaban cientos de banderas nuevas. Mucha gente, aunque con opiniones divididas, aplaudió el gesto que se nos transmitía desde los Estados Unidos. En las pantallas podía verse una muchedumbre de gringos llenando los pastizales que conectan al Capitolio con el Monumento a Lincoln, vitoreando el nacimiento de este nuevo e inmenso país. Una toma, cargada de intención, mostraba a los americanos frente a pantallas gigantes colocadas en San Francisco, Nueva York y Chicago, saludando a sus nuevos hermanos mexicanos con camisetas que mostraban el diseño de la nueva bandera, abrazando a los indocumentados y algunos más ingeniosos comiendo un *hotdog* dentro de una tortilla, como si fuese un taco de salchicha. Las pantallas hicieron la magia. Al saber de este lado que los gringos nos estaban viendo desde el suyo, la gente empezó a saludar y mandar besos a sus parientes en Los Ángeles, San Antonio y Atlanta. Esta fue, para la historia, la primera comunicación interactiva entre ciudadanos del nuevo país.

Trump giró hacia la entrada de Palacio Nacional y en ese preciso instante nos sacudió el rugido de las turbinas de aviones de guerra que sobrevolaban la ciudad. Por encima de nuestras cabezas vimos pasar a los enormes *Hercules* con seis motores de hélice, los veloces cazabombarderos *F-15* y al final, como plato fuerte, al misterioso *Stealth Bomber*, la única máquina bélica que no pueden rastrear los radares. Entre las pantallas que nos exhibían ante los nuevos paisanos y el despliegue de fuerza del que ahora seríamos copropietarios, la gente en el Zócalo empezó a ondear las banderitas que nos habían regalado las güeras sureñas. Al principio las agitaban de manera tímida y mirando de reojo por si se venía una oleada de mentadas de madre, pero poco a poco las fueron exhibiendo de forma más espontánea y abierta. Algunos comenzaban a abrazarse y a besarse mientras que la banda entonaba un popurrí de canciones tradicionales mexicanas y del folclor americano.

En medio de todas aquellas distracciones, Trump caminó prácticamente inadvertido hasta Palacio Nacional, solamente acompañado por Melania e Ivanka. Así, cuando dejaron de pasar los aviones de guerra y la banda terminó de tocar su repertorio musical, lo primero que llamó nuestra atención fue que el nuevo presidente de América del Norte ya se encontraba instalado en el balcón principal de Palacio Nacional. Saludaba sonriente, completamente solo, junto al cordón de la campana de la Independencia. Las cámaras lo enfocaban de cerca y reproducían su imagen en las pantallas gigantes. En los recuadros podíamos ver gente agitando la nueva bandera en Acapulco, Oaxaca, Tijuana y Monterrey. Un conjunto jarocho tocaba *I Left my Heart in San Francisco*, con arpa y jarana, mientras que un mariachi entonaba una versión ranchera de *New York, New York*. La gente fue relajándose en las tribunas; salvo los curas de gesto adusto y cara de regaño, el ambiente general era festivo.

Un edecán militar acercó un micrófono con pedestal a Donald Trump. El frente del atril ya lucía el diseño de la nueva bandera. Mientras la gente guardaba silencio, el magnate miraba hacia arriba y hacia los lados con expresiones de admiración por la belleza del Palacio y la magnificencia de la plaza. Asentía ostensiblemente con la cabeza para indicar al público que se encontraba deslumbrado por la riqueza histórica y cultural de los mexicanos. Finalmente el rumor amainó y pudo hablar. Silvia se colocó detrás de mí, me abrazó con fuerza y sacó la cabeza por encima de mi hombro.

—Ahora sí —me dijo al oído—, vamos a saber cómo nos va a ir de verdad. —Acaricié su pelo y puse atención a lo que venía.

—Hermanos de México, de Norteamérica —la voz rasposa del presidente se expresaba por primera vez en español. Su boca, una especie de ranura rosa a mitad de la cara, se esforzaba por lograr una pronunciación adecuada—. Hoy ha nacido el país más importante, diverso y poderoso en la historia de la humanidad. —La gente recibió estas palabras con una sonora aclamación. —La suma de nuestras culturas, de nuestra creatividad, de nuestros valores y nuestros territorios son a partir de esta fecha una sola nación y esta es la envidia del mundo. —Aunque no se le entendía del todo, se produjo otra ovación, ya más franca y, conociendo a mi gente, algo cargada por un espíritu de desmadre. Movía sus manitas en el aire, mitad en tono de agradecimiento y mitad para que lo dejaran continuar con su discurso.

—Quiero presentarles a mi esposa Melania. —La esfinge bonita pasó al balcón y saludó con timidez. Algunos chiflidos aislados exaltaron su belleza—. Y también a mi hijita Ivanka. —La raza masculina azteca le rindió espontáneo homenaje y gritos que le pedían desde «Cásate conmigo» hasta «Nunca te vayas de México». Todo era risa. El trío trumpiano se tomó de las manos y las alzó en el aire. Esa gringada no cayó tan bien entre el público y se produjo un prudente silencio. Tampoco es que de repente Trump se hubiese convertido en una especie de héroe nacional; distaba mucho de ser el hombre más admirado y querido por las masas.

—Ya se irá educando —me comentó Silvia ante las veladas manifestaciones de rechazo.

Lo que siguió a continuación fue una presentación, una por una, de las personas que, según explicó Trump, se encargarían de construir una fusión amable, eficaz y respetuosa entre las dos naciones. Se trataba de un grupo de veinte individuos altamente calificados y con una honorabilidad a toda prueba; quince mexicanos y cinco estadounidenses. Entre sus delicadas tareas tendrían que proponer un nuevo trazo de los estados de la República Mexicana para que no hubiese entidades tan dispares y un número tan elevado de municipios.

—Lo que en verdad buscan —nos alertó desde atrás Emilio, el antropólogo— es que los de este lado tengamos menos senadores y representantes que ellos en el Congreso.

—Pero tienen cierta razón —acotó el maestro Mauricio Vázquez, director de la Facultad de Ciencias Políticas—, porque ellos tienen el triple de población.

Dentro del *dream team* o los nuevos padres fundadores, como los calificó Donald, podíamos identificar a personajes muy sobresalientes de la academia, las ciencias, los negocios, las artes, las finanzas, el periodismo y las letras. En ese grupo de quince mexicanos se encontraban los mejores arquitectos, banqueros, expertos en energía, lingüistas, universitarios y activistas de la sociedad civil. Como un golpe a mi vanidad, tuve un sentimiento extraño por no formar parte de ese grupo tan selecto. Con seguridad, a lo largo de nuestras pláticas, los gringos habían percibido en mí un grado preocupante de escepticismo. Por supuesto, no había un solo político ni de la vieja ni de la nueva guardia, ningún líder sindical o de partidos. Al final, con camisa blanca y una corbata morada (para que no se le asociara con ninguna corriente política) pasó al balcón mi amigo y colega de tantos años, Marcos Beltrán. Quienes lo conocíamos de tiempo atrás podíamos leer en su cara una enorme satisfacción, pero a la vez un dejo de preocupación inocultable.

—El doctor Beltrán —dijo Trump con toda la solemnidad de la que era capaz— será el encargado de coordinar los trabajos de este gran equipo y tendrá abiertas las puertas de la Oficina Oval en la Casa Blanca cuantas veces lo necesite. Queremos asegurar que la construcción de nuestro nuevo país cubra las expectativas de nuestros pueblos. —Nadie ovacionó a Marcos, así que, entre nosotros, los ocho gatos que ocupábamos las sillas del frente, iniciamos una especie de porra para darle ánimos. Como suele ocurrir con la psicología colectiva, en pocos momentos se contagió la plaza y comenzó a vitorear al doctor Beltrán y, también hay que decirlo, a lanzarle demandas de que no aflojara en sus negociaciones con los gringos, que no nos dejara desamparados, que no nos fueran a relegar como a Puerto Rico o nos trataran como a Guantánamo.

—Supo guardar el secreto este pedazo de cabrón —les comenté a mis colegas—. La última vez que lo vi hasta fingió sentirse desairado porque los gringos ya no le pedían opinión ni lo invitaban a sus reuniones.

—A ver cuántos secretos se guarda de ahora en adelante —remató Matías.

Trump volvió a tomar la palabra para anunciar que a partir de ese instante se lanzarían treinta y dos salvas en honor de cada uno de los Estados de la República Mexicana. El jefe del Estado Mayor Conjunto, a pocos metros de nosotros, levantó un sable plateado y al bajarlo se escuchó «Aguascalientes» y luego un cañonazo que retumbó en los cuatro costados del Zócalo. Los artilleros insertaban la bala de salva, la empujaban hacia dentro del mortero y, después, otra vez el sable daba la orden: «Baja California»; otro cañonazo. En cuanto la muchedumbre comprendió la mecánica en orden alfabético se preparó para hacer bulla cuando tocaba el turno a su estado natal. Estando tan cerca del mortero, el olor a pólvora nos calcinaba las narices; en el balcón presidencial, Trump no soltaba la soga tricolor que accionaría la campana de la

Independencia cuando terminaran los cañonazos, la campana original que tocó el padre Hidalgo. Con mi telefoto podía verlo dialogar con algunos de los veinte elegidos para hacer la transición, dando instrucciones y riéndose de buena gana. Fiel a su costumbre, solamente hablaba él sin escuchar a quien tuviese enfrente. Era evidente que le encantaba oírse a sí mismo. Quería tomar una foto para el recuerdo, de él y Marcos, pero mi buen amigo, que antes que intelectual y amante del análisis político era ojo alegre, se encontraba feliz conversando con Ivanka Trump en el otro extremo del balcón. Parecía explicarle a la güera todo lo relacionado con el Zócalo capitalino: con un dedo le señalaba hacia el Palacio del Monte de Piedad y luego volteaban hacia la regencia. Los cañonazos por cada estado continuaban; ya habían llegado a «Jalisco» entre la algarabía de los tapatíos presentes. Seguí tomando fotos de Marcos e Ivanka, más por ella que por él. Con el poder de mi lente sentía que prácticamente podía tocarlos. Moví el objetivo hacia Trump para tomar algunas placas y registrar a quiénes prestaba más o menos atención. Saqué una foto muy buena, al lado del rector de la UNAM, nuestro rector, que pensaba regalarle después. Accioné dos veces el botón y un segundo más tarde, sin dar crédito a lo que acaba de mirar, la cámara cayó de mis manos inertes.

—Esos no son cañonazos, Andrés —me dijo Silvia, jalándome con fuerza de un brazo—. ¡Son balazos! —y me forzó a que nos agacháramos.

—Lo sé —respondí con la boca seca—. ¡Con la cámara acabo de ver cómo una bala atravesaba el cuello de Donald Trump! —Ella volteó hacia el balcón. Yo, por instinto, miré hacia la Catedral. Por el ángulo que pude observar en la foto, el disparo necesariamente había llegado del norte. No podían haberle tirado más que desde el Monte de Piedad, demasiado lejos, o desde alguna de las torretas de la Catedral.

—Debe estar muerto —dijo Silvia en voz alta. Miré de reojo mientras recogía mi cámara. El Zócalo se inundó de pánico y gritos. Un grupo de fusileros de los cuerpos de seguridad del presidente apuntaban sus rifles en todas direcciones desde el borde del balcón. Desde nuestra posición privilegiada podíamos ver un zapato de Trump que, derribado, salía por en medio del barandal. Quería seguir mirando la escena, pero me intrigaba más lo que pudiera detectar en la Catedral.

—Cuéntame lo que vayas viendo en el balcón —le pedí a Silvia y apunté con mi lente hacia la iglesia.

—Ivanka se desmayó; Beltrán la atiende —me narró.

Enfoqué primero al cardenal y su séquito. Por sus expresiones y gestos pude detectar que, aparentemente ajenos a lo que acababa de suceder, entonaban cánticos o alguna suerte de oración colectiva. Los clérigos se balanceaban retadoramente de lado a lado, mientras el cardenal Miranda levantaba su báculo como un mariscal de campo dando instrucciones a la tropa. Subí el angular hasta el campanario y pude detectar a un hombre con sotana negra y un rifle en la mano que mostraba en el aire sin rubor. El cura, sicario, francotirador o lo que fuese, se mostraba jubiloso, como el cazador que ha logrado cobrar la presa más ansiada de su vida. Le tomé media docena de fotos con el mayor acercamiento posible. Pocas horas después sabríamos que mis placas serían totalmente irrelevantes. Mostrándose a la vista de todos, cualquiera podía fotografiarlo con su celular.

—Los gestos de la gente en el balcón indican que Trump ha muerto. —Silvia me jaló del cuello de la camisa urgiéndome a que volteara.

—Ya detecté al asesino —dije yo. Ahora fue ella la que puso interés en lo que le decía. Intercambiamos miradas y le pasé la cámara para que, a manera de telescopio, pudiera observar al hombre de negro que no cesaba de dar pequeños brincos dentro del campanario, todavía con el arma en la mano. Bajé la vista y me froté rápidamente los ojos. En la retina tenía grabado el instante exacto en que la sangre comenzaba a brotar del cuello de Trump, como una sandía que estalla ante el impacto de un hacha.

La muchedumbre había salido en estampida, derribando sillas y cubriendo con el cuerpo a los niños. El olor ácido del miedo se respiraba por encima de los restos de pólvora del mortero.

Muchos otros se habían quedado pasmados e inmóviles, mirando absortos hacia el balcón de Palacio.

—¡Ahí está, sobre la Catedral! —gritaba ahora la gente—. ¡No lo dejen escapar! —Pero el tipo daba pocas muestras de tener intenciones de huir. Todo lo contrario. Al notar que lo habían identificado, lejos de esconderse salió de su escondite en el campanario para exhibirse a plena luz. El general encargado de las ceremonias, consciente de los graves acontecimientos, comenzó a abrirse paso entre la multitud con su sable decorativo, seguido de los artilleros que, por supuesto, suspendieron el lanzamiento de las salvas. En pocos segundos llegaron hasta la verja que circunda la Catedral, exigiendo el paso para detener al asesino. Los religiosos, como si les hablara la Virgen, hacían caso omiso de las demandas de los militares estadounidenses. El francotirador ya había logrado llegar hasta la cúspide del frontón de Catedral y, sentado a horcajadas sobre la espalda de un ángel, seguía mostrando el rifle que había segado la vida del presidente cuarenta y cinco de los Estados Unidos.

Los fusileros emplazados en el balcón presidencial podrían haberlo acribillado sin dificultad, pero por alguna razón misteriosa —serían los protocolos de actuación o más propiamente el deseo de atraparlo con vida— no le disparaban. Con voz de mando, el general exigió que se abrieran las puertas de Catedral. El arzobispo y el resto de los curas, en disciplinada formación, seguían entonando cánticos y levantando crucifijos en lo más alto, haciendo caso omiso a los reclamos del estadounidense. El Zócalo entero, a pesar de los dramáticos acontecimientos, cayó en un silencio asfixiante. Todos los presentes pudimos escuchar el diálogo, el tenso intercambio entre el militar y el representante más alto de la Iglesia mexicana. El general insistía en tono amenazante que abrieran de inmediato las compuertas. El cardenal, con la cadencia de un canto gregoriano, le respondía con salmos que ensalzaban la muerte de Satán, mientras sus acólitos subían el tono de sus oraciones en actitud retadora. Miré hacia mi costado derecho. La escena en el balcón podía confirmar la muerte de Trump: uno de los agentes del Servicio Secreto extendía suavemente una bandera americana sobre el cuerpo del presidente asesinado. La expresión incrédula de Melania, a un lado del cadáver, no dejaba lugar a dudas; estaba arrodillada, levantando la cabeza prácticamente cercenada del republicano. Al levantarse, desconsolada, pudimos ver su inmaculado vestido blanco salpicado con la sangre del empresario que iba a cambiar al mundo. Una corneta distante de la Marina de los Estados Unidos, en un golpe de inspiración, comenzó a entonar las notas de la marcha fúnebre con que se despide del mundo a los soldados norteamericanos. Entre la tensión que se había creado frente el atrio de Catedral y las notas lánguidas de la trompeta, el ambiente se tornó denso sobre las miles de personas que habíamos ido a presenciar el nacimiento de una nueva nación.

Ahora nuestro grupo de ocho académicos mantenía la mirada clavada en el suelo, abrazados sin proponérnoslo, cada uno con sus propias meditaciones y cálculos. Mauricio Vázquez, nuestro politólogo de cabecera, aseguraba que vendrían graves represalias, un escarmiento severo para todos los mexicanos, sin distinguir entre los representantes de la Iglesia y el resto de la población. Emilio, el antropólogo, anticipaba que el instinto natural de los gringos sería de venganza eterna; nos colonizarían como a un pueblo salvaje y nos harían esclavos hasta que el asesinato de Trump, con la pátina del tiempo, se perdiera en la memoria colectiva. Silvia, más humana que historiadora, temía por el futuro de Marcos Beltrán en su abortado papel de regente de la transición.

Las notas de la marcha fúnebre llegaron a su fin y el silencio volvió a incrustarse en la plancha del Zócalo. Seis marines, con guantes blancos y rostro inescrutable, levantaron el cuerpo inerte el presidente Donald Trump. A paso castrense lo condujeron hacia el interior del Palacio Nacional. Saqué una botella de agua de mi maleta y me la bebí de un trago, mirando al sol que se ocultaba detrás de la nueva bandera.

Desde el interior de la Catedral emergió un grupo nutrido de damas de sociedad con la imagen guadalupana, miembros del Yunque, panistas trasnochados e indígenas ataviados a la usanza de Moctezuma, llenando el espacio con gritos de «¡Viva México!»

—En este país no nos andamos con mamadas —sentenció oficiosamente el señor director de la Facultad de Ciencias Políticas de la UNAM—. Lo que no pudieron hacer los soviéticos, lo logramos aquí —apuntó de una manera que nunca olvidaré hacia el centro del Zócalo. Nos quedamos mirando unos a otros inmóviles, en silencio, asimilando su comentario. Estaba bueno el intercambio intelectual, pero inevitablemente nuestra atención seguía puesta en el atrio de la Catedral.

El Zócalo entero estaba en vilo, como si asistiéramos a la primera serie de penaltis en la primera final que jugara la Selección Mexicana en un Mundial. El público, naturalmente, se dividió entre aquellos que esperaban la victoria de Dios sobre los hombres y los demás que ya se habían convencido que los nuevos dioses eran los gringos. Quizá me equivoque, pero siento que a esas alturas a casi todos se nos había olvidado cuando cantamos por última vez el himno, el izamiento de la nueva bandera, el remozamiento del centro y las salvas por cada Estado. Ahora, la atención nacional estaba volcada en la disputa entre el militar de más alto rango de los Estados Unidos de América y el arzobispo primado de México. A escasa distancia, a través de la verja, uno y otro podían verse las grietas de la cara: uno con ánimos de venganza por el asesinato de su presidente y el otro orgulloso de haber impedido que el *American Way of life* pudiera robarle el alma, finalmente católica, al pueblo mexicano. En el Zócalo empezaron a formarse dos bandos: los que celebraban la muerte de Trump y los que la condenaban.

En la barrera protectora de la Catedral se acumulaba una tensión que, según mi mente de diplomático, solo se vivía en la frontera entre Pakistán y la India. La paciencia del general Bradley llegó a su límite. Persuadido de que el asesinato del presidente de los Estados Unidos no podía quedar impune, ignoró que tenía ante sí a la más grande potencia moral de la historia, la Iglesia Católica, y recurrió al infalible expediente militar. Con una instrucción precisa, el pelotón dinamitó la puerta de la Catedral.

El sicario, el asesino que ahora se asemejaba más a un payaso, gesticulaba sus burlas desde las alturas de Catedral sin dejar de festejar el logro de haber cortado la vida del presidente de los Estados Unidos; aquel que iba a ser también nuestro nuevo presidente. De pronto, el estruendo de un balazo rompió el silencio inmenso del Zócalo. Algún francotirador americano, desde alguna de almena de Palacio o de la Regencia, se hartó de observar a ese individuo por la mira telescópica de su arma de alto poder. No pudo más con el escarnio y la humillación de ver a su jefe de Estado, al heredero de Jefferson y de Lincoln con la cabeza destrozada en suelo mexicano, y jaló el gatillo. El hombre de la sotana negra, todavía con una mueca burlona en el rostro, cayó de bruces desde lo más alto de la Catedral, despedazándose con un sonido seco sobre el pavimento, como si en el último instante de su vida le hubiesen fallado las alas.

AN AMERICAN DREAM

Abrí los ojos con enorme pesadez, apenas una rendija. Sentí que la luz me cegaba y volví a cerrarlos. Tenía el cuerpo aterido y una sed muy intensa. La cama me quedaba chica y las sábanas me apretaban contra el colchón. Tenía la sensación de llevar dos semanas seguidas durmiendo. Intentaba por segundos mantener los párpados abiertos y, como lonas mojadas, volvían a cerrarse. Traté de mover la lengua y un dedo del pie derecho para reactivar mi organismo. Apenas reaccionaban ante las órdenes que les enviaba desde el cerebro. Alguien me puso un popote en la boca y sentí que pasaba un trago delicioso de agua fresca. La garganta lo agradeció. «Debo estar muy enfermo; tuve un accidente, estoy grave». El líquido me hizo reaccionar. La espalda me ardía y me coloqué de lado con la cabeza sobre una mano. Un tirón en el brazo me hizo consciente de que tenía un catéter que me pasaba suero. No estaba seguro. Me sentía exhausto, somnoliento. Oí unas voces dispersas, pero no logré entender lo que decían. Abrí el ojo izquierdo por encima de la almohada y fijé la vista lo más que pude. Mi pequeño campo visual mostraba lo que temía: podía ver un aparato médico que medía mis pulsaciones con unas líneas de luz verde que subían y bajaban al ritmo marcado por mi corazón. Cerré el ojo y respiré lo más profundo que pude para tranquilizarme. Mentalmente repasé todas las partes de mi cuerpo. Hice un rápido viaje desde la coronilla hasta los pies, registrando que todo estuviese en su sitio: los brazos donde van los brazos, las piernas donde van las piernas, ¿alguna cortada o dolor en especial? Todo parecía estar en su sitio. No me habían amputado nada. ¡Qué alivio! Un momento, ¿podía moverme? ¿No estaría paralítico? Ante ese solo pensamiento levanté las piernas con fuerza, venciendo a las sábanas. ¡No estaba inmóvil! La imagen que pasó fugazmente por mi cerebro, verme sentado en una silla de ruedas de por vida, me sacudió la mente. Giré hacia el otro lado de la cama y sentí el roce de una mano sobre la mía. Era una mano cálida y tersa que creí reconocer. Sacudí un poco el cuello adolorido y ahora sí, tranquilo de saber que estaba completo, abrí los ojos hacia mi lado derecho. La mano que tomaba la mía se hizo parte de un cuerpo y de una cara que reconocí de inmediato y en ese instante pensé que ahora sí ya estaba muerto. Temí que todo aquello no fuera más que una gran alucinación o quizá parte de ese proceso prolongado y penoso de cuando nos estamos yendo de este mundo. A pesar de que tenía detrás la luminosidad intensa que brotaba de la ventana del cuarto, pude reconocer su silueta inconfundible. Vagamente sonreí.

¡Era S. quien sostenía mi mano!

Inevitablemente dudé de esa visión. Seguramente las drogas que me habían administrado me hacían desvariar, ver cosas inexistentes. Miré fijamente sus ojos verdes, un poco sumidos por la fatiga. La luz que entraba a sus espaldas le atravesaba los cabellos dorados y me dificultaba apreciar con nitidez sus facciones, pero era ella. Podía reconocer la manera como me tocaba, acariciándome el hombro y la mejilla con una sonrisa que me devolvía las ganas de vivir. Pensé que era el regalo con que se despide a los desahuciados, una especie de deseo que se cumple para todos nosotros momentos antes de morir. «Eso que más quieras antes de irte de este mundo te será concedido en los segundos finales», pensé, y por eso supuse que de verdad me estaba muriendo y todo terminaría para mí. No sé de dónde me salió inventar esa receta, pero en esos momentos, con la cabeza nublada, me pareció que no sería una mala invención final.

S. me dirigió unas palabras que no pude comprender y después acercó su rostro para besarme. Reconocí de inmediato sus labios incomparables, recordé su olor y el roce de su cabello sobre mi cara. Desperté del todo, con la mente clara y lleno de vigor. Me incorporé colocando los codos sobre la cama. Una enfermera se me acercó despavorida, insistiendo en que volviera a recostarme. En respuesta y sin pensarlo mucho, me arranqué de un tirón las agujas que tenía clavadas en el brazo derecho, haciendo saltar las gasas y la cinta adhesiva. En cuanto tuve libres los brazos abracé con todas mis fuerzas a mi S. Sentí cómo su humor entraba a mi cuerpo y me llenaba los pulmones con su aroma inconfundible. Ahora, con el mentón sobre su hombro, podía olerla y darle unos pequeños besos en el cuello. Sollozaba discretamente. Le tomé la cara con las manos y me quedé segundos interminables clavado en sus pupilas de lince. Me invadió una felicidad inmensa. La besé levemente y con los ojos le pregunté qué hacía yo ahí, qué padecimiento tenía, por qué había terminado en el hospital. Ella leyó perfectamente mi mirada.

—Buenos días, dormilón —dijo con esa coquetería que tanto extrañaba.

—Hola, preciosa —le respondí—. ¿Qué la trae por aquí? —Sonrió débilmente.

—Espero que seas capaz de perdonarme —fue lo primero que dijo. Me tomó las dos manos con fuerza. En uno de sus dedos traía puesto un anillo de oro blanco con incrustaciones que le había regalado meses o años antes, cuando sentía que nuestra relación iba al naufragio y deseaba recuperarla.

—¿Perdonarte de qué o por qué, mi amor? —reaccioné confundido. La bata y las sábanas del hospital me estorbaban. Arrojé hacia un lado la colcha y me senté en la cama frente a ella. Pedí a la enfermera que nos dejara solos. Tomó una libreta de apuntes y abandonó el cuarto con gesto malhumorado.

—Te jugué una broma un poco pesada. Lo reconozco, pero créeme que fue solamente una broma... algo que hice para que nuestra boda no fuese una ceremonia convencional —las palabras se le revolvían en la boca en su afán de explicar a toda prisa lo que había ocurrido, para darme a entender lo apenada que estaba—. Quería que nuestra boda fuese tan especial como nuestro amor, distinto y memorable, pero se me pasó la mano. Y nunca me lo voy a perdonar —bajó la vista, avergonzada.

—¿Cuánto tiempo llevo en el hospital? ¿Qué me pasó? —todavía no tenía conocimiento de la enfermedad que había contraído.

—Hoy cumples exactamente veintidós días, ¡los mismos que llevamos de casados! —Tenía la cara enrojecida por la alegría de verme recuperado, por soltar una preocupación largamente acumulada. Con los ojos le imploraba que me contara todo. No entendía absolutamente nada de lo que estaba pasando. En mi registro personal, lo último que recordaba era que una mañana luminosa de domingo, en el Zócalo, del brazo de otra mujer y con una cámara al hombro, había asistido a las exequias dobles de México y de Donald Trump. Un sudor ácido comenzó a recorrerme la espalda.

—¿Nos podemos ir ya? —le pregunté impaciente.

—No te han dado de alta, no lo sé —dudó, aunque dando muestras de que era la primera que deseaba salir de aquel cubículo de hospital, de esos cuadros comprados en el Costco, de esas máquinas que inyectan alimentos por la vena, de esos baños que huelen tan limpios que siempre huelen mal. Me bajé de la cama y S. me indicó con un dedo, evitando que pudiese escucharnos la enfermera, que mi ropa estaba en el clóset. Al abrir las puertas del armario casi me caigo de espaldas por la impresión. Perfectamente colgado e impecable encontré un frac negro de novio con fistol de perlas, pantalón a rayas, un clavel ya marchito en la solapa y una camisa plisada. Miré de reojo a S.

—Te veías tan guapo... —Dejó viajar el recuerdo por su mente. No lo pensé más y comencé a vestirme. La escena era bastante chusca; tiré la bata de enfermo en un rincón y paso a paso, entre risas de S., me fui poniendo el ajuar de bodas. Cuando terminé de calzarme los zapatos de charol, pedí solemnemente la mano de S. usando al pedestal del suero como testigo mudo de aquel enlace privado. Ella, que vestía unos *pants* blancos de correr, tomó las flores de plástico que adornan los cuartos de hospital y me dijo que sí aceptaba. Después nos besamos entre risas y salimos corriendo de la habitación.

Al llegar al estacionamiento le pregunté:

—¿Ya tuvimos nuestra luna de miel? —Debía acordarme al menos de eso. Ella bajó la mirada, negando con la cabeza. Abrió el coche y me entregó las llaves. Antes de ocupar nuestros asientos levantó la cajuela y me mostró su vestido de novia arrugado. Como yo me sentía tan absurdo vestido de frac en el estacionamiento de un hospital, le pedí que se lo pusiera.

—De veras que estás loco, Enrique —me dijo, ruborizándose. Insistí, moviendo las manos como aspas para animarla. Sin pensárselo mucho, tomó el vestido y, con gran habilidad, se quitó los *pants* mientras se ponía el vestido blanco. Me pidió ayuda para subir la cremallera de la espalda y al final se colocó un tocado de encaje con motivos florales sobre la cabeza. A pesar de los desvelos, lucía muy hermosa. Nos quedamos impávidos, mirándonos a los ojos. Me puse el sombrero para realzar la ocasión y nos fundimos en un prolongado beso. Al separarnos me invadió un mareo muy semejante al que experimenté cuando desperté en el cuarto del sanatorio. Encendí el coche, metí primera y le pregunté:

—¿A dónde quiere ir mi esposa a pasar su luna de miel? —Miró hacia el techo y respondió sin dudar.

—Siempre he querido conocer el Hotel California, en Baja.

Pensé en la distancia enorme hasta la península, en la forma en que íbamos vestidos y las condiciones mecánicas del coche, apenas un Golf de cuatro cilindros. De inmediato calculé que si había pasado casi tres semanas metido en la cama de un hospital, también podría pasar varios días con el amor de mi vida recorriendo la carreteras de México. Arranqué de buena gana y, sin soltarle la mano, salimos de la ciudad.

Pasé buena parte del trayecto sin otro ánimo más que reencontrarme con S., sentir nuevamente su química, asegurarme de que lo que estaba viviendo no era producto de la imaginación.

—¿Me di un buen golpe en la cabeza? —le pregunté, mientras cruzábamos la cordillera—. No estoy fingiendo. Tengo toda clase de recuerdos, ya te contaré, pero ninguno de la boda —ahora era yo quien estaba apenado por la amnesia.

—Sí —respondió lacónica, sin despegar los ojos de la carretera—. Te golpeaste un poco en la cabeza, pero eso no fue lo que te llevó al hospital. Fue la impresión. —Calculé que seguiría explicándome lo que había ocurrido, pero prefirió guardar silencio. Opté por ser prudente y dejarla tomar su tiempo, sin forzarla. Lo último que quería en esos momentos era arruinar un momento tan feliz; tarde o temprano me enteraría de lo que había pasado.

Entre largas filas de coches, abordamos finalmente el ferry en Mazatlán. Como veníamos vestidos de novios, la gente nos cedía el paso entre muestras de felicitación. Subimos a la cubierta y, mirando el atardecer en el mar, me abrazó, pegando firmemente su cuerpo contra el mío. Respiró profundamente y puso los codos sobre el barandal. La silueta rosada del puerto iba perdiéndose lentamente en la distancia. Esquivando la mirada, comenzó a explicarme lo que había sucedido.

—¿No recuerdas nada? —quiso asegurarse. Negué con la cabeza—. ¿Qué recuerdas de nuestra boda? —insistió.

—No recuerdo siquiera que fuésemos a casarnos; menos aún los detalles de la ceremonia. —Me sentí absurdo reconociendo semejante cosa. No quería ofenderla, pero era la verdad. Una gaviota se posó sobre el barandal a un lado de donde nos encontrábamos; parecía interesada en nuestra conversación.

—Quise hacerte una travesura. —Pasó su mano despacio sobre mi antebrazo—. Todo el mundo, incluido el juez de paz, estaban enterados de la broma. Todos, menos tú, por supuesto —la dejé proseguir—. Al momento en que el juez me hizo la clásica pregunta de «¿Aceptas a Enrique como tu leal esposo?» y todo lo demás, yo tenía que poner una cara muy seria y decir «No, licenciado. ¡No acepto!» Nuestros invitados, por su parte, debían aclamar mi decisión para darle veracidad. Y bueno... todos nos excedimos. La gente empezó a aplaudir y a saltar sobre las butacas, entre gritos y chiflidos. El juez de paz no podía aguantarse la risa y de plano tuvo que darse la vuelta para no delatar la travesura. —Su voz era apenas audible entre la brisa marina y la vergüenza que sentía. Acerqué el oído para escucharla. Ahora temblaba, con las manos crispadas, sollozando ante el golpe de los recuerdos—. Miraste hacia el interior del salón —continuó— e intentaste encontrar alguna respuesta en la cara del juez, pero este ya se había ido a refugiar detrás del escritorio. En esos momentos, mi amor, pude ver que tus ojos se ponían en blanco y caíste al suelo, fulminado. Intenté sostenerte. Te derrumbaste frente a la mirada de todos y se produjo un penoso silencio. Un remolino de gente vino a rodearnos, entre floreros tirados y gladiolas que rodaban por el suelo. ¡Me sentí tan mal, tan estúpida! —Ahora fui yo quien tuvo que sostenerla para que no cayera por la borda. Las piernas le flaquearon. Casi arrastrándola la llevé hasta una banca, junto a los camarotes, y le pedí que no siguiera con su narración. Yo mismo imaginé la escena y, entre el bamboleo del barco y ese recuento, sentí ganas de vomitar. Permanecimos ahí sentados, con las piernas estiradas, los brazos inmóviles a los costados y la mirada de otros pasajeros sobre nosotros. Fue cayendo la noche. S. sostenía la mirada perdida en el horizonte. Cada uno estaba encerrado en sus propios pensamientos. Tímidamente apareció la luna, proyectando una luz débil sobre las olas. S. me tomó la mano y recostó la cabeza sobre mi hombro.

—Me siento tan culpable, tan estúpida, mi amor —apenas movía los labios.

—Eso ya pasó. Lo importante es que estamos juntos, camino a nuestra luna de miel. —En esos momentos apareció un mesero y le pedí un par de bebidas. Nos hacía mucha falta despejar el alma. S. no se inmutó.

—Llegó la ambulancia —prosiguió con su narración—. Sin preguntar nada, los enfermeros nos subieron a los dos y fuimos directo al hospital. Atrás quedó la banda de música, los meseros, la comida que habíamos escogido y nuestros invitados. No paré de llorar. —Me tomó la mano con fuerza, sin voltear a mirarme—. Pensé que te había matado de un susto con mi estúpida broma. Te sometieron a todo tipo de análisis; te sacaron sangre, te revisaron el corazón y te tuvieron metido largas horas en un tubo que monitoreaba tu cerebro.

—¿Y que tenía? —pregunté ansioso, ahora sí mirándola fijamente a los ojos.

—A los dos días de haberte internado, con todos los estudios en mano, se presentó un equipo de cuatro médicos en el cuarto. Créeme que yo era la más ansiosa por saber qué te ocurría. Me dijeron que era un cuadro clínico muy extraño; desconocido para ellos. —Mi cara revelaba una profunda curiosidad. S. lo notó y apresuró el paso de su explicación—. ¿Qué tiene?, recuerdo que pregunté. Los médicos se rascaban la cabeza. —En ese momento llegó el mesero con las bebidas y prácticamente lo ignoramos. Brindamos sin mucho afán y continuó con su relato—. El neurólogo dio una larga explicación sobre los estudios que se te habían practicado y, en resumidas cuentas, informó que te encontrabas en perfecto estado de salud. —Liberado, tomé un largo trago de mi cuba libre. La abracé y, tras unir los dedos de nuestras manos, la urgí a que continuara.

—Les pregunté entonces qué te pasaba, si estabas tan sano por qué no reaccionabas, no despertabas. «Está soñando», respondieron a coro para no dejar duda de que ese era el diagnóstico que compartían. «Y, al parecer —dijo el psiquiatra—, está muy concentrado en sus sueños. Hasta podría afirmar que está divirtiéndose con lo que pasa por su mente. Su organismo está liberando grandes cantidades de hormonas de placer. Debe de tener un sueño muy interesante. Quizá por eso no quiere despertar», eso me dijeron. —Ahora fue ella quien vació su vodka *tonic* de un trago. Pude percibir que empezó a liberar una tensión largamente acumulada. La revelación que me hacía y el apoyo del alcohol le transformaron el rostro.

La luz de la luna le pegaba de lleno, reflejándose sobre su vestido blanco de bodas. La tomé suavemente por el cuello y le di un beso en la frente. Los engranes de mi memoria comenzaron a girar tímidamente. Lo primero que me vino a la mente fueron algunas imágenes del trayecto que acabábamos de realizar entre la Ciudad de México y Mazatlán. Aunque mi cabeza estaba distraída en temas más importantes, comencé a percatarme de que las gasolineras eran iguales a las que conocía desde pequeño, los puestos de fritangas al lado de la carretera eran los mismos que recordaba y el muelle en Mazatlán exhibía a los vendedores ambulantes y perros callejeros que desde siempre adornaban todos los puertos del país. Cuando menos, dije para mis adentros, la transformación iniciada por los gringos todavía no llega a esas carreteras, a esas banquetas ni al puerto de Mazatlán.

—¿Qué ha pasado en México desde que me caí al suelo en la boda? —le pregunté a S. con una gran ansiedad. Ella notó mi alteración. Respondió rápida, pero vagamente, que apenas había prestado atención a las noticias, preocupada como estaba por mis condiciones de salud.

—¡Veo que no has cambiado! —sonrió—. Sigues siendo el adicto de siempre a las noticias. —Guardé silencio, procurando que las neuronas se fuesen acomodando en mi cerebro. Volvimos a colocarnos junto al barandal de la cubierta. Pedí dos bebidas más y, mientras le acariciaba la cabellera, dejé que el viento marino me devolviera los recuerdos.

—Por lo que veo —le dije al oído, cambiando de tema—, aún no estamos casados, ¿verdad?

—Así es —respondió de inmediato—. En sentido estricto seguimos siendo novios. ¡Pero qué importa! ¿O no? —levantó la cara y me besó.

—Llegando al hotel nos casaremos, junto a la playa, y asunto arreglado. —Imaginé la escena privada—. Ya traemos la vestimenta apropiada. —Ella rio de buena gana.

Cruzamos la península de Baja California admirando el paisaje desértico, las montañas rocosas y gran variedad de cactus. Al atravesar la cordillera detuve el auto para admirar el esplendor del Océano Pacífico. En la orilla del mar se veía la Bahía de Todos los Santos y por ahí, entre las callejuelas y la playa, debería estar el famoso Hotel California. Retomamos el camino y dejamos que el viento entrara por las ventanas del coche. S. empezó a cantar la clásica canción de The Eagles:

«*On a dark desert highway, cool wind in my hair,*
Warm smell of colitas, rising up through the air...»

Nos invadió una gran emoción por llegar al emblemático hotel, aun cuando, según la canción, no tuvieran vino de ninguna especie desde 1969.

Escrita sobre las arcadas color naranja del vestíbulo, los huéspedes son recibidos por la letra de la canción y su traducción al español. La recepción y el bar, como lo esperábamos, estaban decorados con recortes de periódicos, portadas de álbumes y cartelones con algunos de los conciertos más famosos de The Eagles. Abrimos de par en par el ventanal de la habitación y pudimos admirar el océano más extenso del mundo en toda su magnificencia. Con una coordinación digna de musical de Broadway, S. me fue desabrochando los botones de la camisa mientras yo bajaba el cierre de su vestido. Ninguno de los dos reparó en que llevábamos más de un día de carretera y, en mi caso, más de dos semanas tirado en una cama de hospital sin pasarme siquiera un cepillo por el pelo. Con la brisa marina entrando por la ventana, hicimos el amor con una mezcla desconocida de apremio, ternura y deseos por detener el tiempo en ese instante preciso. S. dejó que las puntas de su cabello me rozaran el pecho desnudo sin dejar de mirarme. Ahora, con un semblante de éxtasis inocultable, fui yo quien quise jugarle una broma.

—Creo que voy a dormirme de nuevo —le dije con la mayor seriedad que pude—. Ahora sí para siempre. —Me pellizcó con fuerza, provocando que diera un salto en la cama.

Esa tarde, mirando la puesta del sol y corroborando que, en efecto, en el Hotel California no se conoce esa bebida llamada vino, S. fue aceitando metódicamente la oxidada maquinaria de mi memoria. Sabiendo perfectamente lo que hacía, fue repasando las distintas etapas de nuestra vida en pareja. Sentados con las sillas pegadas y de frente al mar, sin dejar de acariciarnos, fue evocando el día en que nos conocimos, las tretas mutuas que utilizamos para intercambiar números telefónicos, el primer beso que nos dimos bajo la sombra de un árbol y los viajes espontáneos que hicimos juntos. Conforme hablaba, me hizo recordar vívidamente cada episodio de nuestra saga amorosa y, sobre todo, me llevó a comprender la conmoción que sufrí durante la boda. S. era el amor de mi vida, mi alma gemela, la única compañera posible. Guardamos silencio, respirando íntimamente la atmósfera que habíamos construido. Un tanto necio y calculando que no perdía nada, le pedí al mesero que nos trajera una botella de champán. Para nuestra sorpresa no tenían vino, fieles a la letra de la canción, pero tenían una amplia variedad de espumosos franceses. Al oír cómo saltaba el tapón de la botella nos invadió una suerte de euforia, de total liberación espiritual. S. aprovechó el momento.

—Ahora te toca a ti —me demandó, mientras chocábamos las copas. La miré con un fingido signo de interrogación. Me imaginaba perfectamente lo que la inquietaba.

—¿A qué te refieres? —le pregunté de cualquier manera.

—Mientras dormías en el hospital, tu rostro cambiaba constantemente. De pronto te reías, te mostrabas preocupado y hasta me pareció escucharte palabras en hebreo. —Eso último me caló. Pensé en lo extraño que sonaría, pero le respondí:

—Tuve un sueño real, ¡un sueño de verdad! —le dije con la mayor seriedad.

—Los sueños son producto de la imaginación. —Intentó tranquilizarme. Sus ojos verdes me estudiaron a profundidad y preguntó—: ¿Recuerdas algo de tu sueño?

—Perfectamente. Quizá no recuerde mi fecha de nacimiento ni mi boda, pero este sueño sí que lo recuerdo, hasta el último detalle.

—¡Me muero de ganas por escucharlo! Todas esas horas que pasé sentada junto a ti en el hospital, escuchándote balbucear incoherencias, no podía pensar en otra cosa más que en lo que estarías soñando. Incluso acercaba mi cara a la tuya, intentando descifrar las palabras dispersas que decías.

¿Me cuentas? —esbozó la sonrisa más seductora y chocamos nuevamente las copas. Asentí con la cabeza y le respondí:

—Tuve un verdadero sueño americano, *An American Dream* —la cara se le iluminó de curiosidad.

—Cuéntame lo que soñaste —insistió, con voz cariñosa. Comencé mi narración, puntual, con las siguientes palabras:

—A raíz de una terrible decepción amorosa decidí convertirme en judío...

Concluí mi largo relato muy cerca del amanecer. Los pescadores sacaban sus barcas para lanzarse al mar y ahí estaba yo, al lado de mi S., en el famoso Hotel California donde, ahora sí, todo me parecía un sueño.

ÍNDICE

SEP - - 2017